LE VENT DU NORD
DANS LES FOUGÈRES
GLACÉES

PATRICK CHAMOISEAU

LE VENT DU NORD DANS LES FOUGÈRES GLACÉES

Organisme narratif

ÉDITIONS DU SEUIL
57, rue Gaston-Tessier, Paris XIXe

ISBN 978-2-02-147041-3

www.seuil.com

Pour Noémie.
Pour Annaëlle.

Le serviteur des longues nuits tristes.

Marcel Lebielle
(à propos du conteur créole)

– *In memoriam.*

P. C.

Le Guerrier : Mais, papa,
que transmettre en ces temps difficiles ?
L'intransmissible ! rit le Conteur.

Sommaire

I. SILENCE DE BOULIANNO

II. CONVOI VERS BOULIANNO

III. GLORIYÉ BOULIANNO

CODA

I. SILENCE DE BOULIANNO

Une tristesse irrémédiable – Chamoiseau, laissez-moi vous dire ça : l'avantage avec la tristesse, c'est qu'elle arrête le temps, pas seulement les jours et les nuits mais aussi, en vérité, l'allant du vent dans la fente des ravines, et sur la grosse tête des manguiers, sans même qu'on y fasse attention, elle oblige les feuilles à diminuer leur envie de soleil, à perdre, dans leurs frissons, la brillance verte des sèves, au point de se confondre, si l'on n'est pas en vigilance, avec la face labourée des gros mornes à dachines.

Des trâlées de tristesse nous traversent tous les jours, venues de rien, allant vers rien, suivant le fil des âges, les tourbillons de l'existence, mais celle-là, qui accorait le temps, qui accorait le vent, était tombée de quelque chose dont nous avions conscience. Tout un chacun (depuis le lait d'une bouche naissante jusqu'à la bave de la ride avancée), toute personne de nos quartiers, qui qu'elle fût, quoi qu'elle soit, aurait pu répondre à la question de l'origine de notre tristesse si la question avait été posée. Mais nul ne se l'était posée. Il était clair pour tous, sans audience ouverte, que nous battions cette misère en raison du silence de Boulianno Nérélé Isiklaire, notre conteur, le bien-aimé.

Il faut peut-être que je vous dise qui parle. Je dis « je ». Dire « je » n'est pas vraiment indiquer un quelque chose de soi. Ici, le « je » est difficile. Il court dans les chemins, il rassemble des voix, des visions, des opinions, des manières de se tenir debout et des manières de vivre, et il mélange tout cela comme dans un canari du peuple Kalinago. Donc, un « nous » habite ce « je » sans chaînes. À tel point que je ne saurais dire lequel d'entre nous parle quand je dis « je ». C'est peut-être tout le monde, chacun avec ses mots, chacun avec sa langue qui déjà n'est pas la langue de France sans être pour autant notre vieille langue créole, chacun ici charroie son propre créole, sa langue dans ses langages, car (comme disent ceux qui calculent sur ces choses inutiles) notre langue n'est pas une langue commune, *c'est une langue partagée*.

Qui parle ?
C'est peut-être Amelia Cardenas, qui voit les choses de près à cause de sa haute vigilance, ou Ti Pierrot L'enfer, qui rôde aux abords des rivières et sait ce-qui-se-passe-et-qui-dépasse entre les jardins et les maisons, ou encore Père Adelaïde-graines-dés, qui est un visionnaire sur le sujet du vivre-ici et qui « sait » sans même savoir à l'exact ce qu'il sait. Donc, chacun détient son bout de cette affaire, et chaque mot se doit d'être tricoté sur

différentes tonales, sous différents zieutages, en sorte de donner une idée de ce qui nous est arrivé là ; nullement le « ra-conter » (pièce d'entre nous n'oserait se dire en mesure de conter, nous connaissons tellement la puissance des conteurs !), non, juste faire passer ce qu'on appelle ici un « milan », une qualité d'information bien plus utile à vivre que celles des journaux sans photos ou des télévisions. Donc, *il y a toutes nos voix ici*, l'assortiment exprimé de nos rêves et souffrances, ce qui a donné réflexion à un tel ou un tel, et tout cela se mélange dans ce « je » que je dis pour la facilité mais qui signale notre « ensemble-ensemble » que nul ne saurait diviser, encore moins fusionner.
Qui parle ?
Je dirais, s'il vous plaît : *les quartiers*.

Seulement, il faut aussi, en précaution, parler du « nous ». Qu'est-ce qui est dit quand « nous » est dit ? Ce n'est pas aussi simple qu'emmener-venir une chaise au bord d'un court-bouillon. Il faut l'ouïr dans une charge d'entendements. Ici, les « nous », s'il fallait les compter, épuisent les chiffrages obstinés, les épuisent en montant, sans cesse et sans finir… Pour l'exemple, il y a le « nous » qui désigne les quartiers constitués – lesquels sont notre base primale – et les « nous » plus mobiles qui rassemblent de multiples conditions : le « nous » d'iceux qui vivent de solitude ou qui traînent misère en bordage des clôtures, voire le « nous » des vagabonds qui mélangent, à grands concubinages, des lits de case à d'autres lits de case… Il y a le « nous » qui plante l'anthurium et l'aubergine ensemble ; et le « nous » qui parle aux bœufs et mène les cabrouets ; et le « nous » qui nourrit l'exil de ces enfants qui ont grandi en France et ne veulent plus rentrer ; ou le « nous » qui préfère la Toyota bâchée à la camionnette ; ou le « nous » qui enfume le charbon au matin et travaille du hameçon dans le reste du temps !... Il y a, sans exagérer, un infinissable de « nous » qui se mélangent, qui débordent nos maisons, qui outrepassent les mornes, qui mènent, à travers nous et au-dessus de nous, des accordailles de combats et d'alliances... « Nous » *fout !* qui exprime toujours, si jamais je le dis, un partage d'existences et des pactes de destins !... *Vous voyez ?*

Mais développons sur Boulianno Nérélé Isiklaire.
C'est lui qui nous chantait les contes dans les veillées mortuaires. Il suffisait de l'appeler. Il nous amenait une lumière dans la nuit, et de la vie près des cercueils. Avec lui, les descentes de la mortalité se voyaient jugulées par du respect, des rires et de la joie, dans un amarrage de solidarités. Quand il était présent, la mort elle-même trouvait à qui parler, et nous nous retrouvions, derrière lui, pas devant mais derrière, en mesure de demeurer bien debout en face d'elle. Hélas, un jour, Boulianno Nérélé Isiklaire – honneur sur sa naissance et respect sur son nom – cessa de répondre aux appels.

On le crut en révolte contre la perte des magies qui s'était produite dans la gestion des morts et la manière des enterrements. Les morgues et les funérariums, leurs lustres, leurs lumières, encens synthétiques et fleurs artificielles avaient pris le relais de nos alliances ferventes à la lueur des flambeaux. Ce qui s'était produit dans les bourgs et l'En-ville depuis déjà longtemps avait fini par advenir chez nous, ici, à Sainte-Marie, dans nos quartiers des mornes, pourtant assez distants des affaires trop branchées du bondieu. Ceux qui malgré tout faisaient appel à Boulianno Nérélé Isiklaire étaient de moins en moins nombreux, de moins en moins inspirés. Leur vouloir relevait plus souvent du folklore culturel que d'une nécessité et de l'âme et du cœur. Boulianno avait dû le comprendre.

Il avait fini par leur dire *non merci*.

Il le disait sur un ton qui n'offrait pièce envie d'insister ou de savoir pourquoi. Mais hélas (que le bondieu nous soulage de sa main, ô que la Vierge soit bonne !) il répondait *non merci* tout autant à ceux qui remontaient du plus profond de nos ravines pour lui mander-prier un peu de sa voix auprès de leurs morts bien-aimés, des gens de bien pourtant, qui jamais n'avaient connu l'En-ville, ni goûté au manger des stations McDonald's ! Gens sans radio sans télévision sans internet et sans les réseaux que tu sais, qui s'informaient sur les affaires du monde en surveillant l'augure des vers de terre dans les sillons de leur jardin... Des gens au fil à plomb, juste désireux de cette lumière qui vient de la Parole, seule grâce capable de soutenir la vie en face de la mortalité ! Et lui, Boulianno, qu'on soit « bien » ou « pas bien », répondait le même *non merci*.

Les veillées se firent alors silencieuses à pleurer ; pour de bon : *aphasiques*, nous avait précisé Bèbert-la-science, l'ancien maître d'école ; comme si la mort soudain s'était mise en triomphe parmi nous, à se carrer la hanche entre nos maisons et les labours de nos désirs sans rencontrer de résistance. Bien entendu, quelques simili-conteurs, donneurs de blagues, pousseurs de devinettes, artistes à trois pédales distillateurs de rien, s'efforçaient d'animer la galerie, mais une veillée n'est pas une galerie ! Il y a un cercueil. Il y a de la douleur. Il y a du pleurer. La mortalité est là, qui vous regarde au fixe. Une déroute menace. Un quelque chose vous décourage au cœur. Quand on s'assemblait alentour de ces petits conteurs, selon la haute coutume, dans le désir d'une exacte conséquence, le silence s'alourdissait à chacune de leurs farces, à chacun de leurs mots, et s'épaississait à mesure qu'ils babillaient plus fort, nous enterrant sans carillon, comme sous une boue épaisse, dans cette tristesse irrémédiable qui noyait nos paupières et grisaillait les vieux manguiers.

L'autre avantage de la tristesse, Oiseau de Cham, si vous le permettez, c'est qu'elle éclaire l'esprit. Il nous était possible de « voir » autour de nous, de ressentir une fin de monde, et même une fin-des-haricots que rien ne proclamait, mais qui suintait comme une vieille eau de chaque parcelle des mornes. Ici, dans ce pays, les mornes ne sont pas rien, et nous sommes – en fierté ! – les descendants de cette engeance qui, refusant les chaînes et les champs de canne, a envahi les mornes pour déposer ses cases. Disons, pour bien comprendre la précision – mais vous savez bien mieux que moi ce genre de petites choses –, qu'il y a dans ce pays différentes zones pour la manière de vivre : celles où les Habitations békées étendent leurs champs de canne et de bananes, puis celles où il y a les bourgs et l'En-ville, et dans le nord du pays, sur les renforts de la montagne qui grimpent vers le ciel, celles où il y a, attention, les *grands mornes* ! Et sur ces mornes, il y a nos quartiers et nos cayes.

Les mornes se trouvent sur les hauteurs, au fil de la crête des ravines, sous des à-plats de terrasses, là où il n'est pas possible d'avoir ces moulins ces usines ces champs avantageux que régentent les békés, mais seulement des *jardins* – jardins au fond des bois, jardins au bord des cases, jardins grattés avec les ongles pour soulager les déveines de la vie. Les gens des mornes, nous donc, en fierté, n'étaient pas des « nègres d'Habitation », pas les descendants des gens jetés en esclavage, en pâture aux champs de canne, et qui s'y étaient consumés tout vivants. Ils descendaient plutôt de ceux qui s'en étaient sortis par le galop du marronnage, ou de ceux qui dès l'abolition avaient dit *pas pour moi* aux travaux des békés pour s'en venir dans les hauteurs incultivables affronter l'existence, mesurer l'affaire du respirer avec leur seule force. Qui fait que les mornes avaient développé des *choses*, et conservé des *choses*, lesquelles n'existaient pas dans les zones basses, encore moins dans les bourgs et l'En-ville où avions et bateaux et manmans-containers déversent des machins-chouettes qui arrivent du monde et qui changent la vie. Parmi les *choses* que nous avions conservées, il y avait cette tradition de la veillée, cette nuit passée auprès des morts, où chacun se retrouvait en face de la mortalité, seul mais avec la force de tous, et, dans cette force de tous, avec la voix du conteur qui alimentait et la force de chacun et la force de tous. Qui fait que chaque quartier, dans les temps florissants, disposait de *son* conteur ; chaque conteur régnait sur un territoire de quartiers et il s'y cantonnait. Mais en tout temps, quel que fût l'effort de mémoire exercé, il y eut toujours *un Conteur, plus conteur que les autres*, que tout un chacun préférait avoir auprès de lui quand il fallait affronter une descente de Bazil, ce spectre créole de la mortalité. On quittait alors son conteur de quartier pour s'en venir chercher celui qui, au clair des évidences, se tenait bien au-dessus du normal, surplombant l'excellence, au point que son verbe réduisait tous les autres à ce bruit que déversent les raras de jours saints.

Boulianno c'était cela.
Le Conteur.
Qui fait que, très tôt, les conteurs de sa génération, même ceux d'un autre âge, s'inclinèrent dessous cette nécessité de lui laisser la place quand il était appelé, qu'il venait, se dressait vaillant en face de Bazil. Même les plus brillants et les plus respectés d'entre

eux bénissaient ces moments, l'écoutaient en silence, yeux fermés, dos courbé sous une charge de souffrance mélangée au sirop. Quand il avait fini de parler, qu'il prononçait la phrase rituelle, *Tiré mwen la, man pa byen la !*, « Sortez-moi de là, je ne suis pas bien là ! », ou alors *Kontè, konté !...*, « Conteurs, contez !... » (manière de signifier qu'il s'en allait du cercle, que la place pouvait être prise par qui disposait d'une grosse espèce de graines), eh bien personne n'osait prendre sa relève ! Ouvrir la bouche à la suite d'un conteur suppose que l'on se sente mille fois meilleur que lui. Mais, voyez-vous, quand Boulianno sortait des flambeaux d'une la-ronde, qui, mais qui donc, pouvait s'imaginer meilleur que Boulianno ?

Qui ?!

La place restait vide.

Lui rejoignait l'arrière de l'assemblée, restait là, tranquille le chat au voisinage de la cuisine, très aimable à la blague, à siroter un punch ou à laper une soupe ; puis, sans doute après quelque supplique de la famille du mort, il reprenait lentement sa place au beau mitan du cercle qui était resté vide, et se remettait à l'occuper, à l'aise, victorieux sans forcer jusqu'à l'aube triomphante !

Seulement, voici l'amorce de la tristesse.

Le temps passa sur nous comme il passa sur lui. Quand Boulianno cessa d'apparaître, que d'autres conteurs plus jeunes se virent appelés à la rescousse en face de la mortalité, nous perçûmes à quel point la mort était puissante, et combien elle ne se contentait pas d'avaler à l'occasion tel ou tel d'entre nous mais pouvait, chaque fois, nous engloutir tous dans le sillon désespérant de ses passages, au bord desquels, désormais, nous dérivions sans graines, je veux dire : sans un parler qui vaille et sans voix qui s'entende !

À son retrait s'ajoutait un autre genre de misère. Boulianno Nérélé Isiklaire était *espécial*. Il savait des choses sur le profond du conte, sur la Parole qui demande majuscule, sur la lutte contre la mortalité... Il avait développé une connaissance de tout cela dans le secret de son esprit. D'habitude, un vieux conteur, à un angle de sa vie, déposait le flambeau dans les mains d'un plus vaillant que lui, un jeune qu'il avait adoubé, auquel, sans trop qu'on sache comment, il avait communiqué des choses que le commun ne pouvait pas savoir, encore moins pratiquer. Là, ce que Boulianno avait développé dans les impénétrables de sa flamboyante existence était une science sans dictionnaire qui resplendissait dans ses veillées terribles et fascinait la mort, à tel point que ceux qui après la veillée charroyaient le cercueil l'éprouvaient plus léger, et que ceux qui souffraient du départ d'un aimé se sentaient moins démantibulés, aussi ragaillardis dans le goût de la vie que s'ils n'avaient pas perdu une partie d'eux-mêmes, ils s'en trouvaient bien plutôt « augmentés », comme on se sent quand une naissance arrive... Ce n'était pas une science, je veux dire : pas une affaire de livre d'école, ni une mathématique ! C'était une « sapience ». Un quelque chose qui vient de nous mais qui existe en bien plus grand que nous. Eh bien, ce cœur-de-chauffe de la sagesse se voyait serré au plus profond dans le silence de Boulianno ! *Plus d'un eut conscience qu'il ne l'avait déposé chez personne !* Nul désormais ne pouvait espérer atteindre ce qu'il savait – comme auraient pu le faire ces colibris dont le bec est si long qu'il touche au cœur des hibiscus. *C'est ça !* Ce qu'il savait était resté dans sa chair, dans ses os ! Dans son silence et dans son éloignement de nos veillées aussi.

On dit que quelques jeunes paroleurs, pleins de brillances, tout habillés d'intelligence, l'avaient quelquefois approché, même qu'ils l'avaient suivi dans l'espoir que le maître les accepte auprès de lui, leur « passe » un bout de quelque chose. Mais *awa !*. Certains avaient pourtant des timbres de saxophone, des coffres de poitrine où le son se voyait emporté dans des échos d'église, et des grosses caisses de belle mémoire où pouvaient résonner toutes sortes de contes proverbes chantés-vaillants et devinettes !... *Awa.* Boulianno, serviable, très poli, avait semblé ne pas les entendre, ni les voir venir ou les voir exister ! Pas un ne reçut une quelconque commission de sa part. Pas un ne fut invité à sa case autour d'un chou-morue ou d'un punch fraternel propice aux confidences. Les années s'écoulèrent ainsi, et, derrière ces années, vint l'apparition spectaculaire d'une fleur de bambou à la croisée-manioc.

Les bambous ne fleurissent qu'une fois dans leurs sept vies, qui a vu ce phénomène ne le reverra pas, et ceux qui jamais ne l'ont vu, et qui jamais ne le verront, sont sur cette terre les plus nombreux. Boulianno, que nul n'avait vu en promenade depuis déjà longtemps, s'exposa en plein jour pour contempler cette fleur que donne l'éternité. Nous fûmes bien heureux de le revoir après cette longue absence, et angoissés de découvrir chez lui on ne sait quoi d'à moitié effacé, pour ne pas dire usé. L'angoisse s'alourdit encore quand Bèbert-la-science, saisi d'un fond de clairvoyance, se souvint que le maître avait très souvent évoqué dans la splendeur de ses veillées une fleur de bambou qu'il avait vue en son enfance. Bèbert, sensible aux vieux pressentiments, se mit à calculer le compte des âges de Boulianno. Son épaisseur débordait d'une manière alarmante les marges d'une existence normale. *Il avait dépassé vieux !* Voir deux fleurs de bambou revenait à dépasser sur les calendriers tout ce qu'il y avait à dépasser ! Qui fait que son restant de vie devait envoyer des signes par trop visibles, comme des appels de phares, à la mortalité.
Nous allions le perdre !
C'était inévitable.
Cette déduction mathématique nous précipita au bord d'un trou sans fond : la perte irrémédiable d'un des plus grands secrets de l'expérience des mornes. C'était ça, le fond sans fond de cette tristesse.

Après l'épisode de la fleur, Boulianno apparut plus rarement que rarement dans une ou deux veillées, puis il n'y vint plus. Il nous arrivait de le croiser parmi nous, dans l'ordinaire des jours, en voisin sans adresse, riverain aimable, rencontre très appréciée au détour d'un sentier, mais malgré tout en maître hors de portée, répondant *non merci* aux demandes d'un parler. Puis nous ne le vîmes plus. Le pire c'est que ce fut sans nous en rendre compte, moi le premier. L'unique évidence fut que la mort régnait de plus en plus ouvertement dans nos ultimes veillées. *Rien ne s'y opposait*, rien ne redressait plus les nuits funèbres de l'ornière des douleurs. Seulement, le savoir vivant, en quelque lieu parmi nous, même retiré, à moitié effacé, voire inaccessible, canalisait l'angoisse. Cela établissait un plancher d'espérance qui ne pouvait se dérober, un indéfinissable refuge dans lequel tous, atteints d'une tristesse diffuse, nous nous étions déposés comme une lie au fond d'une dame-jeanne. C'est alors que « l'anecdote » déboula parmi nous...

Une anecdote – Il y a des choses que l'on aimerait ne pas avoir à exposer, non qu'elles soient détestables mais parce qu'elles ne valent pas la salive nécessaire. Seulement, la vie nous joue toutes sortes de jeux-macaques. Parfois, ce qui se présente dans les belles pompes de l'importance s'avère insignifiant ; et c'est parfois l'insignifiance, dans son insignifiance même, qui soudain, au creux de l'événement, se révèle constituer le plus gros des dossiers. C'est ainsi qu'en ces temps de tristesse il y eut l'arrivée de cette personne, une jeune fille, inconnue par ici, d'une apparence pas plus que ça, qui se présenta en demandant après notre Boulianno.

Elle voulait savoir où habitait le maître conteur.

Elle n'avait pas de grandes phrases ni des kilomètres de questions, elle était plutôt dans le sans-bruit, mieux intéressée à lustrer du silence qu'à marteler des mots. Mais ce qu'elle désirait semblait s'égosiller par toutes les mailles de son anatomie. Nous avions beau lui babiller – moi au taquet – que le maître s'était sorti du monde, n'apparaissait nulle part, et ne parlait nulle part, elle insistait, avec la muette obstination que l'on déplore à l'habitude chez les mulets à sabots bleus.

Il n'y avait pas là, malgré tout, de quoi nous chiffonner. Dans les mornes, la manière de base est l'*hospitalité*. Celui qui vient est reçu comme il faut. Pourquoi ? La question pourrait être bonne, Chamoiseau, seulement une tradition ne s'interroge pas. C'est une *nécessité* qui a traversé les mille saisons de l'igname jaune, et qui se pose en évidence à chaque jour qui s'ouvre. Bèbert-la-science – qui depuis la retraite se proclamait on ne sait pourquoi *astro-archéologue* – disait que, tous les jours, le vent venait, nuages venaient, oiseaux venaient, des parfums et des fruits surgissaient, que l'invisible lui-même advenait dans le visible, et que, s'il n'y avait pas eu ce « venir » permanent, nous serions demeurés telles de petites roches, sans adresse de départ et sans destination. Donc, ne pas accueillir « ce qui vient » consisterait en fait à insulter la vie.

Il est possible qu'il ait raison.

Quoi qu'il en soit, malgré ses manières de mulet, la personne fut reçue dans la coutume des mornes, avec la gentillesse, le style et le plaisir. Elle proclamait ne pas vouloir manger de viande ou de poisson, respecter la dignité de nos frères animaux, s'en tenir aux légumes, éviter le sel, le sucre, les farines et les huiles sans blason, craindre la chlordécone et les cocktails de pesticides, mais elle goûtait quand même, sans faire de tralalas, à tout ce qu'on lui servait. Chez Prosopopée Polydore, du quartier *Bezaudin*, elle dégusta des accras d'écrevisses sur un fond de pois rouges parfumés à la sardine séchée. Chez Colombo Congo, du quartier *Pain de Sucre*, elle fut honorée d'un blaff de brigots en salade d'avocat-christophine, et pour finale : de la douceur d'une rareté de pomme-liane. Dans les quartiers *Reculée*, *Saint-Jacques*, *Saint-Aroman*, *Pérou*, à *Rivière Romanette* et à *Morne Théodore*, à *Fonds Verville* et *Grande Montée*, à *Rue Derrière* et *Trou Mangouste*, elle bénéficia de plusieurs catégories du punch de l'amitié, et de ces soupes d'herbages à viande de bœuf salée que détiennent Isidore, Pioline, Cincinnatus, Tomsiliné, Zalazina, Néré, Apolline, Honoré et Constance… avec lesquels il lui fut autorisé de cliquer les selfies qu'elle voulait mordicus. On avait beau ne pas répondre à sa question sur l'adresse de Boulianno, elle errait dans les quartiers, stationnait aux fontaines, piétait dans les marchés, abordait ceux qu'elle rencontrait, s'incrustait dans les maisons, hantait les abribus, questionnait et questionnait encore… Le soir, elle prenait sommeil dans un coin de véranda ou à l'en-dessous d'un abri à manioc, faisait ses toilettes du réveil dans la source la plus proche ou un bassin de rivière, jamais dans l'eau des robinets, qu'elle regardait comme une sorte de poison. Dans son sac à dos, il y avait de quoi vivre en écolo dans les déserts, dans les forêts, sur les trottoirs des villes, sur la Lune peut-être, même au fond des océans. Sa manière de marcher évoquait une quelqu'une qui n'était de nulle part, qui provenait de loin, allait encore plus loin, qui ne voulait rien d'autre que ce qu'elle visionnait dans les tourments de son esprit. Elle avait un nom que personne ne parvenait à retenir. On le lui demandait chaque fois, elle le répétait chaque fois, et chaque fois le vocable de son titre s'effaçait des mémoires, comme si rien de ce qu'elle était ne s'accrochait à notre intéressement, qui fait que lorsqu'il fallait la désigner nous disions « la marmaille », ou encore « la personne », jusqu'à ce que Bèbert-la-science, dans la déroute de ses souvenances, ne sachant trop quoi dire pour la nommer au plus exact, la criât simplement de cette manière définitive qui allait nous rester : *l'anecdote !*

Mais, jusqu'ici, pas de quoi se faire du chocolat. Nous avions l'habitude de voir les gens débouler dans nos quartiers pour sonder nos conteurs. Les questionneurs avaient été peu nombreux à l'époque glorieuse, les temps vraiment anciens, quand chaque quartier disposait d'un conteur, que la joute était sévère entre eux. Autour de leur présence, la relève semblait alors inépuisable, conter intéressait les jeunes ; ces derniers avaient encore le sens du respect consubstantiel aux grandes personnes, de cette considération aimante qui revient au grand âge ; ils demeuraient dans les quartiers et ne disposaient pas encore des petits écrans pour s'échapper de notre vie. Les poseurs de questions se mirent à nous embarrasser les pieds à cette période où une usure s'était produite depuis un bon moment. Certains quartiers n'avaient plus de conteur, ceux qui œuvraient toujours d'une manière considérable avaient tous dépassé la haute maturité. Boulianno lui-même (qui semblait jusqu'alors déjouer le pathétique des âges) amorçait déjà une pente retombante dont attestait le manioc blanc de ses cheveux. Quant aux jeunes, ils commençaient à se faire rares dans l'entour des conteurs. Lorsque les plus extraordinaires de ces derniers prirent-disparaître, qu'il ne resta que Boulianno à surnager, le seul dont l'intensité restait proche de l'éclat du soleil, les étudieurs se mirent à défiler en masse, avec micro, magnétophone et carnet de sciences, pour consulter les survivants, puis petit à petit interroger celui qui s'imposait comme le plus étonnant spécimen d'un phénomène en perdition.

D'ordinaire, Boulianno n'avait pas d'âge visible sur ses épaules, mais il eut un temps d'avant les cheveux manioc, durant lequel il accepta en bon plaisir de parler dans les micros ou d'articuler des précisions pour les carnets savants ; puis un autre où il devint plus difficile pour quiconque d'arriver à seulement le voir en dehors des rarissimes veillées où il parlait encore. Nous avions fini par en déduire que les étudieurs le dérangeaient, mais aussi par savoir que l'on disait et écrivait n'importe quoi sur cette affaire de la « Parole », et que ce qui était dit – sans offense envers vous, Chamoiseau – n'ouvrait qu'à l'inutile et à la perte de temps. Dès lors, avant même l'apparition de la fleur de bambou, sans qu'il nous l'ait demandé, nous nous étions mis à « protéger » Boulianno, à dire qu'on ne le connaissait pas, qu'on ne savait pas où il était, que nul n'avait son adresse sur cette terre, qu'il allait-venait dans les hauts et les bas, en refilant des baboules qui finissaient par décourager l'entrepreneur d'oralité, le renvoyant à ses futilités.

Quand son silence se mit à peser au point de nous inquiéter, Bazil se faisant agressif parmi nous, nous vîmes d'un bon œil un autre genre de défilé, à croire qu'il s'agissait de gens que nos inquiétudes avaient appelés. C'était une nouvelle vague de jeunes qui se déclaraient « conteurs » en d'autres lieux du pays. Ils venaient pour obtenir de Boulianno quelques secrets utiles sur la question de la Parole. Il y en avait même qui montaient de l'En-ville, arborant un talent célébré par les dossiers spéciaux du journal *France-Antilles*. Ils déboulaient en gloire pour déposer leur respect aux pieds de Boulianno, obtenir une part de ses astuces, comme une recette tombée du monde ancien. Sous la crainte que son silence ne se poursuive jusqu'à sa tombe, il nous arrivait d'indiquer le chemin de sa case à un tel ou un tel, tel jeune fringant, habile au verbe, tel débrouillard à la langue porteur d'une belle figure, tel astucieux qui vous filait des contes mieux qu'une machine à tricoter. Tous, d'évidence, disposaient d'une espèce d'« avantage » et auraient pu se voir accueillis sous une aile par le maître. Durant des années, nous les vîmes grimper vers sa case du moment, puis en revenir la queue basse, le caquet émoussé, le sourcil de travers sur des yeux de daurade écaillée au soleil. Chaque fois, ils avaient été ignorés par Boulianno ! Le maître n'avait pas « pris leur hauteur », comme sait dire le créole. Cela nous faisait rire et pleurer en même temps. Il semblait vraiment préférer mourir sec sur lui-même et son propre héritage plutôt que de diffuser le moindre albédo d'une quelconque connaissance. Nos espoirs avec ces jeunes avaient si souvent levé, telles des pâtes à gros pain, souvent levé aussi sec retombés quand nous réalisions leur stricte inconsistance, que nous prîmes la décision de ne plus rien dire concernant Boulianno, à quiconque, d'où qu'il vienne, *Dieu m'en garde c'est juré*, et de laisser le maître et son vaste héritage à la tranquillité ! Nous souhaitions juste que quelque chose survienne qui pourrait interrompre son silence, et assurer d'une manière ou d'une autre la conservation de ce qu'il avait dans le cœur, dans l'âme et dans la tête. En la matière, Bèbert-la-science conseillait de ne pas énerver le destin. Un maître de la Parole, expliquait-il, n'appelait pas de disciple, tout comme un disciple, tout talentueux qu'il fût, ne pouvait s'imposer à l'attention d'un maître. L'accroche relevait d'un indécidé que Bèbert renvoyait aux lois de l'attraction dans ces apocalypses où naissent les galaxies. Nous

nous étions mis à désirer un événement de cette sorte. Désirer, c'est devenir un œuf et se laisser couver par l'écume des jours. Nul n'était en mesure de dire à quoi cet avènement ressemblerait, mais ce serait, assuré, un phénomène capable d'ébranler tous les quartiers des mornes, de dissiper d'un coup la tristesse régnante dans son passé et dans son avenir.
De l'ordre d'un *big-bang*, avait soutenu Bèbert.
Ça ne pouvait donc pas être une *insignifiance*.

Or que vîmes-nous surgir en un matin très triste ? L'anecdote en personne... *tchiiiiiip !...* Cette virgule, qui laissait entendre, avec deux-trois mots rares, s'appeler *Anaïs-Alicia Carmélite*, se déclarant fille de Zozor Palissadon qui ne l'avait pas reconnue et de Participe-Clarissa Carmélite, bonne dame du Sud, versant du Saint-Esprit, couturière pour robes de békées, faiseuse d'un sorbet au piment de bonne réputation. Aux premières questions posées, elle répondit chichement travailler à l'*anthropologie* dans un secteur de l'Université, et affirma vouloir *interroger le maître sur des aspects de sa pratique*. Les plus avisés d'entre nous lui tendirent de petits pièges dans l'expression gentille : *Mais à part l'anthropologie, quelle en serait s'il vous plaît la raison sérieuse et très exacte ?... D'accord, mais en quoi une affaire d'Université peut-elle permettre à quelqu'un de mettre ses pieds valablement chez quelqu'un d'autre ?...* Ce à quoi l'anecdote se mettait à bégayer, sans jamais convaincre quiconque, qu'il existait une vérifiable utilité à l'anthropologie. Même si

Bèbert-la-science développait une adoration cosmique pour l'Université, la référence demeura sans effet parmi nous. Et l'on se mit à soupçonner qu'il y avait, à l'arrière de sa demande, une exo-demande, pas vraiment apostolique, qu'elle n'osait formuler par ici. On continua de la recevoir, de fricassée en court-bouillon, mais – toute question se situant dans les gravitations d'une empathie – on ne l'interrogea plus. *La confiance avait disparu.* On se contentait de lui répéter que Boulianno Nérélé Isiklaire n'habitait plus sur Terre, en tout cas dans aucun des quartiers du territoire de la commune de Sainte-Marie (ce qui n'était pas vrai mais pas complètement faux non plus).

Au fil des jours, elle traîna de ravine en plateau, de jardin en rivière, de bar en épicerie, flattant tout le monde, rendant des services qu'on ne lui demandait pas, persistant dans une requête qui hurlait en silence, et ne comprenant sans doute pas pourquoi personne ne la considérait plus. L'hospitalité demeurant malgré tout l'âme de nos quartiers, Man Delcas lui permit de s'abriter de la pluie, puis de « rester » même en l'absence de pluie, dans la vieille case de son arrière-tonton, une bâtisse à l'ancienne où le vétiver séché, le bois-caisse, les tôles rouillées, le ciment de terre et les pages de journaux bien collées vous protégeaient des vents, de la pluie et surtout de la nuit. Nous n'habitions plus depuis longtemps dans ce genre de maison. Nous en étions au ciment triomphant, aux vérandas en fer forgé, aux baies vitrées et à tout ce qui s'ensuit dans les catalogues de la modernité. Comme sa présence catalysait notre attention défiante, nous eûmes malgré tout un petit coup au cœur en redécouvrant à travers elle cette case à l'ancienne. Plus personne parmi nous n'avait envie d'y stationner sa vie, mais pas elle, qui se mit à y vibrer ainsi que nous le ferions dans un château de gros béton climatisé et d'antennes de télé. Le jour, elle sillonnait nos quartiers pour mener son enquête, s'y retrouvait le soir, épuisée et déçue de ne rien obtenir, d'évidence heureuse de séjourner dans cette antiquité. Le plus drôle, c'était ceci : cette case ressemblait planche pour planche à celles qu'avait occupées Boulianno Nérélé Isiklaire, par ici et par là, parmi nous, dans des antans d'avant. Le plus étrange, c'était cela : *l'anecdote le sentait*. Elle regardait la vieille bâtisse sous toutes les coutures, s'en occupait comme d'un trésor en perdition. Sans le lui dire, et sans rien accorder de ce qu'elle désirait savoir, nous lui en savions gré... C'est alors que le scandale se produisit !...

Le cœur qui parle – Peut-être que c'était vrai, ou peut-être qu'il s'agissait pour elle de se rendre un peu intéressante. Peut-être qu'elle n'avait pas réfléchi à ce qu'elle exprimait et que cela relevait d'un moment d'égarement. Toujours est-il que c'est chez Man Delcas – oui, Déliciade Delcas elle-même et son vieil éventail, personne du Morne des Esses, une vaillante parmi nous, qui tissait des paniers caraïbes de très grande tradition, une expertise sans livres et sans école qui lui provenait de ses ancêtres amérindiens –, c'est devant elle (alors que Déliciade lui montrait gentiment le tressage d'un panier caraïbe) que l'anecdote laissa sous-entendre qu'elle voulait *voir le monsieur Boulianno mais pour une raison qui ne relevait pas seulement de l'anthropologie...*

– Et ce serait quoi-t-est-ce ? lui avait mandé Man Delcas, chaque oreille grande ouverte, avec le style pour amadouer l'ennemi, et donc un air gentil.

– Ce serait pour moi-même... avait-elle dit comme ça.

– Mais pour toi-même, mon petit sucre d'orge, ce serait quoi au plus exact ?

– Peut-être bien qu'il me donnera ma chance...

– Ta chance de quoi, madou sirop ?

Et là, elle ne dit plus rien, seulement, d'après ce que nous en raconta Man Delcas, *son corps continua à s'exprimer pour elle*. Elle avait baissé la tête, regardé ses mains en train de tresser des fibres d'aroman, puis levé brièvement les yeux avant de les rabattre *flap !* comme pour s'évertuer à cacher quelque chose, ses épaules avaient roulé, son corps s'était penché vers la gauche, puis en arrière, et ses mains minuscules, marionnettisées par des charges de pensées, avaient poursuivi leur tressage dans un petit désordre. Et Man Delcas avait cru l'entendre dire, depuis les cavités grandes ouvertes de son cœur, en tout cas c'est ce qu'elle nous expliqua à trente et douze reprises, que l'anecdote lui avait répondu, pas avec sa bouche mais bien avec les valves frissonnantes de son cœur ; et lui avait dit, tel que voyez-vous elle l'aurait entendu : *J'ai toujours rêvé d'être conteuse !...*

C'est ce qu'elle avait dit avec son corps, en tout cas c'est exactement ainsi que Man Delcas l'entendit : *J'ai toujours rêvé d'être conteuse !...*

Ce fut comme si elle avait fermé d'un coup (du quartier *Saint-Jacques* jusqu'aux arrière-ravines de *Dominante* et, derrière *Dominante*, dans les fonds affligés sous la source de *Morne Trigue*) les portes, les volets roulants, les baies vitrées, les persiennes, les jalousies et les fenêtres ! Man Delcas ferma d'un coup sa bouche et dessina sur sa poitrine le signe de croix qui conjure les malheurs. Les assistantes qui tissaient les paniers avec elle le firent aussi. On dit que le signe de croix suivit les fils électriques pour descendre jusqu'au four à charbon où des bougres, pourtant noyés dans la fumée de campêche, se signèrent aussi d'un seul et même mouvement. Il suivit les tables à dominos, les moments du punch et des accras, les réunions de danses et de tambours, parvint jusqu'aux officines de signes et de prières où se calfeutrent nos séanciers-sorciers. Le pire, c'est qu'il dut affecter les antennes télé, gêner d'une manière ou d'une autre la diffusion de nos séries américaines, troublant l'image, rognant le son, au point que tout un chacun interpella les saints, le diable et le Seigneur, et se signa aussi. Hoquets par-ci. Consternation par-là. On arqua les sourcils. On hocha de la tête. On battit des paupières pour aérer son entendement. Depuis la nuit des temps, avant que le diable soit petit garçon, il était établi une fois pour toutes qu'une femme ne saurait être conteuse !

Pourquoi ?
Nul ne le savait vraiment.
Ici, c'était une loi qui s'imposait à tous.
Bien sûr, les Mabo ou les Da (ces vieilles femmes qui s'occupaient des enfants de békés, qui dès lors disposaient d'une vraie autorité sur les enfants de la Création) détenaient une science des comptines, des jeux de mots, devinettes et proverbes, et de quelques ti-contes-somnifères. Seulement cette audience ne dépassait jamais les abords de berceaux ou le grincement d'une berceuse d'osier.
La Parole n'était pas une affaire de femmes *fout !*.
Écrit nulle part, ce décret était gravé au coutelas dans les têtes. Aucune femme de nos quartiers n'aurait pensé le transgresser. En avouant son véritable projet, l'anecdote s'était enfoncée un peu plus dans un abîme d'insignifiance. Nul ne parla plus d'elle. Nul ne regarda plus de son côté. Rien ni personne ne considérait plus ses extases attendries sur les vestiges de la vieille case, ou ses errances divertissantes dans les chemins de nos quartiers. Elle se mit à relever d'un rien à dire, d'un rien à voir, rien à vouloir et rien à expliquer !...

Bèbert-la-science essaya bien, à un moment donné, de savoir si un cœur pouvait parler, et, dans ce cas, si ce cœur utilisait le son de gorge pour exprimer sa confidence... Malgré nos convictions vociférantes, il prit plaisir à ergoter, ne se gênant pas pour sans vergogne épiler des moustiques. Pourtant, c'était clair : Man Delcas avait affirmé, *attention papillon*, avoir entendu non pas une confidence de l'anecdote, mais, écoutez bien, un *aveu de son cœur !*. Cela lui avait explosé au tympan comme si le ciel en son entier avait voulu lui murmurer ce quelque chose en absolu. Nous discutâmes de cette question sans aucune patience ; dans le monde des tambours, de la danse, des chants et de la Parole, le cœur peut s'exprimer tout comme les tambours eux-mêmes, les rythmes, les gestes, les danses, les silences, les sons, les cris et les murmures, peu importe d'où ils proviennent, et c'est la puissance de la Parole que de dire sans dire tout en disant ! Chamoiseau, de ce fait nous dîmes à Bèbert : *Si un cœur ne peut pas parler, eh bien ho ! merde alors !...*

Sans la regarder – je parle de l'anecdote –, nous nous mîmes à l'observer de plus près, toujours en courtoisie. Chaque œil bien moins huilé sur l'hospitalité, mais tout de même sans animosité.
Des choses se révélèrent.

La première, c'est qu'elle passait beaucoup de temps sur une série d'appareils, ordiphone, tablette, chargeurs, mini enceintes sonores et autres machins électroniques qui captivaient son attention jusque tard dans la nuit. Ces petites mécaniques nimbaient son visage, son corps aussi, d'une lueur de mauvaise lune. Nous sentions bien qu'elle ne vivait plus seulement dans ses chairs maigres, son corps insignifiant, mais dans les espaces d'une galaxie électronique étrangère à nos réalités et à celles du pays, un lieu sans doute maudit que Bèbert-la-science prétendait surveiller de très près. L'anecdote tenait ses appareils dans l'ensorcellement très habile de ses doigts, veillant à libérer ses pouces en transe nerveuse au-dessus des claviers. Nous nous aperçûmes aussi qu'elle était difficile à définir : pas vraiment noire, pas vraiment blanche, pas vraiment ni blanche ni noire, le cheveu à moitié jaune, qui aurait pu être crépu mais qui ne l'était pas tout en l'étant un peu, et une peau qui luttait avec le soleil pour demeurer d'un clair doré mais qui pouvait tout aussi bien, selon des lois indémêlables, apparaître très sombre. Nous discutâmes avec sang-froid de la couleur du nannan de ses yeux. Nul ne pouvait se donner certitudes sur le bleu, le gris, le vert ou le marron que l'on devinait dans l'écrin de ses cils selon les angles du soleil ou ceux de la pénombre dessous les grands manguiers. Après enquête téléphonique (la filleule de Man Delcas était contrôleuse à la sécurité sociale, et son neveu œuvrait dans la police), il fut établi qu'elle était fille non de Participe-Clarissa Carmélite, la marchande de sorbet au piment, mais en fait de la sœur de celle-ci, laquelle avait quitté le pays dès son âge à pompons pour vivre dans un de ces villages qui composent Paris. Là, elle s'était mise en ménage avec un indéterminé (un circulant, tombé de quelque part entre le Moyen-Orient, l'Afrique subsaharienne, le nord de l'Inde et un port sous zone franche de la Chine). Elle avait eu avec lui une sorte de ce tracas que l'on appelle amour, puis une progéniture, cette Anaïs-Alicia donc, laquelle avait vécu en France, puis ailleurs, au gré d'on ne sait quelle dérive sans archives, pour s'en venir rejoindre la marchande de sorbet, on ne sait pourquoi, en donnant l'impression d'être entrée au pays pour installer sa vie. Tant de mystères attisèrent notre effroi et augmentèrent notre dérangement à l'idée qu'elle ose imaginer devenir « un » conteur – conteur sans graines bien entendu.

Aucune concertation ne fut nécessaire. Dans un bel ensemble, et plus que jamais, nous renforçâmes la protection de Boulianno Nérélé Isiklaire. Nous essayâmes d'effacer ce que nous pensions être son adresse jusque dans notre esprit pour être certains que rien n'en filtrerait sous une forme quelconque. Nous bûmes des tisanes de l'herbe douce-amère pourvoyeuse de ces rêves effaceurs qui soulagent la mémoire. Et pour bien dire : si, quelque part (dans les quartiers, les épiceries, les bars, les pitts, les lieux habituels des la-ronde de veillée), l'un d'entre nous repérait une trace qui aurait pu lui être attribuée, on s'en venait en grande délégation pour l'effacer à l'eau de Javel, additionnée, en guise de sûreté, d'une eau de bénitier, d'ail salé et d'un peu d'alcali.

Cahier de la crypto-mémoire – Ce scandale eut l'avantage de ramener notre tristesse et la totalité de notre esprit sur maître Boulianno. Il nous fallait savoir, nous le remémorer nous-mêmes, à quoi nous désirions interdire l'accès à l'anecdote.

Nous entreprîmes donc de calculer sur lui dans un ban d'affection.
Il n'était pas, nous le savions déjà, un conteur ordinaire.
Son intensité était celle du soleil.
Notre tristesse de le voir silencieux depuis autant d'années attestait du respect naturel que nous portions à sa personne. L'obscénité proférée par l'anecdote revenait pour nous à salir Boulianno, et avec lui ce qu'il représentait. Un phénomène curieux se produisit dans nos mémoires. Chacun de nous savait peu de choses sur le maître mais, mises ensemble durant nos longues assemblées du samedi, nos mémoires effilochées (souvenirs sans sortie, traces mentales, sensations restées collées à notre esprit) constituaient un vaste anneau d'astéroïdes. Bèbert-la-science, amateur des anomalies du cosmos dans le temps libre de sa retraite, invalida sa propre image et prétendit qu'elles étaient plutôt comparables à un *rayonnement fossile* – de cette archive grandiose où ceux qui font l'étrange métier de contempler la mécanique des astres retrouvent bien des choses de leur passé et le détail infime des forces en œuvre dans leur constitution. *Cela ne veut pas dire qu'ils comprennent ce qu'ils voient,* s'amusait Bèbert. *Ils voient, mais ce qu'ils voient n'en finit pas de leur échapper !* Dans nos petits moments de punchs ou des rondes du bèlè, sous des impulsions d'indignation, de peur, de tristesse, et surtout de tendresse, chacun déposait ses souvenirs dans une souvenance commune, qui s'étirait dans l'odeur du manioc, dans le son des tambours, les

danses anciennes, les parfums du citron dans le sucre, et du piment coupé, et des bouquets garnis, et des vapeurs d'alcool qui sont l'âme claire des amitiés, toutes choses qui mélangeaient en nous du passé-dépassé, du passé-encore-là et du passé-à-inventer. On entreprit de se souvenir de lui, peut-être pas totalement ensemble mais *en même temps*, donc à le découvrir dans une *rédecouvrance* – excusez-moi du mot –, un arc-en-ciel de petites perceptions que seul Bèbert-la-science parvenait à tricoter entre elles. Il réussissait à en extraire, pour l'entendement commun, une tremblante figuration de maître Boulianno. Le voir à l'œuvre était impressionnant. Il griffonnait des écritures aussi complexes que celle des livres d'alchimistes, un mélangé de poésie, de lectures infernales, d'équations minutieuses. Bientôt, il se mit à prendre des notes dans un cahier à couverture épaisse, à les mettre à la file, puis à les recopier dans un ordinateur tellement ancien que plus personne sur cette planète n'aurait su l'allumer, encore moins le réparer. Son cahier de notes (entrevu lors des rassemblements) compilait une à une ses annotations, leur conférait au fil du temps la densité d'un livre. Je sais que ça va vous faire sourire, vous, Chamoiseau, qui écrivez des livres que des gens acceptent d'imprimer, même si Bèbert prétend que ce sont de *petits livres*, mais voir des bouts de nos mémoires se ramasser dans une « forme-livre » était quelque chose de fascinant pour nous !

Donc, l'émotion de ce scandale révéla ce rayonnement mémoriel, telle une trame insensible qui nous rassemblait tous. La sidération fut de constater que cette imprégnation invisible avait laissé des marques spéciales dans chacun d'entre nous, qu'elles pouvaient être retrouvées, surtout se reconstituer dans le babillage d'émotions que chacun partageait, avec son propre corps, avec les anges, avec les autres. Mieux : qu'il nous était possible de les fixer dans la magie d'un simple cahier et d'un ordinateur fossile. Ce que fit Bèbert, qui, en général, fait nettement ce qu'il fait.

Le problème de la Parole, c'est qu'elle appartient à la famille des rosées du matin. Une rosée brille dans la demi-nuit de l'aube, s'altère vite au soleil, demeure telle une aura spectrale dans le lustre des grandes feuilles. Elle nourrit de cette sorte, journée durant, le frisson des manguiers. C'est ainsi, de cette manière insaisissable, que la Parole alimente la mémoire, qui fait que cette dernière vous habite sans se montrer bruyante, ni très spectaculaire. Elle subsiste comme une matière subtile, semblable à celle qui tisse le vide étrange de l'Univers. Elle imprègne chacun de nous dans ce qu'il est, ce qu'il veut être, et ce qu'il ne sait pas qu'il est. Seules la révèlent des émotions profondes, des circonstances majeures, qui amènent les pièces à conviction dispersées en chacun à se rencontrer toutes, s'émulsionner ainsi. Ce qui ne veut pas dire qu'elle vous apparaît alors claire et lisible, car l'autre problème de la Parole c'est qu'elle appartient aux pleines lunes. Comment quelque chose peut-il se révéler en demeurant pour une grande part indéchiffrable ?

Nous avions déposé la question devant Bèbert.
Il nous avait lu un poème de Victor Hugo, dans lequel cet ogre français (qui avait lu Corneille et moulinait l'alexandrin) évoquait *une obscure clarté qui tombe des étoiles*. Puis il nous avait expliqué que la Parole était de l'ordre de cette obscure clarté. Puis, derrière la case de Man Delcas où un creux d'une ravine libérait l'horizon, il nous avait élucidé un paysage sous la pleine lune, quand l'astre est à son bel état et que les mornes se voient baignés de haute mélancolie ; on éprouve alors l'impression de tout voir dans la nuit, les dégras de dachines, les grandes ombrelles des choux, les lignes des plants de manioc, le tortillement des fosses-ignames, le bleuté vaporeux des fours à charbon, les touches luisantes des avocatiers et du bois d'Inde, le frémissement des vieux manguiers, mais aussi les mouvements telluriques dans un frisson constant et un parfum de tourbe. Donc, on a le sentiment de tout voir, je disais, et en même temps on mesure le poids des ombres impénétrables, des effacements irrémédiables, la présence de ces choses bien connues, qui alors apparaissent incertaines, ambiguës, hantées par d'autres choses inconnues qui remontent des ombres. C'est comme ça que nos souvenirs se rassemblaient : en une mémoire partagée qui accédait à nos consciences dans la splendeur obscure des clartés de pleine lune.

Dès lors, quand nous soupesâmes la question de l'origine concernant Boulianno – puisqu'il faut toujours selon Bèbert installer un exorde –, il fut difficile de préciser un point de commencement. L'homme des sciences nous évoquait l'inouï début de l'Univers, amorcé disait-il *dans un inconcevable*. C'était pour lui un très beau commencement : *rien puis tout !* Quand il n'existe pas de bout inaugural, le développement est total, majestueux, dans tous les sens, tous les temps à la fois, tous les possibles soudain. Ce qui n'était pas en mesure de nous rassurer, ni de placer cette manœuvre de souvenance dans un quelconque confort. Mais Bèbert nous expliquait que Boulianno étant un maître conteur, sans doute le maître des maîtres, il était impossible que sa vie se soit organisée comme l'auraient fait ces *petits livres* de librairies où les gens vont chercher l'amusement. Je ne pense pas, Chamoiseau, qu'il disait cela en pensant à vous, il y en a de pires ; c'est néanmoins ce qu'il nous répétait quand l'origine de Boulianno s'en venait à nous dans une sorte d'emmêlement explosé, *rien dans tout, tout dans rien*, et que nous protestions d'un autant de désordre. Ceux qui l'avaient connu enfant, avant qu'il soit consacré maître conteur, n'étaient plus là pour témoigner. Ils avaient sans doute parlé de-ci de-là, fécondé des mémoires avec des bavardages, nourri des souvenailles au fil d'une confidence, seulement ils n'en avaient jamais *témoigné* d'une manière utile. Il n'y avait rien de « posé », pour ne pas dire d'« écrit », dans ce que nous savions alors de Boulianno – mais, sans vouloir vous faire de peine, l'« écriture » n'est pas tout, c'est aussi pas grand-chose ! Nous dûmes admettre qu'une mémoire est aussi constituée d'affaires très incertaines. De silences, de gestes, de parfums, de douleurs, de vagues mentales, de sensations qui font des croûtes aux émotions. On ne se souvient pas : on est fait d'une chiquetaille mémorielle, on en est pétri ainsi dans chaque maille de notre corps. *Se souvenir vient de l'esprit, faire mémoire vient du corps.* Jésus Porsépol, l'historien du collège, au quartier *Reculée*, ancien collègue de notre Bèbert, en profita pour nous rappeler que l'héritage de nos ancêtres africains n'était pas passé par des livres ou des calculs de leur cerveau, mais par des choses qui leur venaient du corps. Ils avaient conservé une science des rythmes, des tambours et des danses malgré cette nudité pleine qui leur avait été infligée durant l'immense voyage. C'est donc Porsépol qui eut l'idée d'aller voir Artifilé Molcide, le plus ancien parmi nous, celui donc qui disposait de la plus vaste mémoire, et qui sans doute fut contemporain de l'enfance Boulianno ; on disait même (tellement il était vieux) qu'il était né du bon côté des eaux, dans le Pays d'avant, l'Afrique des grandes falaises, tant il était habité de visions, de mots, de manières que nul ne comprenait. Nous réfléchîmes, comme réfléchir s'écrit, afin de nous remémorer où se trouvait sa case, puis nous nous mîmes en convoi vers chez lui.

Nous le trouvâmes oublié dans sa case oubliée, sa vie oubliée prise en main par l'assistance sociale et quelques aides à domicile de la Croix-Rouge. De le revoir nous rendit très heureux malgré une culpabilité qui nous rappelait à quel point nous l'avions délaissé. Hélas, Artifilé

Molcide n'avait plus assez d'esprit pour manier comme il faut cette masse mémorielle que constituait son existence. Bèbert, obsédé du cosmos, prétendit qu'il était devenu un *trou noir*, manière de supposer que ce qu'il avait avalé dans les pliures de ses neurones ne pourrait plus jamais en sortir. Nous avions beau le contempler en affection, l'interroger en sentiment, lui masser les épaules, lui tenir une main avec la compassion, tout son être restait échoué derrière un horizon des événements où l'existant venait buter, d'où rien ne remontait.

Mais c'était juste une impression.

De fait, il entendait nos questions, réagissait par chair de poule à notre présence, seulement rien n'en sortait plus de très organisé, à part quelques gloussements quand le nom de Boulianno heurtait le trou de ses oreilles bouchées, ou ses mains qu'il joignait dans un geste-la-prière en inclinant la tête vers le côté du cœur, ou quand il articulait (ensemble, mélangés) les deux prénoms de Boulianno, Nérélé et Isiklaire : *IsiNéréKlaireLé*, *RéKalireNélé*… Parfois, il se lançait dans une série de sons lugubres que nous mîmes du temps à identifier comme étant des mots et des portions de phrases, ils boulaient de sa gorge sans l'huile de la salive, résonnaient dans des grincements de moulin à café, avec en plus un écho spectral, plaintif, qui devait être causé par les os évidés de son crâne. Bèbert enregistra le phénomène sur son portable et mit quelques mois pour en déchiffrer une parcelle. Ce qui était sûr, c'est que le Boulianno enfant dont nul n'avait le souvenir vivait encore au plus profond d'Artifilé Molcide. On le sentait à son regard dirigé en dedans qui n'en finissait pas de s'allumer quand l'évocation du maître lui était proposée ; un frémissement de ses paupières ainsi qu'un mouvement de ses pupilles usées révélaient que son esprit suivait le déroulé de quelque chose agité en lui-même. L'information importante, c'était que, grâce à lui, nous eûmes la preuve que Boulianno vivait encore, sans doute encore petite marmaille, dans ces plis et replis inatteignables que la crypto-mémoire d'Artifilé Molcide conservait sous l'amas effondré de ses âges[1].

Donc, personne n'était en mesure de décrire son enfance, le temps du commencement. Il nous fallut extrapoler. Ce qu'on sait à propos d'autres conteurs de son âge, c'est que très tôt, au moment où l'esprit juvénile est encore une nuit qui sollicite une aube, ils furent passionnés par toutes sortes de veillées nocturnes, celles de la danse danmyé, mais aussi les veillées mortuaires où des conteurs antiques (dont nul à présent ne peut citer les noms) déployaient leur puissance. Il est

1. « Pour mémoire – Confidences spectrales d'Artifilé Molcide : ... *Boulianno Boulianno !... Sentez la force !... Voici le cœur !... Tout ça de douleurs, tout ça d'écrasements !... IsiNéréKlaireLé, RéKalireNélé... Voici c'est Boulianno, il parle !... Écoutez pour entendre !... Pas avec l'oreille, avec la chair ! Au cœur !... Vaillant !... Ouvrez les cœurs ! IsiNéréKlaireLé, c'est la Parole qui est là !... Qui est là ?!... Boulianno passe ! Qui passe ?!... Le cœur ! L'amour ! La vie !... C'est RéKalireNélé qui parle ? c'est pas la mort !... Qui écoute ? c'est la mort qui écoute, et c'est la nuit qui donne !... etc.* » (traduction expérimentale *in* « Almageste de la Parole », sous-titré « Crypto-mémoire en ondes et particules », cahier de notes de M. Albert Cardinal Ptolémée, dit Bèbert-la-science, ancien maître d'école, inédit – P. C., Notes de transcription).

difficile de dissocier les veillées de tambours-danses de la veillée mortuaire, c'est le même lieu, plutôt la *même instance* : celle d'une la-ronde que l'assemblée des écoutants organise autour d'un *espace* central. C'est dans ce cercle de cœurs, de regards, d'esprits, de consciences et de voix que peuvent se trouver, d'abord ensemble, puis, au fil des années, dans la séparation, le moment des tambours-danses et le moment de la Parole. Au bout de nos recherches, Bèbert dressa le point de ce que nous savions.

À ce qu'il paraît, tout jeune aspirant à la magie du verbe se retrouvait foudroyé par quelque chose durant la prestation d'un maître conteur. Il se retrouvait pour ainsi dire *frappé par la Parole !* Il passait dès lors son temps à écouter les prestations du maître foudroyant. Pour être présent à chacune de ses sorties, l'aspirant marchait longtemps, durant les nuits, dessous les pluies, dedans la boue, traversait des rivières débondées, bravant les interdictions de ses parents pour s'en aller écouter coûte que coûte un déroulé de contes et de Parole. Quand son foudroyant n'y venait pas, il y restait, écoutait malgré tout. Quand son maître y venait, il l'écoutait à fond. À ce qu'il paraît, quand on a été frappé par la Parole, on se met à entendre les conteurs autrement, on entend « déchiré », on entend plus profond, plus loin, dans le plus obscur et le plus inaudible, on perçoit la tragédie des rires et l'enthousiasme des plaintes, on est « dans » la Parole et aussi « au-delà » ! Ce n'est plus seulement l'oreille qui capte, mais l'entièreté du corps

et de l'esprit. On tombe ainsi dans un « état spécial » dont on ne sait pas plus. À ce qu'il paraît, le jeune se prenait alors son foudroyant en référence, ne voyait clair que par lui, et tentait par toutes les ruses possibles de se faire accepter à ses côtés.
C'est là que le mystère s'établissait.
Personne ne s'était intéressé à ça. Personne ne s'était non plus intéressé aux conteurs eux-mêmes. Les contes avaient toujours captivé l'attention des écoutants-chercheurs, on les avait longuement analysés, mais savoir qui étaient ces conteurs, et comment les jeunes obtenaient d'eux l'indispensable savoir, demeurait pour nous, toutes mémoires rassemblées, un coffre sans charnières à mille et douze serrures. Sans clés connues !

Pour Boulianno, le mystère était aussi dense qu'une roche de volcan.
Qui lui avait appris à conter ?
Quand avait-il commencé ?
Déjà, nous eûmes du mal à préciser le nom de sa manman et, sachant que c'était sans espoir, nous n'essayâmes même pas de savoir qui pouvait être son père dans l'ordre du biologique. Sa jeunesse s'était déroulée dans une histoire d'abandon par-ci, d'adoption par-là, avec différents degrés de beaux-pères, une mère de sang et des mères d'adoption, sans doute trois demi-sœurs et une cousine germaine qui s'étaient passé l'enfant en fonction des coups de la déveine, et qui l'avaient élevé, qui au quartier *Pointe Bénie*, qui au quartier *Épineux*, la troisième au quartier *Trou Mangouste*, la quatrième dans

un simili-quartier qui n'avait pas de nom, et qui dès lors était désigné tout simplement par le mot « côté », lequel pouvait se prononcer de deux manières : avec point d'exclamation « côté ! », ou point d'interrogation « côté ? » – parfois les deux ensemble dans une gamme tonale à deux branches. Quand un quartier n'a pas de nom, cela ne veut pas seulement dire que nul ne l'a nommé, mais que ceux qui l'ont constitué au départ étaient soucieux d'une autre façon d'exister sur cette terre : *dans le léger et dans la discrétion*. Bien entendu, c'est dans « côté ?! » que Boulianno aurait passé le plus durable de son enfance. Bèbert passa de longues journées à tenter de situer « côté !? » sur le cadastre de la commune, avant de le ranger dans la catégorie des exo-quartiers. L'exo-quartier est *dans la commune* mais *en dehors du monde de la commune*, ce qui situait un peu sans aider pour de bon à clarifier les choses… L'indéchiffrable était tellement épais dans la naissance, l'enfance et l'adolescence de Boulianno que nous finîmes par accepter l'idée (avec Bèbert, qui le premier en soutint l'hypothèse) que tout au long de sa vie, et de manière sûrement « organisée », il s'était pour ainsi dire *dissimulé*.

L'anecdote avait entendu parler de nos assemblées du samedi. Même si personne ne l'y conviait sachant qu'on y parlait de Boulianno, elle venait se poser aux abords immédiats et longeait les oreilles. Elle y mettait un intérêt si vif, une écoute si ardente, que cela nous toucha. Bien des fois, malgré la répulsion qu'elle inspirait à tous, certaines de nos commères à cœur faible (Man Delcas en tête) l'invitèrent à se rapprocher, parfois à s'attabler, qui sur une véranda, qui sur un banc de la cour de Bèbert, qui sur une chaise de l'épicerie... L'anecdote écoutait bouche close, mais quand une question lui traversait l'esprit on sentait tous son regard clignoter, au point que quelqu'un se sentait obligé de répondre direct à sa question informulée, ou pire : à y répondre sans vraiment le vouloir ! À l'instar de Bèbert, elle prenait des lots de notes. Mais alors que notre savant bataillait à pointe bic sur cahier cartonné, l'anecdote soumettait simplement le clavier de l'ordi-téléphone à la frénésie de ses pouces. Elle écrivait ainsi des choses que son niveau de concentration nous indiquait comme importantes. Nous sentions qu'une partie d'elle n'était pas avec nous, sans doute emportée dans d'autres lieux, peut-être d'autres vies, par les ubiquités électroniques de sa petite machine. Se tracassaient alors en nous deux sentiments contradictoires : la répulsion de côtoyer cette part d'elle qui incarnait une intention pas catholique, et le plaisir de constater que, depuis l'eldorado de la jeunesse et des techniques, ce même bout d'elle auréolait d'un intérêt soutenu nos simples existences. C'est donc un peu avec elle que nous prîmes conscience que Boulianno ne nous était pas seulement utile, qu'il était *important*, qu'il surplombait nos petites vies tout en demeurant sans distinction particulière en elles, et que cela était rendu possible par le fait qu'il n'était pas un conteur ordinaire mais un « papa-conteur », sans doute un maître des maîtres, et pour tout dire : une *singularité*, et que par extraordinaire nous avions eu la chance de le connaître en vrai, en bonne chair et bon os, avec en plus, de son vivant, sa propre légende naissante qui nimbait son sillage parmi nous. Pour nous permettre de mesurer tout cela, Bèbert fournit un djob extra-ordinaire. C'est lui qui, chaque samedi soir, moment de nos rencontres pour souvenances ouvertes, résumait les informations du samedi précédent et celles que les événements du fil de la semaine avaient ajoutées aux dossiers des élucidations. C'est alors que se produisit un étrange phénomène.

C'EST QUI ? – Quand nous avions entrepris de nous remémorer l'univers de Boulianno, nous avions d'abord privilégié les moments très intenses qui précédaient ses contes. Il effectuait à son entrée des « salutations angéliques[1] ». Elles servaient à saluer le tambour, les anges d'on ne sait quelle espèce, et l'assistance. Puis il entreprenait de jauger l'écoute des écoutants, et le cas échéant de la réveiller. Il nous apostrophait alors avec une série de petits artifices qui s'en allaient dans tous les sens mais que Bèbert, après longue réflexion, parvint à classer dans une solide nomenclature. Ces moments, nous dit-il en synthèse, étaient constitués d'un savant mélange de *devinettes, mythologies, jeux*

1. Tirade d'introduction avec laquelle le conteur entre dans l'arène du cercle, salue le tambour, l'assemblée et les anges (P. C., Notes de transcription).

de mots, charades, merveilles et petits-chants[1]... Nous aurions pu y passer des années, car dans ces éléments-là il n'y avait rien de fixe, à croire que sur toutes choses Boulianno improvisait sans fin, ouvrait des portes et des fenêtres sur d'autres portes et d'autres fenêtres, déroutait les attentes et désarmait les habitudes. Et plus nous avancions dans ces évocations, plus le terrain devenait dérapant : on pinaillait sur l'exactitude de telle ou telle devinette, la langue utilisée dans telle ou telle charade, le vrai exact de tel proverbe qu'il avait remanié...

Vous voulez un exemple ?

À en croire plusieurs dizaines de témoignages, il avait souvent eu recours à cette devinette au commencement de quelques-unes de ses paroles : *Kisa ou pé koupé mé ke ou pé pa fann !*, « Qu'est-ce que tu peux couper mais que tu ne saurais fendre ! ». Bèbert nous fit remarquer que les devinettes de Boulianno n'étaient jamais prononcées comme des interrogations, qu'elles claquaient à la manière d'un défi auquel vous vous retrouviez obligé de répondre. Bèbert prenait le temps de nous la reformuler lentement avec la forme interrogative.

Le cheveu ! se souvenait alors un tel en manière de réponse. *On peut le couper mais pas le fendre.*

Le fil de fer ! nous précisait un autre.

Le sommeil ! proposait celui-là.

La femme ! s'esclaffaient deux ou trois obsédés...

1. En créole : *titim, mitoloji, zedmo, charad, mèvèy, tichanté*... (P. C., Notes de transcription).

De samedi soir en samedi soir, la liste des choses que l'on pouvait « couper mais pas fendre » n'arrêtait pas de s'allonger, obligeant nos bouches à battre, nos esprits à prendre l'envol comme du coton de fromager. De devinettes en jeux de mots, de merveilles en petits-chants, nous nous retrouvions à considérer et reconsidérer, l'un après l'autre et l'un dans l'autre, mille et mille éléments de notre vie quotidienne. Après nous avoir infligé une devinette ou une charade, Boulianno nous laissait macérer dans un jus de calcul. Le plus souvent, il ne livrait pas la réponse. En cas de réplique erronée, il nous traitait de *daurades-à-bretelles !* ou de *coqs-sans-éperon !* et répétait invariablement le titim sur un ton de plus en plus railleur, ce qui nous précipitait dans des accès de rage et de calculs fiévreux ; puis il interrogeait encore : *Ekisa ou pa pé ni koupé ni fann !*, « Qu'est-ce que tu ne saurais ni couper ni fendre ! ».
Quand on s'écriait : *L'eau !*, lui répondait avec malice : *Le rhum !*
Si on lui disait : *Le rhum !*, il répondait : *Le vent !...*
Et la sarabande de ce que l'on ne pouvait « ni couper ni fendre » n'arrêtait pas de défiler, ouvrant à mille ébahissements et tout autant d'oppositions, jusqu'à ce que lui s'élance dans une traverse traîtresse en assénant comme bonne réponse : *La rosée du matin, fout !, qui fait vapeur avant le chauffé du soleil, ne peut ni se couper ni se fendre, mes zanmi !...*

Sa ki poté kouron mé ki pa wa !, « Qu'est-ce qui porte une couronne sans pour autant être le roi ! ».

L'ananas ! disait celui-là.
Le coq ! s'énervait l'autre.
Le colibri ! protestait-on ici...

Les jeux de mots nous revenaient par vagues inépuisables. Ils traversaient des années oubliées pour s'en venir nous frapper de nouveau comme des météorites. Avec les méthodiques analyses de Bèbert, nous découvrîmes combien ils concentraient de rafales de sons, d'assonances, de rimes et de significations-pièges.
Que veut dire : *Rata pasa monta kraza divè sitas sitab !*
Réponse supposée : « Le rat passa, monta, brisa dix verres et six tasses sur la table ! »
Ou encore : *Raviroti rotitantara ramipatoroti rotibrulapatara !*
Réponse examinée : « Le rat vit le rôti, le rôti tenta le rat, le rat mit la patte au rôti, le rôti brûla la patte du rat ! »
Ou bien encore : *Konbyen fimel ka viv ansanb adan an kay !*, « Combien de femelles vivent ensemble dans une case ! ».
Réponse présumée : *Quatre ! La clé, la porte, la serrure et la fenêtre !...*

Que de rires, d'extases, de colères, d'études et de calculs autour de ces éclats qui nous revenaient des anciennes veillées ! Quand l'un en exhumait de sa mémoire subitement enflammée, cela déclenchait en nous le même émoi inépuisable, les mêmes sursauts du cœur qui vous rendent vivant ! Avec le temps, la distance, la nostalgie et la tendresse, nous redécouvrions ces signifiances tordues, totales absurdités, évidences trompeuses, dans lesquelles Boulianno avait jeté nos léthargies sans pièce miséricorde, juste pour nous préparer à entendre son verbe ! Se les remémorer de samedi en samedi nous aidait à revivre autrement ce que nous avions vécu. Ce qui avait été effacé venait s'ajouter à ce qui se révélait, ce qui était jusqu'alors demeuré incomplet s'accomplissait soudain, un lot de petites existences venait accroître ainsi notre vie du moment !...

Chamoiseau, vous êtes un cartésien, donc difficile pour vous de vraiment tout comprendre, mais je ne peux pas dire autre chose que ceci : *chacun se découvrait habité par une touffe de lucioles !...* Il nous apparut que ses titim, proverbes et chansonnailles se comptaient par milliers. Bèbert, qui les listait, les positionnait sur des dates de veillées, les paramétrait selon les lots de ses critères, entrevit que cette gerbe d'apparence chaotique n'était pas distribuée au hasard. Telle série de titim semblait ouvrir à telle série de contes, et telle autre paraissait revenir dans tel genre de nuit, pour tel type de cadavre... Une architecture subtile se révéla ainsi, tissée dans notre vie, la révélant ainsi, nous incitant ainsi à en prendre grand soin...

Quand on s'avance dans l'univers de la Parole, on traite les préliminaires institués, puis on s'attarde sur le vertige interminable des contes. Nous procédâmes ainsi.

Chacun évoqua les contes préférés de Boulianno, témoignant de leurs variations incessantes, ou des effets que tel ou tel passage avait eus dans sa vie. À force d'examiner le détail de ses histoires, de lister les personnages, de caractériser les animaux, de nous effrayer avec les monstres et les diables dont le décompte ne pouvait s'achever, à force de nous perdre aussi, et de nous contredire, nous nous en remîmes à la sagacité scientifique de Bèbert, lequel nous enjoignit d'aller à l'essentiel. Pour ce faire, il fallait selon lui nous en tenir à la « manière » de Boulianno. De fait, mieux que les contes eux-mêmes, c'était *sa façon de les dire et de les chanter* qui était importante, et qui conférait à chaque mot, chaque proverbe, chaque coquille de merveille, une résonance incomparable. Il existait bien un *impossible-à-retirer*, qui faisait Boulianno ! Cette thématique de la « manière » nous renvoya à ce qu'était le personnage. Une question en spirale envahit nos esprits : *c'était qui ce bougre-là !? et quelle était cette chose que mobilisait sa voix !?...* Il nous apparut alors (à nous qui le connaissions depuis si tant d'années) comme une terrible énigme.

Une fois, quelque étudieur de faculté avait tenté, au cours d'une veillée ancienne, d'emprisonner un conte de Boulianno dedans un magnéto. L'appareil ne lui avait restitué qu'un tiers du demi-quart de ce qui s'était passé durant ce bout de parler ! Bèbert nous en fit une cruelle démonstration en diffusant ce hoquet d'enregistrement qu'on lui avait confié. Il prit le temps de le désosser et de nous démontrer que le « début » n'était

pas un début, que le « milieu » n'était pas un milieu et que la « fin » s'ouvrait plutôt comme une gueule sans fond ! Puis, écartant ce résidu sonore, il nous proposa une idée surprenante :
Le conte créole ne saurait être une étoile solitaire !
Il signifiait par grappes, chaque grappe ouvrant à d'autres grappes, telles ces constellations qui semblent orphelines mais qui signalent d'immenses galaxies ! Il fallait aussi que ces grappes (déjà indémêlables) s'additionnent entre elles jusqu'à générer un ensemble encore bien plus indémêlable ! Il fallait enfin ajouter à cet ensemble tout le détail de l'auditoire et la totalité des événements de cette nuit où il avait surgi – on se retrouvait alors en face d'une *intention* très vaste, capable de remplir toute une nuit, de combler l'Univers, et constituant l'unique donnée en vérité qu'il faille considérer ! Et mieux, insista Bèbert, qui ce soir-là était en forme : le conteur et l'assistance ne pouvaient être séparés, c'était la même cadence dans une double mesure, l'une faisait l'autre, l'autre était dans l'une ! Dès lors, pour que la nuit fonctionne, que l'intention installe l'assise de son règne, *il fallait au préalable* (et Boulianno y consacrait de puissants liminaires) *que le conteur s'étende en chacun de nous et que chacun parvienne à s'élargir en lui !*.
Bèbert nous proposa d'appeler ce phénomène : « aller au rêve » !
Aller non pas comme un cabri descend à l'abattoir, ni comme on part en voyage à touriste, mais bien comme on se jetterait dans un chemin qui n'a pas de chemin,

vers un pays qui n'existerait que dans tous les ailleurs d'un seul coup. L'esprit qui ne s'en est pas « allé au rêve » (à l'image de ce magnéto qui tente d'y faire une prise) ne peut rien ramener d'une veillée : il est semblable à ces cotons de fromagers qui volent, s'envolent au vent, sans jamais prendre racine !... Seul l'esprit « allé au rêve » – l'esprit qui a largué les chaînes, les somnolences et les passivités, l'esprit du rire et du jouer-jeu, l'esprit d'amour-vorace, l'esprit de l'émerveille qui habite les enfants et qui força le Diogène de Sinope à se tenir une lanterne sur le front –, oui, seul cet esprit-là serait capable de capter l'intention ! Et doncques, résuma-t-il d'un ton qui n'était plus de notre monde : *il y aurait du conte dans la Parole, mais la Parole serait une intention bien au-delà de l'idée même de conte !...* Nous restâmes bec en l'air, gueule ouverte à la bave, à calculer sur ça sans songer à dire hak, non parce que nous étions convaincus de ce qu'il supposait mais du seul fait que ce soir-là *fout !* il avait bien parlé !...

Nous dûmes nous incliner devant ce paradoxe : au lieu de nous le révéler, les contes s'obscurcissaient entre eux et nous obscurcissaient Boulianno, l'éloignaient de notre entendement. C'est là, Chamoiseau, que l'on peut approcher ce que vous désirez sans doute, car j'ai bien compris que ce n'est pas l'oralité qui vous excite, ni les contes proverbes et compagnie, c'est *le conteur en sa personne*, surtout ce que celle-ci pourrait vous révéler de ce mystère qu'est la Parole ! C'était lui qui faisait le nuage de contes, et non le nuage de contes qui le faisait ; et dire qu'il le faisait c'est dire que ce nuage germait de sa vie, et qu'avant d'entrer dans un cercle de veillée il l'avait pour ainsi dire ingurgité jour après jour dans chacune des cellules de son corps, métabolisé profond par des ruminations, si bien que lorsqu'il s'engageait dans un conte, n'importe lequel, pour ensuite déployer un immense nuage, il le faisait de telle sorte que des paysages et des soleils s'allumaient de partout dans des histoires parfois bien éculées, jusqu'à nous donner chaque fois l'impression d'une étrangeté totale ! Tout était neuf à tous les coups, même quand il semblait radoter quelque chose !

Boulianno était donc un mapipi en étrangetés !

C'est la création de l'étrangeté qui vous trouble le sourcil, me semble-t-il, hélas avec mes pauvres moyens je ne suis en mesure que de le constater, je n'en saurais dire plus ! Ce qui en revanche reste un peu supposable, c'est que, dans le déboulé des souvenailles que nous régurgitions samedi après samedi, une possibilité se maintenait doucement, à savoir, Oiseau de Cham, qu'un maître conteur *est* la Parole en soi !...

Quatorze suppositions pour que Bèbert prenne note

1 – ... Je parle pour que Bèbert note ça, c'est moi Polius de quartier *Reculée*, j'ai dit *bonsoir !*, la supposition est que Boulianno n'avait pas appris grand-chose sur les bancs de l'école, et qu'il n'y est pas demeuré

très longtemps, il avait peut-être entendu le maître-l'école dire que deux et deux font quatre, lui expliquer des affaires d'histoire et de géographie de France, et-cætera, mais il est à supposer qu'il n'avait écouté que les mots, toute une série de mots français qui avaient réveillé en lui autant de mots créoles, ouaye tu dis français j'entends créole !, c'est aussi à supposer qu'il n'avait pas besoin d'installer son esprit dans des phrases, la langue emprisonne l'esprit, or chez un homme vaillant c'est l'esprit qui doit emprisonner la langue, c'est pourquoi un esprit vrai ne parle pas beaucoup, et d'après ce qu'on sait, supposition toujours, Boulianno n'était pas du genre à parler tout le temps, pour l'ordinaire il était plutôt dans le silence et dans le songe sans son, et il est à supposer, c'est une prudence de supposer, que ses silences et ses songes étaient remplis de mots, les mots de l'école bien entendu mais aussi tu m'étonnes les mots qui poussent à l'ombre des manguiers !, mais c'étaient des mots qui, en réalité de vrai, s'étaient accumulés dans sa mémoire comme des niches de fourmis, chaque mot grandissant en lui-même et chaque mot engendrant d'autres mots, comme un alphabet-vivant qui avance sur lui-même oui, car il y a l'alphabet-mort et l'alphabet-vivant !, le maître-des-mots tient l'alphabet-vivant, le couillon tient l'alphabet-mort et il se meurt dedans !, ce qui peut nous laisser à supposer que dans l'esprit de cette marmaille qu'était Ziclère à l'époque, durant ce temps de l'école où il n'a pas traîné longtemps en face des encriers, et dans le temps d'après où sa vie a grandi parmi nous, les mots restés vivants ont fait des clés de tambour, des couleurs de sécheresse et de pluie, des odeurs de sucre d'orge, et aussi des ombrages de pleine lune !... On peut supposer, et supposer c'est réfléchir, et nombreux sont ceux qui s'en souviennent, et en premier moi-même, qu'il fut après l'école dans les petites bandes d'enfants qui désherbaient les champs, puis aide-planteur de manioc et dachines, puis longtemps tonnelier à l'usine du bourg de Sainte-Marie où il gagnait l'ombre de deux francs, mais possiblement aussi, dans l'étirement du temps, un graisseur de machine à l'usine Trinité, et au possible aussi fossoyeur dans un temps, juste avant ses cheveux dégarnis, jusqu'à ce que l'âge de la signifiance, le dépassé cinquante, offrît qu'on le désigne enfin dans ce que toute sa vie avait su accomplir : *Mèt Kontè !* Papa-Conteur ! Que Bèbert écrive ça !...

2 – ... En fait, si vous voulez mon avis, il vivait dans cette vie comme un vieux-nègre d'antan, je l'ai vu plus d'une fois, de retour chez lui, aller boire au pis de la vache avant de s'échiner aux tâches de son jardin, boire à la vache non parce qu'il avait soif, mais pour devenir un figuré du bœuf, aussi épais, aussi fort, aussi lourd, quitte à faire de sa manman-tétés une vache pour de vrai ! Et, en d'autres heures, je l'ai vu tel que je vous vois, avec ses doigts vaillants comme des griffes de diable, peler un coco sec ainsi qu'on épluche une zorange ou qu'on déshabille une mandarine ! Ça veut dire quoi ? Qu'il n'en avait pas l'allure, ni la mine,

mais qu'il avait dedans son corps la force de cette Bête-à-sept-têtes qui déboulait sur nous dans le fil de ses contes... Et donc je dis : *Pas de Parole sans force !...*

3 – ... Il y a la supposition, je le dis pour que Bèbert se tienne au bic et au papier, qu'il ne savait ni lire ni écrire, mais personne n'en eut la preuve, car ceux qui auraient pu être en mesure de le voir lire-écrire, ou de le mettre en situation de lire-écrire, n'étaient pas intéressés par cette sorte de casse-tête, donc on dira sans savoir mais en supposition, ne pas savoir lire-écrire pour un conteur semble être une chance, car il était tout entier dans l'univers de la Parole, c'est-à-dire dans les tangos du son, du mouvement et du geste, du chanté qui tremblote en couleurs, des cavalcades d'un alphabet de gorge qu'aucun maître-l'école comme moi n'aurait pu épeler, car si un mot-à-la-gorge se compose plutôt de sons et de visions que de quoi que ce soit d'autre, il faut respecter ça, et considérer le mot-à-la-gorge comme un œuf qui abrite tous les bruitages du monde, et le monde lui-même, toutes les cadences possibles, les fracas, les cassures, tous les silences aussi !... Mais je n'ai pas fini, notez souplé !
Ne pas lire-écrire lui évitait aussi de partir en voyage dans des livres, car il faut savoir qu'il y a des livres qui sont des avions, y en a qui sont des bateaux, il y en a qui font ensemble Mercedes mulet et cabrouet, et d'autres qui sont des chevaux arabes ou des troupeaux de chameaux pour les méchants déserts !, on l'a vu et on sait que trop de livres emportent et déportent

l'esprit si l'esprit n'est pas capable de les emporter et de les déporter avant d'être attaqué !, et donc si Boulia avait su lire-écrire, cela l'aurait dégringolé de notre déveine, de ces misères que nous voyons ici, ça l'aurait débranché de nous-mêmes donc ! Par chance, il est resté branché sur nous sans fenêtre ni sortie, et c'est au plus profond de ce qu'il vivait parmi nous, avec nous, l'esprit tenant l'attelage de l'alphabet que tu as dit « vivant » mais qui pour moi est l'alphabet de la gorge, chaque mot bridé aux amygdales comme une gueule de mulet, à tel point qu'il dégageait des souffles des voies et des sorties que nous sentions-ressentions dans sa crème de Parole, pas dans le parler mais dans sa crème au fond, et c'est cette crème qui faisait de lui un *excellentement*, excusez-moi ce mot mais parfois il faut pousser les mots, et donc la merveille qu'il était au profond n'apparaissait pièce dans sa vie de nègre d'usine et de jardins d'ignames, cette vie sans gros-saut où jamais on ne l'entendait dire plus de mots que *bonjour merci aurevoir !*... C'est Joseph, de *Saint-Jacques*, qui a parlé là, oui ! C'est noté ?

4 – ... Excusez, messieurs et dames de la compagnie, Bèbert souplé tu peux noter, je suis d'accord et pas d'accord !, ne pas savoir lire-écrire n'empêche pas de parvenir au lire et à l'écrire !, il faut faire attention à ça, c'est pas du jeu pour la marmaille, c'est du sérieux bien escampé, car il y a le lire-ababa et l'écrire-ababa qui sont des manières de ne pas lire et de ne pas écrire, donc il y a aussi autre chose au-dessus de ce qui est

ababa, une autre chose que je ne vais pas vous dire tout de suite car ça n'est pas encore très clair pour moi, mais que je vais vous expliquer après que vous l'aurez crochetée en haute supposition dans la calebasse de votre mémoire : *il y a un savoir-lire et un savoir-écrire sans livre sans cahier sans pointe bic*, un savoir qui relève tout simplement de la vie qu'on sait vivre, c'est pas du petit jeu, le savoir-vivre-la-vie, c'est du sérieux à calculer !... Ho ! j'espère que Bèbert aura pris tout son temps pour noter ça bien comme il faut ! C'était moi, Osolou Bertrand, moi-même de *Fonds Capot*, chemin bambou, secteur moubin, serviteur de vous !...

5 – ... Juste un mot sans couper la parole de personne, c'est moi, Bobi Trois-Graines, il faut supposer qu'il y avait déjà le « signe » !, on ne pense jamais assez aux « signes » et pourtant les « signes » sont là !, et le « signe » c'était quoi ?, c'était ceci coutez bien : pour appeler monsieur Boulianno il existait deux manières à la fois de le crier, il y avait *Boulia* et il y avait *Ziklère*, c'est quel « signe » ça s'il faut deux noms pour désigner une seule personne ?!...

6 – ... En supposition sur la question de son travail exact, parce que je sens (sans polémique avec personne !) que tout ça n'est pas très clair, je m'explique, on peut déposer la supposition – Bèbert, note siteplaît – que Boulia a été dompteur de mulets, saigneur de bœufs et chirurgien en castration ! On peut aussi encadrer le supposé qu'il avait été *toucheur de bœuf*,

tâche au délicat qui consiste à obliger la bête qui vous laboure la terre à vous creuser un sillon bien droit, et cette conduite à la droiture du sillon se fait sans cri, sans frappe, sans sévices comme aiment à le faire aujourd'hui les bourreaux bourrelles analphabètes des bêtes !, lui Boulia, il le faisait en « touches », tak, tak, tak !, au léger, à la classe, avec juste la petite « touche » dans l'élégance du style !, et c'est quoi la « touche » ?!, c'est la question !, moi je dis sans vouloir polémiquer que c'est un murmure et un chant, ça vient de la gorge mais ça n'ouvre pas la bouche, ça diffuse dans la poitrine et les os de la tête, c'est quelque chose sans son mais qui a l'amplitude de ce qu'on chante à l'église et la force de ce que l'on dit quand on est enragé !, un quelque chose qui reste sans fréquence aux oreilles des gens comme nous mais que la bête qui creuse le sillon entend à fond car elle se tient au fil à plomb de son sillon, dans un creusement bien net ! C'est ce qu'on appelle « avoir la voix-du-bœuf » !...

Boulia avait la voix-du-bœuf !...

Ce qui veut dire quoi-t-est-ce ?

Tout simplement qu'*il respectait les zanimaux !*, pas seulement les gens, les zanimaux aussi !, n'importe lequel, gros comme petit, il les respectait et il les écoutait et il les comprenait, et non seulement il leur parlait *il parlait pour eux* fout !... c'est pourquoi personne ne l'a jamais vu piquer une zaraignée ou torturer un zandoli !... C'était Isidore qui a parlé, pas celui de *Basse Rivière*, qui fait philosophie, mais bien moi, de quartier *Dominante*, dans l'avocat et le manioc amer…

7 – … J'ai la supposition sur le l'« accident », pas oublier le l'« accident » ! Bèbert s'il te plaît… Mon nom c'est Éliazord, de derrière quartier *Plaisance*, pilé pile à la fontaine ! Ziklère transportait du sucre en locomotive, un charroi qui allait de l'usine Sainte-Marie au dépôt de la crique à Trinité, bon, il conduisait une locomotive à charbon puis après un engin à diesel, il a fait ça pendant un bon paquet d'années, beaucoup l'ont vu et entendu dans ça, bon, mais la supposition est possible sur un moment très espécial, il y aurait eu un l'« accident », *bidim blo !*, aussi bête que terrible, on ne peut pas tout voir quand on drive ce genre de ferraille enfumée, bon, et donc il paraît qu'un enfant, sans doute un cireur turbulent, pas plus haut que ça, dévergondé le long des rails, accroché aux boucauts de sucre que l'on entassait dans les wagons grillagés, faisait le malin comme ça, bon, et le voilà écrasé entre deux wagons !, comment exactement !?, nul ne sait !, mais ne pas savoir laisse la supposition, et la supposition circule, bon, et voilà maître Boulia désespéré qu'un malheur comme ça arrive sur sa locomotive, un machin qui ne roule même pas vite !, on le vit assis auprès de la machine, estébécoué, sans force, à croire qu'il était devenu un nègre qui n'avait plus personne dans son corps !, et le soir, mais le soir, ah, c'est lui-même que l'on vit conter à la veillée de l'écrasé, le cœur brisé flottant dans l'eau de ses yeux, pas venu

pour pleurer *nia nia nia* mais pour conter une sorte d'*alléluia*, plus flamboyante que la célébration pour le 14 Juillet, à croire qu'il avait *allumé sa tristesse !*, ah, on dit que l'enfant eut ce soir-là un hommage festival bacchanale de grand ciel !...

8 – ... On sait que pour sortir du lawonn au bout d'une prise de voix tout conteur devait crier la petite convention : *Tiré mwen la !*, « Enlevez-moi de là ! ». Une fois cette interpelle balancée, il faisait circuler un zœil sur les conteurs invisibles serrés dans l'assistance et leur lançait comme on se tient les graines à deux mains : *Kontè, konté !...* Manière créole de dire : Que celui qui se sent capable de conter après moi vienne conter ! Un autre conteur prenait alors sa place, l'enlevait de là en entrant à son tour dans le cercle... Entrer dans le cercle après un conteur déclaré comme sortant, c'était une façon de lui répondre : On peut mieux faire, mon fi !...
Tout le monde a vu ça, mille et mille fois !
Mais voici la supposition que tout le monde distille concernant monsieur Boulianno. Il paraît que quand c'était lui, qu'il avait balancé la phrase et marqué l'estomac de sortie : *Kontè, konté !...*, un grand silence tombait dans l'assemblée, un grand silence seulement, aucun autre conteur caché dans la veillée n'avait les graines d'avancer après lui dans le cercle ! Une tragédie comique tombait sur l'assistance, tout le peuple criait : *Kontè, konté !*, mais pas un prétendu conteur à belle pose ne bougeait ! Nérélé tournait tranquille

deux-trois fois dans le cercle avant de le quitter dans un triomphe que les gorges soulignaient à coups de *Woy woy woy !...*

Mais l'inverse, autre supposition qui circule aussi, l'inverse se faisait tout autant. Si un conteur criait : *Kontè, konté !* et que Boulianno était assis tranquille dans l'assistance, si on savait qu'il était là, alors personne n'osait relever le défi du sortant ! Personne n'avait envie que Boulianno prenne la voix après lui ! Qui de sensé aurait pris un risque pareil ?! Même les fous n'osaient pas y aller – comme quoi il y a des choses que la folie peut voir !... Donc lui, Boulianno, il attendait tranquille, laissant s'installer ce qu'il appelait une *accalmie* – un « calmé-ciré », ainsi que disent les pêcheurs quand ils veulent signaler que la mer est tranquille comme une huile –, et puis, dans le silence de cette « accalmie », quand elle était bien déposée, que l'attention du peuple était totale, qu'il était clair que personne n'allait oser le faire, il se levait au ralenti et entrait dans le cercle du défi sur le mode du Messie des temps marqués dans la misère de Nazareth ! Alors il chantonnait : *Mwen là, z'enfants, voici Nérélé Isiklaire, c'est lui-même, ô manmay, c'est moi-même Boulianno !...* Les cœurs s'envolaient subséquemment comme des volées de papillons !... Mais prenez cela en supposition-à-seulement-étudier car les témoins qui disent avoir vu ça se babillent sur des tenants et des aboutissants !... C'est Calypso Collapso qui a parlé pour la contribution !...

9 – … D'après ce qui se dit et qui se contredit, on peut supposer que, lorsque Mèt Boulia prenait la voix et que celle-ci s'en allait à l'envol, il disposait d'une manière à lui qui n'était pas celle des autres.
Développons.
Quand il parlait, c'était beaucoup à « voix-pas-claire », ou à « voix-basse », et le plus souvent à « voix-égale ». Ça veut dire quoi tousa ? Ça veut dire d'abord qu'il ne s'égosillait pas comme un coq du matin mais que sa voix s'ouvrait telle une fleur de nuit, et que sans fracas elle allait rebondir sur le front de la lune pour revenir de tout-partout à la manière de ce vent très étrange qui descend des hauteurs les plus froides et qui recouvre d'une sorte de glace les vieilles fougères mouillées ! Cela veut dire aussi qu'au plus clair du temps on ne comprenait pas ce que disait sa « voix-pas-claire », mais que l'on suivait tout-de-même-quand-même la sacrée racontaille qu'elle vous distillait ! On suivait quoi exactement ? C'est la question et la supposition, car personne ne sait trop, on constatait juste que pas un moustique ne zonzonnait quand Mèt Boulianno tenait la Parole par le col ! La « voix-égale », c'est aussi une autre qualité de mystère. Y a des conteurs qui font des effets gorge-macaque avec leur langue, ils battent de la gueule sur des variations de trompette-la-fanfare pour forcer l'attention… pas monsieur Boulianno ! Lui roulait sur le principe d'une « voix-égale », et on avait le sentiment d'une marée montante, d'un grondement d'océan, profond mais sans fracas, qui enveloppait tout, tout le temps, dans une douceur de symphonie

sur laquelle s'égaillaient un lot de petites vagues... J'ai tendance (même si je ne l'ai jamais vu conter) à croire dur comme fer en cette supposition-là, moi, Décomposé Bajol, du quartier *Gardénia*[1] !...

10 – ... Il arrivait que, tout cependant qu'il cheminait vers une veillée où on l'avait mandé, des gens s'agglutinaient à ses souliers, et, plutôt que de cheminer sans lui, avec plus de vivacité, ils cheminaient avec lui, à pas de sénateur, comme dans la pratique savourée d'un plaisir, car on le connaissait, on le reconnaissait même si on ne l'avait jamais vu, tout un chacun savait qu'il était conteur, qu'il y avait un quelque chose chez lui qui ne se résumait pas à son apparence de nègre d'usine ou de champs, alors qui le voyait passer en route vers une veillée prenait plaisir à marcher avec lui jusqu'à la case du mort où devait se tenir la veillée, et il est dit que parfois, au cependant de la route, sa

1. « ... il est possible que monsieur Boulianno ait disposé de plusieurs ondes dans la gorge, une onde grave et profonde comme un tambour de basse, l'autre aiguë, sèche et virevoltante comme le tambour du soliste marqueur, et qu'il parvenait à les maintenir actives ensemble dans ses cordes vocales et dans les jeux de ses lèvres et de sa langue, chaque onde maintenue distincte de l'autre... On appelle cela le Khöömii : chant diaphonique que pratiquent les chanteurs mongols, les rajasthanis en Inde ou certains choristes initiés du Vietnam. Mais, d'après les divers témoignages, il reste possible que monsieur Boulianno ait disposé d'une troisième onde, surgissant en saccades dans une polyrythmie, ce qui le placerait dans une possibilité polyphonique inconnue sur cette Terre... » (annotation de M. Albert Cardinal Ptolémée, *in* « Almageste de la Parole », opus cité – P. C., Notes de transcription).

bouche filait des sortes de chants vibrants, graves et pointus, que l'oreille humaine captait à peine, et des parolailles qui s'adressaient à son propre corps, comme s'il astiquait dans sa poitrine ce qu'il allait faire briller dans le cercle des flambeaux ! Certains disent qu'ils avaient perçu dans ce bougonnement un défilage de bouts de contes qui allongeaient des gammes au profond de sa gorge et qui en surface, dans l'audience cheminante de la route, s'accordaient aux clignotements désordonnés des bêtes-à-feu au-dessus de sa tête... J'ai parlé un peu vite mais je vais envoyer une lettre détaillée à Bèbert !...

11 – ... Son premier geste en arrivant dans une veillée était d'aller voir le mort, ça je l'ai vu, moi, Septilien Boimitan de *Fonds Zombi* ! Devant le cercueil ouvert, il plongeait dans un recueillement où on le voyait tel qu'en lui-même, nègre d'usine sans grande démonstration, en silence de prière mais sans qu'on sache en quel genre de prière ! La supposition dit qu'il promettait au mort de ne pas se taire en face de la mortalité, et, dans le fiel amer que celle-ci avait distribué parmi nous, de dispenser jusqu'au-devant du jour l'inépuisable « bocal de miel » qui donne accès à la lumière ! Mille fois on l'a entendu expliquer qu'il apportait aux gens de nos veillées l'indispensable *bocal de miel* utile contre les ténèbres... donc la question est :
Quoi-t-est-ce-quoi que ce bon bocal de miel ?!...
Il faudrait de longues suppositions pour tenter d'y répondre, moi je réponds, je peux répondre sans

prétention !, on dit que le miel donne des forces, que le miel est sucré et que le miel nourrit, on dit aussi que lorsqu'il se voit enrobé de bon miel le cœur ne se laisse jamais aller au fiel de la tristesse, et j'ai toujours fait remarquer ceci : Boulian n'a pas dit qu'il portait du « sirop » mais qu'il portait du « miel », tu vois la différence !?, le sirop est sucré et il vient de la canne à sucre, mais le miel, y a pas à bégayer, il vient des mouches à miel, donc des fleurs, du pollen, de la terre, des sèves et des vents éclairés au-dessus des ravines, il transporte des parfums et un lot de bons goûts, et donc le miel est un pur concentré de la vie, et c'est ça qu'il est bien de noter, ho Bèbert, siteplaît !...
Mais on peut gratter plus loin : quand Boulianno raffinait son bon « bocal de miel », on aurait tort de considérer qu'il nous apportait quelque chose de déjà connu sur cette terre, à quoi bon cette fatigue qui ne ferait qu'amener ce qui existe déjà ?!, ma supposition est en fait que le « bocal de miel » de Boulianno c'était *tout ce qui n'existait pas parmi nous, tout ce que nous devions trouver en existant autrement... existant vaillamment !...*, et donc il nous amenait sans nous l'amener ce qu'il fallait trouver !...
Mais je n'ai pas fini...
J'ai laissé les gens parler alors on me laisse parler !...
Tandis que d'autres conteurs amusaient la galerie, monsieur Siklère se fondait dans l'assistance de la veillée jusqu'à prendre-disparaître, on finissait par oublier qu'il était là, assis parmi les personnes ordinaires, sirotant son rhum sec comme les autres

siroteurs, mais quand après la prestation d'un conteur surgissait une l'« accalmie » il pénétrait dans l'espace déserté du cercle des écoutants, à pas tranquilles, transfiguré par le silence et les flambeaux en quelque chose de plus haut, de plus large, de plus vaste, et vous disait : *Mésié et dames, Valentina branle-bas, je suis là c'est comme ça, j'ai dit bonsoir, ho répondez bonsoir, han !* On avait alors l'ovation de toutes les gorges, petites comme vieilles, mais les gorges n'étaient rien d'autre que les cœurs eux-mêmes qui répondaient présent et qui obéissaient à l'injonction irrésistible : *Bonswar j'ai dit... et-cætera !*

Mais voici l'autre supposition !

Souvent, dans les déroulés de ses histoires, il interpellait une certaine *Valentine*, ou bien encore *Valentina*, un personnage que la supposition avait rangé sans une question dans les rayons imaginaires, mais c'était un personnage auquel Mèt Boulianno s'adressait tout au long de la nuit, comme dans une conversation, et des fois ceux qui l'écoutaient avaient l'impression que la « Valentine » était là quelque part parmi eux, dans l'assistance, là comme ça à côté de toi, et d'autres fois chacun avait l'impression d'être cette « Valentine » à laquelle Boulianno prêtait la plus grande attention et qu'il visait de toutes ses forces à satisfaire du bon « bocal de miel » !

Qui était-elle en vrai cette Valentine ?

Poser la question est plus facile que filer la réponse !

On n'a jamais vu Siklère en compagnie d'une femme dans sa maison, même si on sait qu'il avait ses déchargements de graines par ici ou par là, donc cela ne pouvait pas être une femme avec laquelle on fait du romantique... donc c'était qui et quoi donc ?..., c'est là que la supposition circule, on dit que quand Boulia parlait *on avait le sentiment qu'il dirigeait un troupeau de zébus !*, des sortes de bêtes sauvages qu'il parvenait à organiser dans un mouvement d'ensemble, et que s'il fallait entrer dans une allégorie on pourrait dire qu'il régentait de la seule force de sa voix *un troupeau de grandes forces*, et que cette « Valentine » à laquelle il s'adressait était la force des forces !...

12 – ... Juste pour la précision : il arrivait dans une veillée vers trois heures du matin, c'est une heure où la fatigue est déjà là, à cette heure il y a déjà une charge de personnes qui quittent la veillée, ceux qui restent sont déjà bien frappés par le rhum ou accablés par le poids d'un sommeil contrarié, mais son arrivée ouvrait dans l'assistance un frisson-frémissant, de petites ailes s'installaient dans les paupières et les pupilles allaient aux éclairages, même sans avoir parlé il avait déjà engaillardi toute l'assemblée, et la mort en personne, Bazil pour ne pas la nommer, elle qui avait eu tendance à prendre toute la place, refluait en vitesse vers la soie du cercueil, et sitôt que Boulianno balançait de la voix l'assistance se mettait à grossir, à croire qu'elle se multipliait, comme si chaque personne accouchait de deux ou trois personnes, que les fourmis les mangoustes et les serpents

des environs en accouchaient d'autant, sans même parler des bêtes-à-feu et des punaises-patates !...

13 – ... On dit que c'est à la veillée de son propre demi-frère, là où il lui était interdit de paroler car un conteur ne conte jamais à la veillée de sa famille, pourquoi ?, on ne sait pas, et même qu'on l'ignore !, mais lui il parla malgré tout pour son demi-frère, à « voix cassée » dit-on, c'est-à-dire dans un catimini entre la plainte et le murmure, mais qui envoyait malgré tout le filet inextricable des mots dans les quartiers les plus lointains, et solidifiait autour de lui une audience d'oreilles lustrées et de cœurs grands ouverts, on dit que ce fut ce jour-là, cheveux manioc, cinquantaine dépassée, qu'il fut sacré « papa-conteur », ce qui veut dire « conteur avec un manche de distinction ! », et qu'on le reconnut comme maître de la Parole ! Il n'avait pas simplement donné de la voix, *il avait touché direct à la Parole !*, il l'avait fait avec une telle facilité que la supposition prétend que cette force lui avait été transmise par son demi-frère défunt, le mort en personne, ce qui explique sans doute l'interdiction faite aux conteurs de conter auprès d'un mort de leur propre chair : *le verbe se chargerait alors des échos de la mort, en direct, du plus loin, du profond, et dégagerait comme un souffle qui viendrait à la fois de l'enfer et du ciel !...* Or la question est bien celle-là : peut-on en conscience mélanger et le ciel et l'enfer ?... *Répondez, fout !...*

14 – … Quand il parlait, on dit que l'assistance était « à lui », cela veut peut-être dire qu'elle lui « appartenait », et donc qu'elle se voyait soumise aux autorités de sa magie, elle « mangeait dans sa main » et le suivait docile dans les vertiges où dérivait la barque de sa voix, et donc quand ce sont les esprits qui vous appartiennent, leurs joies, leurs peurs et leurs rêves, vous devenez plus riche que tous les békés du pays ! Mais la richesse de Boulianno allait encore plus loin : la nuit lui « appartenait », tout comme les flambeaux qui décomptaient les coulées d'air insignifiant, tout comme les champs de canne où la paille gémissait, et les noirceurs à chair-de-poule qui noyaient les grands-bois jusqu'au clair horizon… La seule personne de la veillée qu'il ne galvanisait pas était le mort lui-même ! Seulement, il y a un « mais » !
On dit que certains morts retrouvaient à son écoute une chaleur aux oreilles, et que d'autres lançaient de petits signes du sourcil gauche ! C'est au vu de ces constatations que la tradition désignait tel ou tel conteur comme une « la-colle ». Il faut expliquer ce titre honorifique ! Quand un conteur était parvenu au degré de vibration exacte de la parlure, disons l'*archi-Parole*, nul ne pouvait lever le pied pour s'en aller prendre un sommeil imbécile quelque part, chacun restait collé là où il était, pendu sec auprès du mort et de sa famille jusqu'à ce que le jour se lève ! Seule l'arrivée du jour pouvait le décoller de là !… Et la question pas facile est celle-ci : que faisait la mort en personne au moment d'une la-colle !? Ho ! Elle se

voyait coincée tout au fond du cercueil, incapable d'en sortir avant que le caveau ne se referme sur elle !...

C'étaient les quatorze suppositions pour que Bèbert prenne note[1].

Le sirop de l'espoir – C'est dans cette ambiance de mémoires survoltées que surgit parmi nous le « sirop de l'espoir ». La discutaille battait son plein comme ça, tous les samedis, par ici et par là, dans les gradins du pitt désaffecté, chez un tel ou un tel, à *Bois Jade*, *Fonds Cacao*, ou à *Côte d'Or*, au bourg *Rue Pakala*, parfois au bord de chez Bèbert lui-même, partout dans les croisées où il y avait du rhum-citron-sucre dedans une épicerie, et souvent un tambour désiré. Tout le monde y venait comme s'il s'agissait d'une veillée pour vivants ou d'une ronde pour la danse, jeunes-vieux, petits-grands, considérés ou pas considérables, à gros boudin ou rachitique, le monde courait venir !

1. Le cahier « Almageste de la Parole » de M. Albert Cardinal Ptolémée, que j'ai pu rapidement consulter, comprenait 1 992 « suppositions » de ce genre, dont ces 14 mises en exergue, le tout accompagné de 3 500 annotations effectuées par l'auteur en personne. L'informateur n'a jamais voulu me le confier ni le remettre au conservateur de la Bibliothèque Schoelcher. Il a cependant bien voulu me lire ces 14 extraits, que je me suis empressé d'enregistrer. Cette impressionnante bible sur le monde de l'oralité créole est encore quelque part dans les quartiers de Sainte-Marie, dans la maison d'un initié silencieux, non localisé à ce jour, ultime conservateur du monde perdu de la Parole (P. C., Notes de transcription).

L'anecdote se tenait debout au bord des assemblées, ou assise comme il faut à portée de nos discutailleries. Nous étions contents qu'elle entende nos « suppositions » sur Boulianno. D'abord, parce que *la « supposition » est d'essence scientifique*, nous avait dit Bèbert ; bien plus légère que l'hypothèse, elle ne bloque pas l'oxygène des possibles, elle envisage tout, sous tous les angles, à commencer par les détails, et nourrit l'entendement sans l'empêcher de vivre ! Ensuite, ces « suppositions » offraient à l'anecdote l'occasion de mesurer ce qu'était un conteur ; et, par-dessus, ce que pouvait être un maître de la Parole ! Enfin, l'idée qu'elle prenne toute seule conscience du scandale que signifiait son vœu de devenir conteuse ou de s'imaginer pouvoir prendre la relève de Mèt Boulianno parachevait notre contentement !

Il nous était devenu clair que la densité très singulière de Boulianno suivait une onde cosmique, *de celles qui surgissent parmi les hommes peut-être une fois par siècle*, nous expliqua Bèbert, et que dans le spectre de cette onde il occupait une place d'étoile super massive ! Ce que nous disions dans nos assemblées relevait à la fois de la plainte et de la conjuration, de la force et de la souffrance, du désir et de la désespérance, mais aussi d'un appel vers Boulianno, qu'il revienne et qu'il prenne la voix, mais surtout d'une supplique destinée à tous ceux qui se trouvaient en mesure de recueillir ce qu'il était, de le poursuivre d'une juste manière, et d'éviter la perte de ce que nous possédions comme plus profonde richesse avec la danse, le chant et le tambour. Ce fut justement de ce côté que l'espoir resurgit parmi nous.

La nouvelle que l'anecdote cherchait à joindre Boulianno, et surtout qu'elle aspirait à devenir conteuse, n'avait pas seulement déclenché une manman-indignation. Elle avait aussi envenimé de la curiosité. On tombait de partout, depuis les quartiers inconnus des services de la Poste jusqu'aux communes perdues à trois taxis d'ici, pour s'en venir la lorgner à gros yeux et surprendre ce qui pouvait bien dérailler dans sa tête. Ces visiteurs s'agglutinaient dans nos soirées-à-longues-suppositions comme dans les émois d'un feuilleton de télé. Ils filaient des questions. Ils se mettaient à « supposer » eux-mêmes. Ils stationnaient jusqu'à tard dans la nuit puis reprenaient leur route sous ces brouillards de rosée aurorale qui germent des fougères froides. Tous gardaient un œil oblique sur l'anecdote qui, dans un coin d'assemblée, habitée du silence des ferveurs, oreillait nos débats. Personne ne la soumettait à des demandes directes, ne l'interpellait sur quoi que ce soit, ni ne lui reprochait quoi que ce soit, mais on « prenait sa hauteur » à coups de cils rapides, un peu comme on zieute dans le sable un sillon de serpent...

Chamoiseau, vous trouvez étrange que pas une « supposition » n'abordât l'interdiction faite aux femmes de devenir conteuses !... C'est votre droit, vous êtes dans l'air médiatisé du temps. Mais, sans vous blesser d'une peine inutile, je vous en donne catégorique confirmation : aucune mentalité ne déposa les pieds dans ce questionnement-là ! C'était hors de possible donc hors de discussion. *Presque en dehors de l'univers connu !* vous aurait dit Bèbert. On y pensait peut-être, de ces pensées évaporantes qui ne se retiennent pas, ce qui rayait d'office toute réflexion appuyée sur la chose. D'ailleurs, pour y répondre sans ouvrir la question, et même sans y penser, il suffisait de comprendre ce qu'est un maître de la Parole, c'est au pied de cette juste conscience que les envies bancales tombent, comme des feuilles de poirier au gros sec du carême !... Mais laissons cela tomber à juste titre, et revenons à l'événement : c'est donc parmi ces fièvres discutaillantes qu'apparut notre « espoir »...

C'était un jeune, de même calendrier que l'anecdote, mais avec des graines et du poil de moustache. Un jeune bougre bien costaud. Il venait du Marigot, la commune la plus proche, qui fait qu'il était « étranger » sans être un inconnu. Certains d'entre nous le connaissaient sans avoir goûté au Noilly Prat de son baptême. D'autres l'avaient déjà vu comme une image qui passe. Un tel connaissait son papa, ou le papa de son papa, et tel autre sa manman, ou la tante de la sœur de celle-ci. L'information le disait déjà bien populaire dans sa commune en raison de son talent dans la frappe du tambour, d'un art inimitable quand il fallait danser quelques passes de laghia, ou onduler de la gorge sur les couplets guerriers et les chants du bèlè. Dans les cercles du tambour, il avait tous les dons, en plus d'être

dans les fraîcheurs de la jeunesse, bien fait aux muscles, articulé à la prestance, belle tête à la pointe élégante du cou, et bien sûr d'être doté de deux graines bien plantées que les jeunes filles sentaient vibrer autour de lui comme une aura christique. On le nommait *Populo Ablastine*, et donc souvent on le criait *Popo*, parfois *Popu*, ou *Popi*, et pour le reste *Populo* simplement.
Il venait chaque samedi. Il s'asseyait au premier rang de l'assemblée, juste en face de Bèbert, sans s'occuper lui non plus de l'anecdote. Il écoutait tranquille jusqu'à dépasser la mi-nuit, puis repartait sur sa moto grenat en direction de sa commune. Vint une séquence où il se mit à questionner quelques-unes de nos « suppositions ». Bèbert étudia à tête reposée le fond de ses questions. Il comprit qu'il ne s'intéressait pas seulement aux grands mystères de la Parole, mais qu'il les considérait sans doute encore plus essentiels que ceux du tambour-ka, de ses danses et ses chants. Cela ne surprit pas les plus savants d'entre nous… Chamoiseau, je vois votre sourcil perplexe, ce serait nous mépriser de croire que nous n'étions tous que des nègres de manioc, d'ananas ou de bananes. Il y avait parmi nous des grands-grecs de maths, d'anglais, d'espagnol, d'histoire, des sachants en plusieurs genres de thermodynamique ou de géographie, des psychologues de l'école lacanienne, des bougres mystérieux payés par l'Université pour des choses mystérieuses elles aussi, des personnes qui lisaient des poèmes, des romans, et qui en écrivaient, deux ou trois espéciaux qui feuilletaient Fanon le combattant, Césaire l'homme-nègre et même Édouard Glissant dans

son vœu de « Tout-monde » que personne ne comprend, avec par-dessus plein de sciences insolites, comme celle de Bèbert et son histoire d'astronomie en mécanique quantique, toutes sortes, toutes qualités parfaitement inutiles à la vie des quartiers mais qui palpitaient parmi nous comme des oriflammes dont nous étions très fiers ! Considérant donc le cas de Populo, il fut dit par Jésus Porsépol, l'historien du collège, que c'était une chance qu'il nous vienne de la ronde des tambours-danses-et-chants. Il nous rappela à ce propos que notre tambour (tellement présent dans notre vie quotidienne) était né de rien, qu'il provenait d'Afrique, mais qu'il n'avait pas traversé dans les bateaux maudits, lesquels avaient mené des millions d'Africains, nos ancêtres principaux, aux esclavages des plantations. *Le tambour avait voyagé dans le corps de ces déracinés*, sa charge de puissance et de sacré était tombée obscure dans nos sangs mélangés. Il nous dit aussi qu'il y avait eu, dans la ténèbre de nos histoires, un homme qui s'était mis à *laisser dire son corps*, à ne pas craindre qu'il s'exprime dans toutes sortes de mouvements, ce qui finit par faire de lui un *danseur*. Mais quand je dis « danseur », attention, ce n'est pas ceux que vous adorez voir dans les groupes folkloriques, des amuseurs de la hanche, je vous parle de ceux dont la danse est une *déchirure sévère de leur être tout entier !*. Chez le danseur dont je vous parle, les chairs les plus profondes se détachent des os et se renversent à la surface, ça vous ne le voyez pas, mais si vous imaginez bien vous admettrez que toute danse primordiale qui s'empare d'un corps dominé lui sculpte un *autre corps* ! Durant une nuit d'orage, ce bougre jeté en esclavage (source de notre lignée de danseurs essentiels) avait soulevé en lui cette mémoire sans souvenirs, un peu comme les mystiques indiens réveillent en eux la force kundalini qui incendie leur corps d'une énergie cosmique. Après, les choses s'enchaînent, celui qui danse fait de son corps nouveau un rythme ; le rythme appelant le rythme, un autre bougre ramena du profond de sa chair la mémoire sans souvenirs des tambours du grand pays perdu, il dut le faire d'abord avec sa bouche, dans la sourdine des dissimulations, puis en tapant des mains, puis en tapant sur n'importe quoi où se variaient les résonances, puis en finale en fabriquant une manière de tambour dans les lattes de tonneaux-salaisons que les planteurs faisaient venir. Ce fut sans doute comme ça qu'il resurgit dedans les plantations : *par la résonance*[1] ! Mais poursuivons vers Populo…

L'alliance indéfaisable du danseur et du tambour est tellement puissante que les veillées initiales se créèrent autour d'eux. Ceux qui avaient été mis en

1. « La "résonance" ne passe pas par l'esprit, elle n'a pas besoin de prendre l'avion ou le bateau, *elle passe tout simplement*, comme l'onde d'un vent solaire, elle aime les chairs et elle aime le vivant. Et donc, toute existence qui pousse ses chairs vers le vivant, je veux dire qui pousse son âme vers plus de vie, touche à la "résonance" ! Cette existence se met alors à *faire* ! Elle cesse de subir ! Elle fait danse. Elle fait tambour. Elle fait tout ce que peut faire un être humain quand il se veut vivant !… » (annotation de l'auteur dans une marge, *in* « Almageste de la Parole », opus cité – P. C., Notes de transcription).

esclavage les entourèrent pour assister aux surgissements incroyables du Pays d'avant, un peu comme on va admirer ces geysers d'Islande qui propulsent vers le ciel, dans la fente des glaciers, le souffle d'un dragon disparu ! Par la danse et le tambour, quelque chose du Pays d'avant était revenu aux Amériques, avec grâce et fracas, soulevant dans nos chairs des présences bienfaisantes qui se recombinaient entre elles. Les veillées autour des esclaves qui mouraient donnèrent sans doute prétexte à étoffer le cercle de ferveur autour des rythmes, des corps dansants, jusqu'à ce que cris et modulations de la voix fassent apparaître *celui qui se mit à chanter les choses*, pas seulement à donner de la batterie vocale mais à *chanter les choses !*.

Le chanteur engendra le conteur !

Il s'agissait sans aucun doute d'un « singulier » qui avait balancé par sa gorge *cela* qui, depuis le ventre du bateau, depuis l'oubli, depuis la mort, était resté en couvaison souffrante entre ses amygdales ! Le chant des plantations se développa jusqu'à inaugurer ce qui allait être *la Parole* !...

Cela nous mit en grosse fièvre dans les « suppositions » ! Notre enthousiasme se renforçait à l'idée que notre Populo était tout à la fois *tanbouyé danseur chanteur*, ce qui faisait beaucoup de puissances et de forces concrétisées dans notre dernier espoir !

(Voici ce qu'il nous faut considérer, Bèbert mon cher, j'entrouvre une parenthèse, faites-moi l'honneur je vous en prie de me noter cela… J'y ai réfléchi souvent moi qui suis professeur de musique, ethnomusicologue en complément, et chanteur de famille dans les anniversaires de mes petits-enfants… J'ai eu la chance, voyez-vous, de participer à la veillée du regretté Nestor Désopilant, défunt adjoint au maire durant trente ans, communiste admirable… Les autorités avaient voulu que monsieur Boulianno tienne la position de la Parole en face du cercueil. J'avais alors été frappé par l'étrange phénomène polyphonique que constituait sa voix !…

Précisez ! dit Bèbert.

Je m'explique.

Il n'était pas seulement dans la Parole, dans le chant, ou dans la vibration sonore, ni dans un mélange de ces trois dimensions, il se répandait à travers tout cela avec une particularité étonnante que parvint à capter mon oreille quelque peu exercée : les trois compétences se voyaient accomplies *en même temps !*. Superposées, entrelacées, émulsionnées, sans épanchement de l'une dans l'autre, distinctes et soutenues comme des cordes de cristal. *En même temps !*… Dans nos chants de travail, de coups de main, de cantiques, de carnaval ou de bel-air, que j'ai bien étudiés, le chanteur articule volontiers des parlures non chantées ; d'autre part, dans le monde de la Parole où règnent nos conteurs, ou dans celui des Da qui mâchonnent des histoires aux enfants, il existe de nombreux petits récits qui alternent avec des ritournelles ou de petites berceuses chantées comme des mantras d'hypnose… On voit bien, dans notre culture populaire, que cette proximité (pour ne pas dire cette « mobilisation » permanente du parler et du chant, donc du mot et du son) est un principe fondamental. Seulement, on passe toujours de l'un à l'autre, successivement, *on ne les mobilise jamais en même temps !*. Une fois que j'ai compris cela, j'ai été attentif au phénomène, surtout dans les veillées mortuaires où le verbe des conteurs disputait à la mort la maîtrise de la nuit. Mais j'avoue que c'est en entendant par chance ce monsieur Boulianno que l'inattendu d'une structure complexe me sauta à l'esprit. Pour aller vite, disons qu'il y avait au moins trois entités dans sa voix : un *conteur*, un *chanteur*, un *musicien total* ! Et s'il fallait risquer l'étrangeté (mais je sais, cher Bèbert, votre passion pour la mécanique quantique, ce qui me permet cette gourmandise), j'y ajouterais une phylogenèse animale qui lui donnait un accès naturel à des pépiements d'oiseaux, mais aussi à des cris de manicous ou des grognements de cochons-planches… et j'en passe !

Épuisez ! enjoignit Bèbert.

De ce que nous savons maintenant des passerelles entre les mondes du tambour, de la danse, du chant et du conte, nous avions convenu d'une dissociation progressive de ces quatre domaines, de manière encore plus spectaculaire en ce qui concerne le chanteur, ce dernier s'étant pour ainsi dire « dédoublé » pour donner naissance au conteur. Cette parthénogenèse créa deux compétences distinctes.

Parfaitement vérifié ! approuva Bèbert.

Maintenant, imaginons cette alchimie : le chanteur qui soudain se met à parler, ou le conteur qui brusquement chante. Pourquoi cet emmêlement ? Qu'a-t-il à dire que le chant seul ou que le parler seul ne saurait exprimer ?... Il me semble que nous touchons ici à l'un des paradigmes de la littérature de chez nous. L'indécidé ! Ce désir de rassembler toutes choses sans absolu, en les laissant ouvertes ! Il aurait fallu savoir ce qu'en pense ce Chamoiseau dont on dit qu'il s'intéresse à ces questions, je lui ai écrit à ce sujet mais sans réponse bien entendu... Enfin... Creusons plutôt nos propres suppositions !

Creusons ! encouragea Bèbert.

N'oublions pas que, à l'origine, nos pères et nos mères (esclaves rassemblés autour des tanbouyés, des danseurs, du chanteur) n'ont pas encore de langage commun. Je ne parle pas de langue : en la matière, ils ont la langue créole, langue de travail, et ils entendent la langue du maître, le français, langue de la domination. Ce dont ils ne disposent pas encore, c'est du langage, c'est-à-dire d'un espace d'expression qui leur soit propre, qui émanerait de ce peuple qu'ils sont en train de devenir et dont ils ne soupçonnent pas encore la possibilité. L'avantage du chant c'est qu'il n'a pas besoin de langue. Il lui faut juste non pas un langage, mais seulement un désir d'expression qui mobilise des sons : l'*intention d'un langage*.

Vous me suivez ?

L'intention est une force ! s'exclama Bèbert.

Notre chanteur inaugural se trouve précisément à ce stade : son chant appelle au langage, ses sons appellent les mots. Et quand les mots surgissent, ils sont répétés sans fin sous différentes tonalités... Écoutez les blues, les gospels, les marches funèbres, les chants de bèlè ou de gwoka... ça fonctionne dans toutes nos Amériques ! Les lancinantes variations de tonalité vont déclencher dans les esprits (ceux des tanbouyés, ceux des danseurs, ceux de l'assistance) des images de toutes espèces ! « Beaucoup » serait peu dire ! Bien entendu, ces images vont tourbillonner aussi dans la tête du chanteur ; lequel se verra envahi lui aussi de sensations, de rythmes et d'images... Après, survient le mystère de la création, mais on peut « supposer »...

La « supposition » est recevable sans danger ! confirma Bèbert.

Notre chanteur capte des images qui lui passent dans la tête, des images bien formées qui font des mots, des visions qui font des miettes d'histoires... Chaque petite histoire est une charge d'autres petites histoires qui se tiennent dans des agglutinations de mots. Dès lors, le chanteur décisif, celui qui allait donner naissance au conteur, se mit à parler de plus en plus longtemps (comme Coupé Cloué, ce chanteur haïtien paix à son âme qui parlait bien plus qu'il ne chantait !), à parler jusqu'à ce que l'engeance des conteurs apparaisse !...

C'est à considérer ! entérina Bèbert.

J'ai pas fini.

Revenons à monsieur Boulianno dans la supposition. D'après ce que j'ai pu voir, il commençait par de petits-chants. Pour respirer entre des pans d'histoire, il chantait. Il chantait pour illustrer une attente, préciser une espérance, faire ressentir un cheminement. Il chantait pour rythmer la peur, la course, il chantait simplement pour chanter. Il était habité de petits-chants. Dès lors, il nous faut rappeler cette évidence : un conte est autant chanté que parlé, autant parlé que chanté, autant déchanté que déparlé !

La plasticité d'une onde ! soupira Bèbert.

Mais, au-delà de ça, il faisait de sa narration quelque chose qui n'était ni un conte ni un chant, et qui donc ouvrait au mystère de la « voix-pas-claire », que nous avons déjà considérée ici même. Donc, la « supposition » supérieure est, si vous le permettez, que le conte est un chant, que ses mots sont des sons, que chaque conte est une mosaïque qui s'encastre dans la mosaïque d'un autre conte, que ces mosaïques (faites de mots qui sont des sons et de sons qui sont des mots) deviennent de ce fait protéiformes, surtout inter-mélangeables, ce qui permettait à ce monsieur Boulianno de les placer dans n'importe quel ordre, et d'en architecturer n'importe quelle construction, un peu comme s'il manipulait un de ces jeux Lego qui passionnent les enfants ! Il improvisait comme cela avec une combinaison impressionnante de mosaïques et de trans-mosaïques, jusqu'à déployer cette « grande chose narrative » qui tenait la veillée... Comme vous,

cher Bèbert, j'appellerais ce phénomène la « Parole », avec une majuscule, laquelle n'a rien à voir avec notre bavardage de tous les jours, ni avec celui des conteurs d'amusements. Donc, je vous demande de bien considérer cette proposition : *monsieur Boulianno ne parlait pas contre la mort, il célébrait la vie par un hosanna aussi imprévisible pour lui-même que pour nous !...*
L'onde est imprédictible ! conclut mystérieusement Bèbert[1].)

(Ce n'est pas pour dire, mais gardons cette parenthèse juste pour donner un avis supposé : quelquefois (mémoire de ce que j'ai vu-de-chez-vu !), quand il était dans son jardin, près de chez moi, au quartier *Labaskou*, en plein jour il se mettait à chantonner certains bels beaux passages de ses contes, comme ça, sans raison... on a dit, les gens disent, que c'était pour effrayer les oiseaux qui dévoraient ses graines, mais c'est de la couillonnade, en fait les chants étaient d'une telle jolité-joliesse que les oiseaux s'en venaient de Colombie pour rester l'écouter !, alors donc, déduction, il chantait pour autre chose, et c'était quoi cette autre chose ?, rien sinon une très-pas-comprenable nécessité !, et donc à force de l'entendre chanter ainsi, sans raison et sans rien engager à comprendre, les gens ont fini par dresser un rapport à l'équerre entre

1. Supposition 232, proposée par Homélie Casimir de Montjoly, ethno-musicologue, qui donne des cours de français au quartier *Morne Poirier* (*in ibid.* – P. C., Notes de transcription).

l'apparition de ces chants et une mort dans le quartier ou dans les environs, sitôt dit sitôt fait !, quand il avait fini de chanteller comme ça, dès la première ombre du soir, ou le premier souffle du serein, *han !*, une conque de lambi annonçait par les vents des hauts mornes un débarqué de la mortalité, *père fils et Saint-Esprit prenez pitié !...* Et donc, voici la supposition : *Boulianno sentait venir les descentes de la mortalité*[1] *!...*)

(Gardons toujours une parenthèse ! Il y a la question du tambour, j'ai vu Boulianno une ou deux fois, la dernière à la veillée de Man Éclissette Georgina – bonne personne oui, fille d'Anca Mona, la brodeuse de dentelle pour jabots –, je l'ai vu, oui de pleins yeux, se faire escorter d'un tambour ! Ce n'est pas tout du long qu'il faisait pareille chose, mais à la veillée d'Éclissette, juste avant ses « salutations », il avait crié comma ça : *Tanbouyé ban mwen son-a !...* « Tanbouyé joue pour moi !... » Et le tanbouyé, qui était venu pour une affaire de danse, mit dehors là même une sonorité.
Laquelle ? voulut savoir Bèbert.
Je n'en ai pas la souvenance exacte, cela pouvait être un *bénézuel*, un *kanigwé*, ou alors une cadence de lune claire comme le *mabèlo*, le *woulé*, ou le *mango*. Peut-être un de ces « grands sons » qui résonnent dans les mornes quand les gens font solidarité pour ramollir

1. Supposition 749, proposée par Charlie Azérot, du centre-bourg, propriétaire de la station-service (*in ibid.* – P. C., Notes de transcription).

une rocaille à la fourche ! Ou bien un de ces engagements de *danmyé* ou *ladja* qui appellent au combat... Comment savoir ?! La musique, c'est pas vraiment mon rhum !... En tout cas, le son en soi n'a pas trop d'importance, il faut juste savoir que le tanbouyé, à la demande de Boulianno, entama une cadence.

Et c'est là que le micmac devient intéressant.

On ne peut pas dire que je mens puisque je l'ai vu !

On t'écoute ! souffla Bèbert en soupirant.

Boulianno prit le temps d'écouter le son, quel qu'il soit, et, avec de tout petits gestes de la hanche, de l'épaule, du pied ou de la main, il se mit à modifier le rythme qu'avait choisi le tanbouyé jusqu'à l'orienter vers une cadence particulière ! On se mit à entendre un genre de battement qui n'avait plus rien à voir avec les sons connus ! Boulianno régla comme ça le tanbouyé, avec son propre corps, il l'écoutait en marchant, il marchait en l'écoutant, il pivotait sur un pied pour glisser en arrière ! Il le canalisait d'une épaule, l'accélérait d'un soulevé de la main, le dirigea comme ça « à petites touches » ainsi qu'il l'aurait sans doute fait pour un troupeau de bœufs ! Et puis soudain, *bidime !*, le phénomène se produisit : sa voix sortit de tout son corps pour se mélanger au roulement du tambour !

Ne dites pas que je mens puisque je l'ai vu !

Tu as l'audience ! confirma Bèbert.

J'avais du mal à comprendre ce qui se passait là, et j'envoyais mes oreilles pour essayer de distinguer entre la voix de Boulianno et les sonorités de la peau de cabri, à croire qu'il chantait-tambour, ou qu'il parlait-tambour, et puis soudain, je l'ai vu-entendu, son timbre s'était ouvert comme un vent qui descend des hauteurs pour éclairer le monde, sans cris et sans gros sauts, aussi puissant que le tonnerre-bondieu du tambour lui-même ! La sonorité était menée à la baguette par la voix de Boulianno ! Le tanbouyé quant à lui ne pouvait que regarder ses doigts s'agiter presque tout seuls sur la peau de cabri ! La seule chose qui lui était possible, c'était d'écouter la voix de Boulianno qui ordonnait au son ! Et puis je vis Boulianno stopper net le tambour avec un petit mouvement de la main ! Le tanbouyé demeura sans bouger sur son instrument, écoutant ababa la Parole qui continuait sans lui. Un petit moment plus tard, Boulianno le réactiva avec juste un autre geste de la main, et les deux nappes sonores se mélangèrent une fois encore pour raconter ensemble ce qui était conté !... C'était à se gratter la tête de voir une voix prendre la main sur le son d'un tambour ! De temps en temps, la voix se glissait par en dessous du son pour l'envoyer au ciel avec des ailes de dragon !

C'est pas *mentir*, l'affaire a été vue !...

Et donc, ta supposition ? interrogea Bèbert.

En principe, celui qui *entre* dans une la-ronde pour danser ou pour conter doit s'avancer vers le tambour pour lui faire allégeance et lui mander l'inspiration. Mais là, ce que j'ai vu, c'est que Boulianno n'était pas monté au tambour : il lui avait donné des ordres ! Et donc, je dépose ceci : *il avait un accès direct aux dieux perdus du grand pays*[1]...)

Ce genre de « suppositions » remplissait Populo d'une trâlée de plaisirs. Il n'arrêtait pas de poser des questions. Galvanisés par l'intérêt qu'il lui portait, nous « supposâmes » plus que jamais autour de Boulianno. Il y eut plus de mille douze interventions visant à mettre son monde de la Parole en corrélation avec ceux du tambour et du chant. Nous établîmes tellement d'aller-venir entre ces mondes qu'un samedi soir, au moment d'une pause pour le rincement des gorges, Populo nous dit le grand honneur que ce serait pour lui d'être présenté à Mèt Boulianno. Si l'anecdote n'avait pas été à l'affût, nous nous serions réjouis que c'était une belle bonne idée, et plus d'une exclamation lui aurait rappelé que la « place » était à désirer, vu qu'en raison de l'âge de Boulianno il était important que quelqu'un lui assure au plus vite un « sillage d'honneur, de respect et de continuité ». Nous lui aurions dit de même que si cette succession provenait du tambour, de la danse et du chant, la continuité serait solide car elle nous inscrirait bien dans ce « devoir de tradition » que les plus effilés d'entre nous appelaient de leurs vœux.
Mais nous ne lui dîmes rien de tout cela.
Ou alors nous le lui dîmes dans le silence, balbutiant juste (par-dessous ce silence orienté vers l'anecdote)

1. Supposition 756, de Caloupilé Gustave, directeur d'école primaire, décoré de la Légion d'honneur, quartier *Vieille Citerne* (*in ibid.* – P. C., Notes de transcription).

que nul ne savait où « restait » Boulianno, qu'il avait sans doute quitté la commune, délaissé le pays, voire (comme l'envisageait Bèbert) notre infime galaxie.

Populo demeura muet sur cette proposition que nous lui avions signifiée sans la lui exprimer. Il avait dû l'entendre pourtant. Dans les mornes, nous sommes habitués à « entendre ». Notre écoute dans les veillées anciennes était une pratique millénaire. Elle provenait des périodes d'une souffrance dépassée en montant. Ce sont ces périodes-là (disent les grands-grecs d'entre nous) qui transmettent aux gènes un panel d'aptitudes que les générations suivantes acquièrent sans y penser. Même si alors les veillées étaient beaucoup plus rares, beaucoup plus vides, nous écoutions encore ce qui s'y disait avec l'ancestrale compétence qu'avaient conservée nos oreilles (d'ailleurs Boulianno avait sans doute disposé de cette autre compétence qui lui est associée : s'adresser non pas aux oreilles mais à l'« entendre » !)... Populo devait donc être au fait de ce que nous voulions... c'était obligé !

Bèbert ayant lancé nos enquêteurs (le neveu policier de Man Delcas et sa filleule, enquêtrice à la sécu sociale), chaque semaine nous amenait d'étonnantes précisions sur notre Populo, le plus souvent enthousiasmantes. L'information (mise au clair par les recoupements minutieux de Bèbert) nous révéla que Populo était fils (à graines directes) de Perduré Kolo Costaud, un tanbouyé qui à force de talent avait ajouté dix-huit sons de tambour à tous les sons connus ; et que son père, en fait grand-père de Populo, avait été un danseur de combat dont la rumeur disait qu'avant d'aborder une arène il suspendait ses os aux branches d'un fromager : sa force devenait alors celle d'un bœuf dont il avait humé sept fois le souffle chaud, et le moindre de ses balancés de pied une frappe désespérante, inconnue de la miséricorde.

Mais ce n'était pas tout.

La mère de Populo avait eu pour frère direct Cérynie Mortel Balzane, un chanteur, cependant dire « chanteur » à propos de ce bougre c'est comme confondre un feu de lampe Coleman avec la morve chancelante d'une bougie. Il faudrait peut-être dire : un « dégageur de chant » ! Il envoyait-monter le chant ! Il donnait de sa voix comme avec l'intention de rester ababa tout le reste de sa vie. C'est tout son corps qui passait par sa gorge, qui gonflait son timbre d'une foudre d'orage-cristal. On percevait alors le goût de son sang, l'encens de ses rêves, même les battements d'ailes de son âme. Il avait chanté le laghia, le bèlè, les parolailles de ses chansons se transformaient naturellement en de longues ferveurs ; la plupart d'entre elles faisaient partie de l'atmosphère des mornes quand il fallait mettre en culture les terres hostiles, lutter contre la pluie ou contrer les serpents. Ce sont ses chants qui escortèrent nos grèves les plus sévères contre les usiniers, qui couvraient nos douleurs quand il fallait se soulever le cœur au-dessus des morts et des blessés. Un papa-chanteur que nul n'avait oublié (sauf peut-être les gens de l'En-ville), duquel Populo avait pris l'apparence, la voix, et la manière !

Celui qui, sans réagir à nos attentes, était devenu notre espérance poursuivit ses questions. Il s'exprimait à l'huile d'olive, le timbre installé comme il faut. Chaque fois qu'il s'éclaircissait la gorge pour mander une audience, un silence affamé suspendait l'assemblée. Il avait un tel don pour s'emparer du parler simple, l'emporter dans les volutes d'une tranquille symphonie, que l'on éprouvait du contentement à seulement l'entendre, et pas seulement du contentement : nous allions à la joie et à la gratitude !
Sa voix était une majesté.
Elle nous appelait. Elle appelait des choses profondes en nous. *Elle nous donnait envie.* Elle avait un pouvoir. C'est sans doute pourquoi, un de nos samedis, Bèbert cessa de noter et se leva pour exposer une clarification sur ce qui nous tourmentait tous : *L'avantage avec la tristesse, c'est qu'elle arrête le temps, pas seulement les jours et les nuits mais aussi, en vérité, l'allant du vent lui-même...* et-cætera. Puis il remercia l'anecdote en expliquant que son débarquement dans la commune de Sainte-Marie nous avait renvoyés à notre propre aveuglement. Bien que le silence de Boulianno constituât une véritable fin de monde, il s'était malgré tout installé sans alarme, sans occasionner de notre part une mobilisation. Dès lors, nos jardins, nos maisons, nos existences avec, s'étaient retrouvés, pour ainsi dire, *déshabillés*. *Quand vous êtes venue ici,* lui dit Bèbert, *et que*

vous avez mandé après Boulianno avec tant de désir, et qu'à votre désir est venu s'ajouter celui de Populo, nous avons repris conscience de ce que nous avions perdu. Votre venue, à tous les deux, nous a pour ainsi dire « réanimé » les yeux et les oreilles. Nous nous sommes rappelé à quel point nos veillées mortuaires n'étaient plus ce qu'elles étaient... Les anciens disaient que le jour où il n'y aura plus de veillées, donc plus de force créatrice, cela signifiera que la mort s'est installée pour de bon dans la vie, que la mort est devenue la vie ; ils affirmaient qu'en réalité il n'existe rien de valable avant la mort s'il n'y a rien après, si rien ne la reçoit sans crainte, si rien ne surplombe son passage avec autorité !... Bèbert (que jamais nous n'avions vu aussi solennisé) proclama alors que nous étions *en danger*, que le silence de Boulianno n'était rien d'autre qu'un tocsin, telles ces ondes qui transportent, dans la substance de l'Univers, l'effondrement d'une galaxie... L'anecdote baissa la tête. Populo écoutait très gravement mais resta silencieux. Bèbert se remit à la notation de nos « suppositions » en le surveillant, comme nous tous, du coin gauche de l'œil droit. Mais l'espoir resta assis, songeur, et ne manda plus à parler ce soir-là.

(DICTIONNAIRE DE LA TRISTESSE IRRÉMÉDIABLE – ***Manguier-gris :*** *les manguiers deviennent bleus dans la brume du matin, et se distinguent à peine des herbes caboullas, mais plutôt que de briller ils absorbent l'opaque de la brume sélénite, laquelle se dissipe à mesure que la*

lumière s'ouvre et que le soleil monte ; s'installe alors dans l'épaisseur de leurs ramées, dessus de leurs feuilles restées dans l'ombre, mais aussi sur celles qu'une clarté éveille, un gris souris qui les efface un peu, et les dissout dans la brouillasse vitreuse qui suinte encore des pentes trop fraîchement labourées... – ***Ababa Mustafa :*** ababa *en créole signale un des effets de l'admiration, un embarras de l'expression, pourtant, ici, c'est signaler ce qui t'habite dès le lever du jour : une stupéfaction qui n'a rien à dire et rien à faire, comme fixée en elle-même, accrochée à tes lèvres entrouvertes où ne germe aucun son, aucune envie, aucun reste de rêve... –* ***Le débordement :*** *quand tout semble submergé par on ne sait quelle rivière qui gonfle depuis le cœur, circule en vagues de sentiments obscurs et fait cascade dans les pensées... –* ***Mazurka emplumée :*** *quand on danse la mazouk, qu'on danse la mazurka, mais sans musique, dans un branle de la hanche qui semble scier du bois, et un envoi du cœur qui tape sur des bambous où grince on ne sait quel genre de mélodie que personne ne chante et ne chantera jamais... on bat alors de ces ailes dont on n'a que les plumes*[1]*...)*

Les ultimes cases – Rien ne laissait supposer que Populo avait vraiment perçu l'appel qui lui avait été lancé dans l'explication de notre tristesse. Mais nous le vîmes,

1. *Abécédaire poétique* de Symphonie Tirette, poète de *Fonds Mascotte*, primé aux Jeux floraux de 2015 de la Désirade, cité trois fois au Printemps des Poètes, à Paris (*in ibid.* – P. C., Notes de transcription).

dans les jours qui suivirent, venir chez nous, même en semaine, donc tous les jours, profitant des heures libres d'un travail culturel qui le lui permettait. Il stationnait dans les épiceries du quartier, prenait son temps dans les stations-service, ne demandait rien de précis à quiconque mais blablatait avec tout le monde, chacun étant heureux qu'une personne de tant de talent, tant d'avenir, puisse prendre un milan très sociable avec lui. Il avait l'air de venir comme ça et de se promener comme ça. Pourtant, Bèbert (alerté bien avant nous) se mit à poser ses visites sur un graphique savant où il avait dressé une carte de nos quartiers. C'est ainsi qu'il s'aperçut que Populo visitait les quartiers un à un ; pas seulement les quartiers, mais les espaces entre les quartiers : les « derrière-ceci », les « pays » les « trous », les « fonds », les « ravines », les « lieux-dits » et les « côtés » que plus personne n'essayait de dénommer. Il allait de plus en plus loin, de plus en plus haut, de plus en plus profond. Il fut clair qu'il recherchait quelque chose, surtout qu'il était sur la piste de quelqu'un, et que ce quelqu'un ne pouvait être que Boulianno.

Notre espoir atteignit alors l'intensité d'une braise de bois-campêche !

Il était en train de rechercher Boulianno !

Sans doute pour s'installer à son écoute, comprendre ce qu'il savait, en finale assurer le relais tant espéré avec l'immense savoir que nous risquions de perdre. Il est difficile de maîtriser l'espoir. Il se répand de spirales en tourbillons, et chacun s'y retrouve, à la fois affermi en lui-même et emporté dans une intensité. Les calculs mathématiques-astrologiques de Bèbert en établissaient la certitude inébranlable, mais rien dans le réel ne permettait de l'affirmer. Populo ne demandait rien à personne, ni ne prononçait en aucune occasion le nom de Boulianno. Cependant, il visitait toutes les cases où celui-ci avait habité, une à une, surtout les plus à l'écart, éloignées, reculées, posées dans un dehors de l'existence. Il disait : *To to to, j'ai dit bonjour la maison !...* Si quelqu'un montrait un sourcil ou une aile, il se contentait de prendre la blague sans horizon, la santé, la pluie, l'igname pacala, petites choses de la vie que cultive la parlotte ordinaire entre bonnes gens qui se rencontrent en paix. Sa seule question était de savoir s'il y avait une autre case plus loin, plus fond, derrière, ou plus haut. Si on lui en signalait une, il y allait ; s'il n'y en avait pas, il rebroussait chemin. Personne n'osait formuler une question directe sur ce que nous espérions tous ; chacun avait pour lui, sur ses passages, une petite question qui ne questionne pas vraiment mais qui ouvre la porte à un réflexe de confidence... *Et qui tu cherches, mon fi ? Il y a quelqu'un que tu veux voir ?... Où est-ce que tu vas comme ça, mon fi ? Tu vas rendre une petite visite à qui ?...* Lui ne disait rien, prétextant qu'il était en promenade *comme ça*, ou adepte de ces étranges pratiques que les gens de l'office de tourisme appellent « randonnées ».

Bien entendu, ce qui devait arriver arriva. À force de sillonner les quartiers, d'aller-virer, ses chemins finirent par croiser ceux de l'anecdote. Elle menait ses sillons de son côté, avec moins de méthode mais tout autant d'obstination. Elle « cherchait » elle aussi, seulement, étrangère à la zone, elle n'avait pas la moindre chance de trouver quoi que ce soit. Ils se rencontrèrent. Ils se parlèrent. On les vit marcher ensemble. On n'a pas le détail exact de leur rencontre et de leur rapprochement, mais on les vit bientôt cheminer par-ci, monter par-là, descendre par ceci, dévaler par cela, ensemble, parlant de tout en bavardant sur rien. Ceux qui tendaient l'oreille sur leur passage essayaient de capter quelques mots signifiants, notamment le nom de Boulianno, toutefois les deux jeunesses discutaillaient d'un tas de banalités autres, du tambour, de la danse, des chants, de la culture ou de l'identité... C'était étrange au délicieux de voir ainsi deux jeunes arpenter nos chemins, s'intéresser à des choses qui, pour la plupart d'entre nous, n'avaient plus une quelconque importance, ou demeuraient livrées aux passives nostalgies. On dit qu'il l'emmena dans des soirées de tambour du côté de sa commune, et qu'il lui présenta les grands artistes du lieu de sa famille. On les vit à la rivière, on les vit à l'usine, on les vit à la Croix-Blanche, on les vit sur la plage du bourg... Leurs déambulations communes alimentaient deux-trois de nos « suppositions » quand par hasard ils ne rejoignaient pas notre assemblée d'un samedi soir. C'est d'ailleurs en profitant de leur absence, celle de Populo et celle de l'anecdote, que nous entreprîmes la question de savoir ce qu'il nous fallait faire.

Bèbert nous montra un lot de ses graphiques. D'après ses recoupements, Populo avait ratissé les endroits où Boulianno s'était installé au fil chaotique de sa vie. Car il faut le savoir : s'il existait un flou sur le père charnel de Boulianno, une brume sur la série de ses beaux-pères, et beaucoup d'incertitudes sur la vie de ces femmes qui l'avaient élevé, on connaissait en revanche la plupart des cases qui avaient abrité un peu de sa longue existence. Un nombre incalculable de cases que Bèbert avait classées en trois catégories : les *cases-assurées*, les *cases-peut-être* et une toute dernière, plus improbable que l'improbable lui-même, criée : *case-si-dieu-veut*... Les cases-assurées étaient celles que l'on trouvait encore. Elles dataient du temps où Boulianno était à peu près stable, travaillant à l'usine, exerçant à la locomotive, saignant les bœufs ou menant les sillons, ou encore djoubakant dans l'un de ses djobs réguliers. Celles-ci étaient aujourd'hui habitées à la dure, rénovées, bétonnées en villas à antennes paraboliques et plusieurs cabinets. Les cases-peut-être ouvraient à une autre partie de sa vie, celle du maître des veillées, où il devenait bien plus insaisissable, habitant en bordure extérieure des quartiers, puis de plus en plus dans des « côtés », des « derrières », des « fonds », des « trous » ou des hauteurs impraticables. Chaque fois, il avait habité la case d'un plus ancien que lui, cases à l'antique, figées dans un temps précédent, qu'il appréciait bien plus que les plus jolis châteaux du monde. Ces cases étaient tellement légères qu'elles s'effaçaient doucement autour de sa personne quand Boulianno les habitait. Il les voyait se dissiper au soleil de midi telles de petites vapeurs, ou se liquéfier dessous les avalasses comme un sillon de jardin, à tel point qu'il finissait par s'en aller trouver ailleurs une autre case de même étrangeté. Certaines de ces cases s'effaçaient de la surface du monde ; d'autres demeuraient dans une décomposition qui n'en finissait pas, d'une lenteur éternelle souvent imperceptible, et parfumée de vétiver, comme si elles résistaient au temps précisément par leur décomposition. Boulianno les quittait à un certain moment, non parce qu'elles devenaient inhabitables pour lui, mais parce que l'énergie de sa vie et l'énergie de ces cases entraient en distorsion. Cela l'obligeait à s'en aller plus loin, plus haut, plus profond dans les fonds perdus, dans des côtés difficiles à situer, des hauteurs souventes fois, où il s'était mis à disparaître sans signes et sans consignes. On l'apercevait de moins en moins au bourg, aux abords de l'église le dimanche, de moins en moins à la maraude autour de ces belles matadors (ces femmes qui vivaient seules, capital gâché dessous leurs beaux cheveux et leurs yeux langoureux, sans jardinier pour leur jardin), et surtout presque pas, puis pas du tout, dans les veillées où on ne cessait pourtant de le mander à coups de sons de lambis. Bien des convois étaient partis à sa rencontre afin de le supplier au nom de tel ou tel mort, pour telle ou telle veillée, de venir à la voix, de monter au combat… *car tu comprends, Mèt Boulianno, la famille est en chagrin, il n'y a que toi pour dispenser le bon bocal de miel*, seulement il avait refusé, avec l'excuse gentille mais le refus quand même. Le trouver, le retrouver, le découvrir avait été de plus en plus difficile, voire parfois impossible. On s'était habitués aux longues veillées sans lui, dans une résignation où le regret avait fait place à une mélancolie, vite effacée sous l'indicible tristesse. On ne l'avait pas oublié mais on n'y songeait plus. Quoi qu'il en soit, Bèbert, on ne sait pourquoi (sans doute à cause de sa lubie de positionner sur sa vieille carte de l'Univers toute une série d'objets cosmiques et de planètes fantômes), avait conservé une cartographie des cases où il était resté, à commencer par les plus récentes. Ce samedi-là, il fut en mesure de les indiquer une par une, en petits points croités du bout de son bic rouge. Devant nous, il en précisa les coordonnées, *nord, sud, est, ouest, longitude latitude, c'est ici et c'est là*... Pour atteindre à une si éblouissante précision, il avait dû solliciter et-cætera de gens, poser plein de questions subtiles. Mais le plus étonnant fut quand il nous expliqua, en superposant une série de graphiques, que Populo avait visité toutes les cases-assurées, l'une après l'autre, dans le bon ordre, celui où Boulianno était censé y avoir séjourné. Quand elles avaient disparu de la surface du monde, que la moindre de leur poussière s'était vue avalée par les herbes cabouya, ou que leur solage de pierres avait servi de fondations à une autre maison, Populo s'était malgré tout rendu à l'emplacement exact, comme s'il avait disposé lui aussi d'indications précises. Il s'était même approché de certaines cases-peut-être, approché au millimètre près des plus proches, avait pressenti des localisations pourtant très difficiles, néanmoins il s'était retrouvé au fond de la déroute : les tracés de Bèbert le montraient en train d'aller-virer, et de tourner en rond, à la manière d'une fourmi folle, et souvent de se perdre. Mais c'est là que nous prîmes conscience que, sur la carte très exacte de notre astro-archéologue, les deux dernières cases-peut-être et l'ultime si-dieu-veut n'étaient que supposées avec un point d'interrogation, signifiant qu'à partir de là, dans nos souvenirs les plus fondés, en science et en conscience, tout le monde, à commencer par le bondieu, avait perdu la trace de Boulianno.

Bèbert avait résolu assez vite le mystère des connaissances de Populo sur certaines cases du maître. Les mondes du tambour, de la danse et du chant étaient en lien avec celui de la Parole. Boulianno durant sa vie aurait été, dit-on, tanbouyé d'occasion, chanteur de circonstance pour le danmyé et le bel-air, puis s'était en finale confirmé dans les arènes de la Parole. Mais, sa vie errante durant, il avait gardé contact avec ses mondes originels, participant à leurs lawonn, les invitant aux grandes veillées où il faisait merveille contre la mortalité. Populo avait dû mener l'enquête de ce côté, avait trouvé des pistes, les avait suivies sans prendre la peine de mander quoi que ce soit à quiconque d'ici-là : il était de notoriété que pas un d'entre nous, vieux habitants des mornes de Sainte-Marie, n'ouvrait la bouche pour ces indications. Néanmoins, une crainte subsistait. Populo, avec la chance ou le hasard, restait en mesure de retrouver Boulianno d'une manière ou d'une autre, de lui emmener étourdiment l'anecdote qui nous avait épouvantés de sa prétention folle. Dès lors, de notre bord, la pression amplifiait de jour en jour pour savoir où pouvait se trouver actuellement notre maître, et garder de cette sorte un atout protecteur.

Les trois derniers points d'interrogation de la carte de Bèbert nous avaient pour ainsi dire anéantis. Nous refusions depuis longtemps d'indiquer aux étudieurs son adresse du moment, sans nous rendre compte que,

les années passant, nous ne la connaissions plus nous-mêmes. En plus, nous étions à peu près d'accord sur la nécessité que Populo, notre espoir décisif, parvienne à rencontrer le maître ; et sur le fait, même sans certitude qu'il en devienne l'héritier, ou veuille le devenir ; nous ne pouvions sans indécence laisser passer cette chance potentielle.
Il nous fallait donc le lui amener, mais où ?
Comment atteindre un point d'interrogation ?

Se posait aussi la question de l'anecdote.
Il n'était pas question de cautionner son idée folle de devenir conteuse, avec en plus une quelconque bénédiction de Boulianno. La pensée que cette virgule d'existence puisse par notre faute lui formuler une demande de cette sorte nous livrait au cœur gros et à l'indignation. Ce scandale nous jetait dans une passion amère par laquelle nous nous sentions rapetisser – moi le premier, toujours aux premières lignes de la réprobation. Sans hostilité contre sa personne, seulement animés d'une répulsion de principe, nous voulions lui opposer un *Holà !...*, bien élevé mais bien net, à dire un coco-fer signifiant ad aeternam l'existence des limites !
Ce n'était point parce que nos temps étaient bizarres que l'on pouvait consentir aux blasphèmes !
Pour moi, son cas était réglé.

Le problème, c'est que Populo et elle ne se quittaient plus. Ils visitaient ensemble les coins et les recoins. Ils venaient ensemble aux samedis de nos « suppositions ». Le reste du temps, ils disparaissaient dans les choses de

la vie, en dehors de nos oreilles et de nos yeux. Aider Populo à rencontrer le maître ne pouvait pas se faire en écartant l'anecdote, notre jeune espoir vivant pourrait en prendre ombrage et réagir on ne sait de quelle manière, à commencer par la mauvaise.
Mais Bèbert décida malgré tout d'essayer.

À la prime occasion, il se mit d'un air très détaché sur le chemin de Populo, un jour que ce dernier enquêtait sans être flanqué de l'anecdote. Ce fut aux environs de la fontaine, côté midi, sous la touffe de bambous qui marque la descente vers l'ancienne sucrerie de *Fonds Diable*. Populo fut content de voir Bèbert, célébrité locale. On parlait de sa science inutile des planètes jusqu'aux confins de Grand-Rivière. Quelques exagérants avaient tenté d'avoir des précisions sur l'intérêt de planter la dachine dans une conjonction quelconque de Mars et de Jupiter, mais à l'écoute de la demande le visage du savant avait marqué une telle répugnance que plus personne n'essaya de lui soumettre la moindre obscénité : *Sachez, messieurs, que la science ne descend pas les mornes, elle monte, messieurs, elle monte !* Donc, notre « science-vivante » et notre « espoir-vivant » prirent le temps d'une causette inopinée sous un manguier sans âge, jusqu'à ce que Bèbert, à la frange d'un silence, dise sans macayer à Populo que nous étions en mesure de lui faire rencontrer Boulianno, cela en hommage à son père et au talent de sa lignée, mais qu'il ne pourrait y aller que tout seul, car c'était un risque que nous prenions du fait que Boulianno ne voulait voir personne. *Avec toi tout seul, il nous sera facile de lui dire,* lui expliqua soigneusement Bèbert, *que ce n'est pas une « personne » ordinaire qu'on lui amène, mais l'aboutissement d'une lignée ancestrale, glorieuse et superbe.* Populo, sans prendre la peine de jouer au plus malin, reconnut implicitement que c'était bien Boulianno qu'il cherchait : il joignit les mains sur un mode de prière, acceptant avec un enthousiasme qui nous fit grand plaisir. Il avoua en finale vouloir vraiment rencontrer le maître de la Parole pour lui témoigner l'honneur et le respect. Bèbert, calmant son ardeur juvénile, lui enjoignit d'attendre le moment pile où on lui ferait signe.

Il n'y avait plus de temps à perdre.
Bèbert établit une carte précise des « suppositions » topographiques, trouva une progression logique dans l'emplacement des deux dernières cases-peut-être et de la case-si-dieu-veut, il en élimina définitivement les autres grâce à deux tamis d'équations byzantines, et détermina au bout de treize calculs la zone haute, havre extrême, aux arrière-bans du dernier morne, dernière écale de terre avant le ciel, où, selon toute logique, le maître devait se trouver à présent, tranquille le chat dans l'une ou l'autre de ces trois cases. Il y avait dans cette zone-là, selon d'anciens scieurs de bois-gommier, des édifices d'avant-Déluge, tremblants dessous les lianes et les fougères mouillées qui retiennent l'huile tenace des froidures. Seuls des zombis semblaient les entretenir tant ils paraissaient une fois pour toutes fantomatiques. Nos informateurs n'avaient pas osé y mettre les pieds, car des constructions de dépassé mille ans qui tenaient encore

debout ne pouvaient être qu'une sorte de diablerie dont il valait mieux, *Jésus-Marie-Joseph !*, se garder à distance.

Il fallut constituer un convoi. Nous consultâmes une trentaine de personnes décisives en matière d'ancienneté, lesquelles votèrent pour Bèbert (comme de bien entendu), pour Man Delcas (en raison de sa joie impressionnante à l'idée de revoir Boulianno), et pour moi-même (je ne sais trop pourquoi, sans doute parce que, depuis l'entrée de l'anecdote, je n'avais pas cessé de m'agiter dans les indignations). Pour annoncer à ce cher Populo que nous allions préparer sa rencontre avec le maestro, nous nous rendîmes, sans clairon ni trompette, chez sa manman au Marigot, loin, de peur que l'anecdote, en vigilance trop près de nous, n'ait vent de quoi que ce soit. Nous lui expliquâmes la nécessité de rester chez lui sans voir quiconque, sans chercher quoi que ce soit, à nous attendre avec la foi en Dieu, et que, une fois obtenu l'accord définitif du maître, nous revendrions illico le chercher.

Puis, le lendemain, dans une noirceur d'avant petit matin, nous nous mîmes en route vers les deux cases-peut-être et la case-si-dieu-veut de maître Boulianno, tristes au fond, mais contents du mouvement amorcé, et remplis d'une cadence d'espoir qu'ordonnançait l'allégresse de nos pas.

II. CONVOI VERS BOULIANNO

Vers la première case – Nous montions. Bèbert nous avait avertis que nous allions monter. Pour lui, aller quelque part en montant était de bon augure.
Nous montions vers Boulianno !

Le seul fait d'y penser galvanisait nos pas. Dans le déroulé de sa vie, de case habitée en case habitée, Boulianno n'avait cessé d'exécuter un étrange mouvement. Il s'était déplacé d'abord en rond, au niveau des habitations de canne à sucre ou de bananes, là où les terres sont plutôt plates ; puis il s'était déporté vers nos quartiers des mornes, premières hauteurs, où les seules cultures possibles étaient celles de nos jardins de vie, de nos fosses à racines, de ces garde-manger que nous garantissaient les pieds-mangots et les pieds-fruits-à-pain ; puis il s'était mis à séjourner à l'écart des sections les plus habitées, privilégiant les fonds difficiles à piéter et les ravines aux chemins dramatiques où pièce facteur ne se risquait à monter-déposer les enveloppes des impôts ; et puis (toujours avec ce goût des fonds perdus et des crêtes extrêmes) il s'était mis à s'élever vers les hauts-passés-hauts, là où la brume séjourne, ouvrant la zone incertaine où Bèbert avait mathématiquement supposé les emplacements des trois cases. Sur ses coupes topographiques, l'élévation progressive des derniers emplacements connus était bien nette. Les ultimes cases quittaient nos pentes et nos plateaux habités pour grimper, grimper sans cesse, grimper encore... ce que nous entreprîmes nous-mêmes en cheminant vers elles.

C'est monter que nous montions. Il fallait appuyer du mollet et se tenir les reins. Chacun confiait ses précautions contre les glissades à un bâton de marche qui mordait dans la pente et permettait une prise aux leviers de l'épaule. De temps à autre, il fallait négocier la faille abrupte d'un fonds ou l'une des déclives sans annonce que creusent les naissances de ravines. Nous avions longé les jardins de manioc et de dachine bleue ; puis ceux des fleurs d'arums qui se font délice de la pénombre très froide dessous les hautes fougères ; puis les fosses à tubercules qui engrossent la moindre couche de terre noire ; puis des plantations d'immigrés haïtiens, furtifs et clandestins, qui avaient science des endroits difficiles pour faire venir plein de bénédictions destinées aux mangeailles ; puis des zones envahies par des bambous proliférants, autour desquels s'accumulaient des nappes de bon humus où plus d'un obstiné plantait encore des choses ; puis des zones que nos fourches et coutelas n'avaient jamais touchées, où se mélangeaient de petites familles d'arbres de toutes tailles, des raziés bien serrés autour d'éclaircies de savanes remplies de papillons et de punaises-patates. Enfin, nous atteignîmes les grands-bois, grandes ombrelles de fougères, lianes, mousses gluantes, choses épiphytes sorcières couvrant des arbres sans âge qui s'en allaient chercher la lumière au plus loin.

Nous nous mîmes à grimper sous ces majestés végétales.

Difficile de s'orienter là.
La montée était raide.
L'horizon était mort.
Plus de chemins, plus de sentiers.

L'unique possibilité d'avancer était de suivre une de ces traces qui se tortillaient entre les contreforts de racines moussues, les creux de terre et les crêtes de roche, vieilles traces amérindiennes, vieilles traces des premiers blancs colons qui posèrent leur emprise, ou bien traces très subtiles des anciens nègres marrons qui avaient refugié dans ces pénombres moisies leurs industries de liberté. Ces dernières installaient dans le sol, dans la masse des raziés, une topographie obscure que Bèbert savait bien reconnaître et qu'il abordait toujours (malgré son dégoût de nos croyances et des superstitions) en se signant trois fois. Je n'allais pas tarder à comprendre pourquoi…

Man Delcas nous semblait tracassée et zieutait autour d'elle. Elle avait pourtant de quoi réfléchir à autre chose : aller retrouver Boulianno était, selon Bèbert, une odyssée bien plus enthousiasmante que celle du vieil Homère ! Et c'est là, d'une sorte anodine, que la chose commença.

Dans le silence très spécial des grands-bois, notre commère se mit à ouïr des choses, pas seulement de murmurantes batelées de nègres marrons, mais des voix biscornues, sons gutturaux et autres mélopées lancinantes. Elle eut la certitude d'entendre des personnes de ces peuples caraïbes qui tenaient le pays avant Christophe Colomb. Faut dire qu'elle disposait d'une familiarité génétique avec eux, par le sang de famille, quelques gènes d'un aïeul kalinago, survivant du massacre colonial, qui s'était mis en commerce de cœur avec une de ses aïeules négresses, transmettant de globules en molécules, de génération en mémoire naturelle, cette science du panier caraïbe dont elle faisait son bizness à présent. Nous devions avoir passé un stade particulier de la montée, car, disait-elle dans les zigzags de ses gros yeux, nous étions *dans l'os même du pays*, le bol des commencements...
Pays premier... lui murmura Bèbert.
Elle sentait des odeurs de piment, de manioc bouilli, de patate douce grillée. Des saveurs de goyave et de caïmite flottaient autour des grosses roches, de tabac aussi. Moi, j'étais persuadé de traverser des strates odorantes, relents de gingembre, fragrances de cacao

amer, conques de lambis brûlées, qui se mêlaient à des fermentations aigres de tomates sauvages et une lourdeur d'ananas pourris. Man Delcas (elle parlait pour son corps, mais nous l'entendions malgré tout) était stupéfaite de découvrir tant de densité dans la « présence » forestière de peuples aujourd'hui disparus ; et ces survivances protéiformes convergeaient vers elle, à croire que quelque chose l'avait identifiée comme unique héritière de ce qui flottait là. Je ne voudrais pas exagérer mais, en bien des secondes sous vertige, je crus que tout le paysage se déformait vers elle...

Il faut savoir que c'était moi – *Osphare Tertullien Philogène ! mon nom que je n'avais pas dit* –, moi-même qui conduisais la marche. Je connais les grands-bois, j'y ai chassé l'agouti ancien et le manicou gras lors des saisons de pommes-cannelles. Je savais combien, quand on va dans ces zones, l'on aborde à des hauteurs impraticables sur lesquelles les colons blancs n'avaient pu mettre la griffe, et qu'ils appelaient encore avec dégoût « pays gâché ». Un limon de substance primordiale imprégnait cette partie du pays. Ce qui s'était produit dans les plaines, les champs et les Habitations, les chaînes et les souffrances, n'avait pas infecté ces hauteurs, c'est du moins la sensation qu'on éprouvait en y mettant le pied. En réalité, les colons occidentaux étaient allés partout, avaient œuvré avec le diable partout, mais dans ces endroits-là une chose était inexplicablement patente : *ils n'y avaient pas triomphé !* C'est à coup sûr pour cette raison indéfinissable que Boulianno s'y était installé pour l'ultime phase de son existence. Et donc, aller dans ces endroits n'était pas anodin. Il fallait débrancher sa cervelle, suivre ce que l'on ressentait. Quand on se met à *ressentir*, on suit les « traces », à commencer par celles des nègres marrons. La trace-à-nègres-marrons n'a rien à voir avec un sentier, c'est autre chose, c'est presque rien. Elle ne se montre qu'au cœur, au sensible qui désire, à la foi mélangée du corps et de l'esprit. Donc, à un moment donné, j'avais cessé de suivre une direction, *j'allais* tout simplement vers l'horizon indéfini que Bèbert m'indiquait du menton. J'avais, depuis un bon moment, oublié les ultimes sentiers, c'est du pied que je cherchais les traces-à-nègres-marrons. Même si devant moi n'apparaissaient que des colonnes d'écorce, lacis de roches, de lianes, de raziés, j'envoyais le pied gauche, celui qui n'a pas l'habitude de se mettre en avant, et la trace apparaissait, flottante, tortillait sur la droite, dévalait vers la gauche, s'offrait comme une ondulation dans ce brouillard qui nous servait de cap. Quand je posais le pied sur l'une, elle se stabilisait, se maintenant offerte dans une grande netteté. Quand notre convoi était passé, il était possible qu'elle se remît à flotter, invisible, incertaine, dans la brume, les raziés. J'avais la pratique des traces, je ne m'en faisais aucun souci.

Au bout de quelque temps (combien ?), Bèbert estima (à voix basse) que nous avions quitté le territoire de la commune de Sainte-Marie, que nous devions monter entre Gros Morne et le Marigot, sans doute dans ces contrées équivoques qu'aucune frontière municipale ne

pouvait baliser, qui menaient aux dorsales des Pitons puis aux premières arêtes de la montagne Pelée. J'étais devant, Bèbert me suivait dans une économie de prudence, et Man Delcas, toujours vaillante au décidé (malgré ces murmures qui écumaient à ses oreilles), suivait Bèbert.
Pour elle, aucun problème.
C'était une femme des bois.
Dans ses antans de jeunesse, quand elle rongeait la dèche, elle avait mené débrouillardise dans tellement de jardins improbables que ce genre d'expédition lui était familier. Même si elle aurait préféré rester dans son bizness de paniers caraïbes pour touristes, notre vannière goûtait le plaisir de retrouver une ivresse oubliée, sentir un autre pays, une brume innocente, arroi de fleurs sans usage et de plantes inutiles, contrées de grands désordres anciens qui captaient autrement le soleil, avec une terre tellement noire qu'elle semblait un écrin d'âme sauvage d'où les vibrations végétales s'élevaient avec force, luisantes comme des bijoux. Nous nous arrêtâmes deux ou trois fois, profitant des sièges que nous tendaient de très grosses roches, pour partager une cassave de manioc, siroter un petit rhum sucré et du citron bien vert, sentir passer une lampée de mabi, grignoter des marinades rassies et pimentées treize fois, toutes choses que Man Delcas avait prévues dans le panier caraïbe qui balançait à ses épaules. À la perspective de rencontrer Boulianno, elle avait dégaré une gaule blanche, agrémentée de dentelle anglaise et de petits rubans rouges, elle avait calendé ses cheveux

bien graissés, sorti ses gros bijoux créoles, épingle tremblante, chaînes forçats, broche à pierre noire et anneaux ballotant aux oreilles. Elle s'asseyait sur un carreau de madras jaune et mâchouillait en silence, guettant d'un œil d'oiseau les changements de la brume dans l'ombre des grands arbres. Puis nous reprenions la marche assez vite, portés par une urgence inexplicable.

À mesure que nous grimpions, nous entendions Man Delcas murmurer, comme dans une prière de chapelet, mais sans chapelet et sans église, en fait des bruits incompréhensibles, qui bientôt furent reformulés par Bèbert. Celui-ci, zieutant vers ses arrières, avait scruté l'attention soliloquante qu'elle portait aux vigueurs végétales levées autour de nous, arbres immenses, entrelacements inextricables, une placidité grandiose scintillante de détails, se nourrissant à parts égales d'eau vive, de terre nerveuse, de brouillard, d'ombres et de lumière. Bèbert avait d'abord répété le son de ses murmures, puis il s'était mis à les articuler, un peu comme s'il les dictait à lui-même : *Fromager... Mahogany-grandes-feuilles... Mahogany-ti-feuilles... Courbarils... Lauriers-montagne... marbris... bois bandés... Bois-canon... Balisiers... Guzmania... Laurier-fine... Liane-mahot... Magnolias... Bois-rivière... Gommiers blancs... gommiers rouges...* Elle nommait aussi les mousses spongieuses, les vermicelles dégoulinants, les champignons, et une profusion de petites existences vertes, de tous les verts possibles, qui chuintounaient sous nos souliers telle une chair vivante. Moi, j'ignorais les noms de ces vies végétales. C'était rare que je parvienne à rapporter une de ces désignations à un arbre quelconque, ou à telle ou telle branche des raziés qui nous griffaient la hanche, mais l'écoute de cette litanie (qui s'enroulait tel un mantra) déporta mon esprit à je ne sais quel étiage d'une légère ivresse, me faisant ressentir combien ces grands arbres existaient à fond, désiraient, s'élançaient, s'accrochaient, baignaient dans une aura commune, une touffeur amniotique enveloppante dans laquelle nous pénétrions sans égards, désastreux comme une lame de couteau au cœur d'un giraumon.

L'immense tristesse qui grisaillait nos grands manguiers depuis la disparition de Boulianno s'était dissipée. Ne régnait dans ces hauteurs qu'un silence, ni inquiétant ni plaisant, plus silencieux que les silences connus, avec cette particularité qui me fit dresser l'oreille : il n'y avait que peu ou pas d'oiseaux, peu ou pas d'araignées, peu ou pas de papillons, peu ou pas de sauterelles, peu ou pas de punaises, peu de ces mouvements furtifs des bestioles chantantes qui dans l'oublié de notre enfance peuplaient ces endroits. Là, nous étions dans une « stase » – un mot français qu'affectionne Bèbert, dont je n'ai pas le sens exact, mais qui sonne bien à l'étrangeté pour évoquer ce que je ressentais –, comme si, malgré cet hosanna de vie, une lenteur d'agonie avait pris pied dans les élans de sève et les éclats de verdure.

Monter en continu n'est pas siroter du sirop, il faut tenir un axe, il faut gérer son souffle, il faut faire des pauses… Chaque arrêt était pour nous le signe que du « temps » avait passé, pas ce « temps » qui mesure une journée mais une « durée » qui ne servait à rien, qu'on ne pouvait plus décompter, à croire qu'elle régnait hors des temps de ce monde…

> (… Six heures passées à l'écouter étaient plus brèves que six minutes, allez savoir pourquoi ! En fait, les prières, les chants, les blagues, les condoléances, et tout le reste, ne brisent pas le silence du mort, la Parole seule brise ce silence ! Et la Parole seule manie le temps ! Si ceux qui sont du côté du cercueil, avec les prières et les larmes, quittent cet endroit pour s'en venir s'asseoir dans la lueur d'une la-ronde, cela veut dire que c'est là qu'ils entendaient le mort leur parler de la vie, ou la vie leur évoquer le mort[1] !…)

Ce qui nous demeurait perceptible n'était plus que les habitudes de nos corps autour du boire-manger, ou les descentes de la fatigue dans nos mollets ou sur nos reins. Bèbert profitait de nos pauses pour développer de minutieux calculs sur son cahier, et demeurait soucieux. Au bout des suspensions, sans quitter le silence, nous revenions à notre mouvement, pied gauche sollicitant la trace, appuyer, appuyer, jusqu'à ce que Man

1. Supposition 936, de Pascal Malvilain, informaticien, quartier de *Fonds Moussache* (*in ibid.* – P. C., Notes de transcription).

Delcas reprenne son soliloque, que Bèbert en articule un écho hypnotique.
Je sentis alors que nous étions suivis.

Je dis « je » car il faut que je le dise, même si mon « je » ne sort jamais du « nous », et que ce « nous » sillonne les horizons. Cette odyssée que nous menions vers les hauteurs n'était pas rien pour moi. Cela réveillait dans mon corps des émotions que je croyais avoir oubliées, ou que je m'étais efforcé d'oublier avec, jusqu'alors, l'illusion d'y être assez bien parvenu. Maintenant, je découvrais, éberlué, qu'elles constituaient des branches charpentières de mon être. Sans que je puisse les contrôler, des feuillées d'images me montaient dans l'esprit à chaque pas. Je dis « images » mais c'est juste pour dire, disons plutôt de « petites vagues mentales » pleines de coloriages et de rythmes, le plus souvent incompréhensibles. Elles consistaient parfois en des évocations des contes de Boulianno, de toutes sortes d'animaux, de petits nègres malins, de bondieu mal défini, de démons à peau blanche, de diablesses à sabots et de ces feux-volants, hargneux à vous infliger des leçons sur la vie, que l'on nomme *soucougnans*. Je crus aussi entendre (surtout quand un vent se faufilait entre les feuilles vibratiles des choux jaunes) ces chants anciens qui avaient électrisé ses mémorables veillées... Puis, à l'envol d'une surprise, je me mis à revivre des quarts d'heure oubliés où je me voyais entrer dans une ronde de veillée pour tenter la Parole.

Dès lors, impossible pour moi de refouler ce souvenir profond.

Il montait du plus profond de moi comme une confidence.

À une saison sans reliques de ma vie, je fus un conteur respecté !

Je me surpris à me « raconter » cette période, comme pour rythmer mes pas, à l'instar du soliloque de Man Delcas, et apaiser de gênantes sensations. « Raconter » quelque chose de soi-même, c'est toujours l'imaginer, ce n'est jamais comme on le croit y donner un accès véritable. Ce que l'on a vécu passe par toutes les chimies, alchimies et magies de l'esprit et du corps ; ce qui en reste n'est qu'une bouillie filtrée et digérée, qui vient s'ajouter à ces chimères filtrées et digérées que l'on habite à l'ordinaire. C'est pourquoi un maître conteur ne raconte jamais, c'est-à-dire qu'il ne part pas de la vie pour l'amener à nos esprits, mais il s'élance plutôt de nos esprits, surtout de la puissance du sien, pour *maçonner la vie* ! *Vous voyez ?* Donc, quand je dis « raconter », mieux vaut comprendre que je coiffais, presque sans mots sans phrases (puisque je ne m'adressais à personne), de longs fils de chimères clandestines qui squattaient mon esprit. Je les ai tellement ruminées qu'elles sont maintenant à la portée de mes évocations...
Donc, moi conteur ?!...
Oui, *fout !*, moi-même...

Chamoiseau, je sais que ma vie ne vous intéresse pas trop, que vous n'êtes pas venu pour ça, mais, patience valant mieux que gros saut, il est important que vous ayez cette donnée pour bien saisir la suite. J'avais senti la « chose Parole » se réveiller en moi à l'écoute d'Albéric Libocèdre, un nègre conteur, aujourd'hui tellement mort-décédé que ses os ne sauraient permettre d'y ciseler un pipeau. Ce bonhomme disposait d'une compétence qui illuminait les nuits attristées d'un cercueil et renvoyait le plus pesant de la mortalité se consumer dans la flamme des flambeaux. Sa voix, un soir de veillée, se mit à bourgeonner en moi d'une sorte particulière, pas celle qui se déclenche quand tu suis le plaisir d'une historiette et que tu te laisses charroyer par ces émois que mettent en horlogerie les raconteurs habiles. C'était un *au-delà de l'entendement*, une perception totale qui épluchait les protections du cœur. Elle déversa dans mon esprit de jeune bougre un et-cætera de ressentis dont je ne savais quoi faire, à part peut-être les mettre en beaux parlers pour ne pas en crever. Je me rapprochai alors du monsieur Libocèdre pour obtenir « quelque force » de sa part – en créole des mornes, vous le savez, on dit « donner une force » pour désigner un soutien qu'on accorde –, il fut content de voir un jeune entrer dans le respect et s'incliner avec humilité devant plus grand que lui-même ; je me souviens de ne plus avoir lâché ses souliers, comme il était de coutume quand on espérait recevoir un « quek-chose » d'un mapipi de la Parole. J'ai pourtant la conviction de n'avoir jamais éprouvé l'envie d'accéder aux rives terribles du verbe, ni voulu reprendre un supposé flambeau, j'avais juste gourmandise d'apprendre à balancer cette énergie d'images, de sensations hautes, qui avait envahi ma cabèche et mon corps.

Libocèdre était vaillant, seulement ce n'était pas un maître. Sans démonstration, il m'expliqua ce qu'il pouvait ainsi qu'il le pouvait, c'est-à-dire pas grand-chose d'exaltant ni de très intelligible. Mais il me donna assez confiance en moi pour que je me retrouve, on ne sait comment, à pénétrer d'aplomb dans des cercles de veillées et relever le défi de ces gens qui criaient : *Kontè, konté !...* Je m'étais heureusement préparé à l'affaire, non dans le but d'y aller de pleine tête mais dans le souci d'être prêt si d'aventure je me retrouvais dans le feu d'une la-ronde. C'est dans les bois, les grands-bois, comme ceux-là où nous grimpions maintenant, durant mes chasses à manicous, que j'avais retourné des historiettes dans ma cervelle, composé des astuces et des pelotes de racontages, un lot de petits agencements susceptibles de couler du sirop dedans l'oreille d'une assemblée. Mais entrer dans une la-ronde de veillée à la suite d'un conteur, qu'il soit vaillant ou pas vaillant, n'est jamais une petite affaire. Fallait plus que du cœur, plutôt : d'énormes graines ! D'autant que l'expérience devait s'éprouver sans filet-précaution, il fallait juste se laisser tomber là-dedans comme si on avait décidé de mourir ce soir-là, dans ce lâcher désespéré du corps qui foudroie les personnes suicidaires.

Ce que je fis, *fout !*.

Un soir de veillée, quand Albéric Libocèdre s'écria soudain au bout de sa parlure : *Tiré mwen la, man pa byen la !...*, et que l'assistance poursuivit en chœur : *Kontè, konté !...*, il n'avait pas commencé sa petite ronde d'attente que, déjà, j'étais debout, dedans le cercle de flambeaux, piétinant son sillage, entamant dans l'inconscience de ce jeune temps mes salutations angéliques.
Libocèdre en fut estébécoué.
Il m'avait bien souvent encouragé à une telle audace, mais – parler du feu n'est pas connaître le feu – il en fut malgré tout surpris ! Quand un conteur se voyait relevé aussi vite, c'est que sa prise-de-voix n'avait pas été considérée comme impossible à surpasser. De plus, il s'était sans doute habitué à ce que l'on n'ose pas plonger dans son sillage, et pire : quand l'assistance découvrit celui qui relevait le défi – jeune bougre, lait caillé à la bouche, insignifiance sans âge sérieux – elle se mit à se moquer de Libocèdre.
Si fait qu'il éprouva une *la-honte* !
Je sentis son hostilité me couvrir d'un étouffoir.
Chose curieuse, ce rejet instinctif de mon petit mentor eut un étrange effet. Moi, qui terrifié sans paraître par mon élan d'audace, qui en secret me sentais déjà mort, je reçus l'amer regard de Libocèdre comme un ajout de sept degrés à ma calcination. Il acheva de me renvoyer bien au-delà de la mort ! Il ne me restait aucune échappatoire, sauf à réussir une bonne prestation. Ce que je

fis, comme je pus, dans une absence à moi-même qui fait que je suis incapable aujourd'hui de préciser ce que j'ai raconté-déchanté, ni durant combien de temps j'ai occupé la place. Aborder aux rives de la Parole, c'est s'approcher des tourbillons d'un infini, il n'y a pas de raison que cela s'arrête, la Parole n'a ni commencement ni fin, quand on y accède on sent qu'elle avait déjà débuté dans la nuit des temps, et quand on en sort on comprend qu'elle continuera sans nous pour des siècles à jamais ! Je me souvins d'avoir vécu ce phénomène : j'avais tiré un fil de racontage qui avait entraîné d'autres fils, chaque fil ouvrant à d'autres fils s'y emmêlant sans fin, si bien que je m'étais retrouvé sur un fleuve qui précipite dans une belle énergie le moindre mot, la moindre phrase, le moindre geste. Cela aurait pu se poursuivre ainsi jusqu'à ce que le diable soit vieux et disparaisse de l'univers. Seulement, on en arrive à son propre épuisement. En face d'un horizon qui n'en finit pas de s'ouvrir, chaque conte ouvrant la trame de dix contes potentiels, il faut du souffle, il faut de la gorge, il faut des graines, il faut de l'énergie, il faut du muscle, il faut de l'endurance, il faut tenir le manche brûlant d'un impossible, le tenir jusqu'à bout de forces ! Seulement, si les conteurs ordinaires vont jusqu'au bout de leurs forces, *les maîtres, eux, vont jusqu'au bout de leur vie !*. Je compris mieux cette maxime qui disait qu'un grand conteur avait plus de mille vies, et qu'à chaque veillée il en perdait une, et que chaque fois qu'il montait à la voix il en perdait une autre… À ce stade de mes ruminations,

j'eus le souvenir de m'être arrêté de parler ce soir-là, mais je découvris dans ces hauteurs, toutes ces années après, pourquoi, à un moment donné, je m'étais écrié : *Man pa byen la, tiré mwen la !...*, et pourquoi dans un grand soulagement j'avais entendu l'assemblée s'écrier : *Kontè, konté !...*
J'étais allé jusqu'au bout de mes forces.

En mettant fin à ma prise-de-voix, je n'avais qu'une idée : courir me serrer dans les ravines pour achever de mourir en paix. Je sortis lentement, me cachai dans une ombre hors d'atteinte des flambeaux. Et c'est là que l'incroyable se produisit.
Personne ne releva le défi !

Le cercle demeurait vide. L'assemblée s'égosillait en vain : *Kontè, konté ! Kontè, konté !...*

Hak.

Un silence s'installa.
Je retrouvai un semblant d'existence, m'avançai dans la lueur des flambeaux pour vérifier ce que mes yeux refusaient d'accepter. Ceux qui me voyaient hochaient la tête d'admiration. Quand mon regard croisa, je ne sais comment, celui de Libocèdre, ce dernier n'avait plus ni la-honte ni haine ni piment dans la brillance de ses pupilles, il était éberlué, rond dans rond, paupières tremblantes d'une incrédulité qui m'informa que j'étais devenu un conteur.

Je connus ainsi une ou deux années d'illusion, à l'orée de mon âge mûr. Pas un mois ne se passait sans qu'on me mande dans une veillée. Certains solliciteurs m'abordaient le chapeau à la main, d'autres me criaient *papa* qui est signe de déférence, d'autres encore disaient *maître un tel*, toutes les demandes se formulaient dans l'estime et le respect, et dans la crainte que je ne refuse. Je n'ai pas souvenir qu'on ait jamais parlé de moi comme d'un conteur puissant dans son affaire, mais je réussis à semer, et maintenir quelque temps, du respect et de l'amour, ce qui était déjà pas mal dans nos ordinaires d'insultes et de mépris. Dans l'espace de ma petite gloire, j'ai eu la chance de ne croiser aucun maître conteur, mes réussites se tenaient dans de petites veillées, veillées pour malheureux-la-misère, mal connus mal aimés presque pas regrettés, qui ne drainaient pas les foules des gens de qualité. Cela m'importait peu, chaque personne est une personne, je prenais la voix au-dessus de leur humanité, et c'est cette humanité que je couvrais de gloire dans l'abîme sans retour. À cette époque, je n'aurais pas refusé de me confronter à un maître conteur, tant mon illusion était grande, mais, les familles considérées faisant toujours appel aux grands maîtres du moment, les conteurs ordinaires n'avaient aucune chance de pénétrer leur territoire, sauf à s'y rendre malgré tout pour défier un maître de la Parole, ce qui aurait été une erreur : les joutes verbales dans les veillées étaient pour le moins redoutables. Si votre

prestation n'était pas à la hauteur de celle du conteur qui vous avait précédé, vous vous retrouviez anéanti à vie, anéanti dans tout ce que vous étiez ou que vous vouliez être. Il ne vous restait plus rien à consumer pour alimenter le feu d'une destinée. Les perdants sombraient dans des mélancolies inconnues des pharmacies. On oubliait très vite leur existence. Il ne leur restait que leur travail aux champs, leurs transpirations à l'usine. Jamais plus ils ne mettaient les pieds dans une la-ronde quelconque. Dans une veillée, ils gardaient leur chapeau, marchaient à la limite sans lumière des flambeaux, présentaient à la famille des condoléances de voleurs sans odeur. J'aurais pu vivre ainsi mon illusion sans rencontrer une frappe de ce genre.
Et c'est là que je n'eus pas beaucoup de chance.

Ma chute se produisit dans une la-ronde ordinaire. Ce fut dans une petite veillée, auprès du cercueil d'une personne sans emblème, que je tombai sur maître Boulianno. Il devait connaître le mort, qui lui avait peut-être rendu je ne sais quel service, toujours est-il que ce soir-là, sans me douter de sa présence, je labourai le cercle avec cœur et vaillance jusqu'au triomphe désormais prévisible de mon *Kontè, konté !...* Un long silence s'installa tandis que je quittais cette la-ronde à petits pas très lents, ce qui était le signe d'une victoire assurée.
A-a !, j'entendis soudain les salutations angéliques de Mèt Boulianno !

L'enfer ouvrit pour moi sa porte et ses fenêtres.

J'avais oublié tout cela, je l'avais cru, mais à mesure que nous montions dans notre expédition tout me revenait avec une acuité stupéfiante, limpide telle une goutte d'eau dans une corolle de balisier. J'étais habité de clair-audience et clairvoyance qui me faisaient redécouvrir et donc comprendre des milliers de choses qui jusqu'alors m'étaient restées obscures.

Le maître entra dans le cercle comme ça, sans prétention apparente mais déjà transformé, je ne sais comment, en *géant*. Il y eut un début d'ovation qui retomba dans le silence électrique de la fascination. Il avait son petit chapeau beige, son bâton en bois-moudongue qu'il ne sortait que pour des prises-de-voix, et son linge amidonné tout blanc des moments d'élégance, et quand j'entendis la puissance de ses « salutations », comment sa voix qui grondait sans crier, qui étouffait le moindre bruit sans toucher au sonore, comment cette voix qui n'avait plus rien d'humain à force d'être humaine souriait dans le cœur de la nuit, atteignait le coin douloureux des recueillements qui se trouvait pourtant à distance de la ronde des flambeaux, juste auprès du cercueil où les femmes travaillaient leurs chapelets, comment cette voix revenait dans la ronde des flambeaux auréolée des raideurs de la mortalité, et s'ouvrait alors dans l'attention de l'assemblée telle une fleur de minuit, avec une vitalité de lumière, une autorité bienveillante, une grâce offerte à la douceur, je sentis que l'exercice du conte était fini pour moi.

Après l'intervention de Mèt Boulianno – bien entendu le cercle de la veillée demeura vide, bien entendu la foule criait en vain : *Kontè, konté !...* –, je m'étais posé sur son chemin pour lui présenter mon amour, mes respects, mes excuses, et ma profonde la-honte. L'idée que j'avais conté en sa présence constituait pour moi une insulte involontaire que je voulais absolument réparer. Il me reçut avec toute la gentillesse du monde. Ce n'était plus le géant que j'avais entendu gronder la douceur et l'enfer, mais bien un nègre de locomotive, charmant à la manière, à voix basse et politesse d'église, presque embarrassé de vivre, qui m'appela *mon fi*, m'expliqua que, *dans l'affaire de la Parole, le mieux est de ne renoncer à rien, néanmoins il vient parfois des moments où il faut regarder le chemin passer, le suivre des yeux comme un sillage de l'archange saint Michel, sans pour autant se croire obligé de le suivre...* Je ne savais pas trop ce qu'il avait voulu dire par là, mais je le remerciai d'un bégaiement et rejoignis au plus vite une zone sans flambeaux. Dès lors, je me contentai de suivre autant que possible les prestations des autres, et surtout de ne pas rater les apparitions de maître Boulianno, de me trouver sur son chemin, d'attendre de lui je ne sais pourquoi un petit signe, d'attendre sans fin, d'attendre sans savoir, et de me nourrir pendant des années de ce qu'il disait, sans rien y comprendre mais en entendant tout.

Conter était fini pour moi[1].

C'est tout cela qui me revenait en force à mesure que je grimpais vers lui. Mes oreilles et mes yeux étaient comme décuplés. Je percevais le souffle aigu des serpents, leur odeur de poisson frais, la rumination grinçante des grands arbres, les sifflotages d'oiseaux esseulés, posés sur des branches invisibles et qui griffaient l'espace avec des cris avalés ou des alarmes d'ailes. Je percevais des existences qui normalement avaient disparu ou qui confrontaient sans espoir la menace de l'être : iguanes, agoutis, rats-piloris, poules d'eau, perroquets, araignées à grands poils, tout un lot d'insectes sans doute aussi, mais rien de tout cela ne paraissait vivant, cela ondulait sans assise dans un silence rempli de leurs présences, comme des empreintes d'un autre temps qui persisteraient en brumes et en troubles impalpables sur l'épaisse matière de la végétation. D'ailleurs, à certains moments, notre attention ne distinguait plus entre les arbres, les fougères, les raziés, les champignons, les mousses, les lianes, tout cela se fondait en un treillis animé d'eau froide, d'ombres et de lumière. Je perçus aussi, en arrière-plan, les silhouettes impossibles de ces nègres marrons que Man Delcas aux aguets n'arrêtait pas de deviner à chacun de ses pas, des spectres

1. Ici, la voix de l'informateur se cassa. Sa femme lui porta un quart en fer-blanc accompagné d'une petite casserole de tisane où flottaient des pétales de la fleur-à-tous-maux. Elle me servit une carafe d'eau de source, avec un verre agrémenté d'un brin de menthe-pays (P. C., Notes de transcription).

perpétuels qui avaient vécu là, on ne sait comment, solitaires ou en grappes, sous ajoupas légers, auprès de feux furtifs, qui avaient su demeurer des hommes dans ces humus et ces humidités, en devenant presque des arbres. Ce qui subsistait d'eux, c'était certains de ces grands arbres qu'ils remplissaient d'une aura singulière, ni présente ni absente, fluide et fixe.
Mais je perçus aussi, nettement, que quelqu'un nous suivait.

J'avais été chasseur, je savais entendre, voir ce qu'il y avait à voir dans les invisibilités des bois, qui fait que je fis signe à Man Delcas et à Bèbert de poursuivre sans moi ; je restai serré dans une ombre de fougères, derrière une géométrie de petites lianes, attentif au moindre mouvement qui se produirait dans l'embrouillement végétal derrière nous. Je l'entendis, je la sentis, et je la vis...
L'anecdote !... cette virgule vivante qui nous suivait sans gêne !...

Elle avait visiblement été avertie de notre convoi, et, je ne sais comment, avait trouvé moyen de remonter notre piste. J'étais tellement estomaqué de tant d'audace et de sans-gêne que je restai bec cloué à la regarder trente mètres plus loin avancer dans les bois, mais... avec une aisance qui me surprit ! Elle n'était pas de ce lieu, de toute sa vie elle n'avait sans doute jamais posé le pied dans cette espèce de monde, pourtant elle y évoluait comme une mangouste dans un nœud de campêches,

et, pire, elle suivait infailliblement le sillage que nous avions laissé dans la matière vivante des raziés. Il était invisible, il était insensible, il fallait en avoir la science pour le trouver, savoir ainsi par où nous avions cheminé ; pourtant, elle le découvrait spirale après spirale, sans dévier du moindre millimètre.
Mais le plus troublant fut ceci...

J'eus d'abord l'impression qu'elle était seule, mais, à croire qu'un brouillard me dispersait la vue, je l'aperçus à certains moments d'une autre manière : elle n'était plus seule alors mais... *a-a !*...
Elle était en compagnie de notre Populo !
C'étaient les deux, ensemble, qui déchiffraient nos traces et nous suivaient !
Parfois elle était seule, parfois elle était avec lui.
Quand je les voyais ensemble, c'était Populo qui menait la marche. Il avait le tambour à l'épaule, sa casquette de golfeur, ses tennis de basket ; l'anecdote le suivait sage et concentrée, obéissante. Quand je ne voyais que l'anecdote toute seule, sans Populo, elle suivait nos traces comme Populo l'aurait fait s'il avait été dans cette vision-là.
Je fus troublé par l'étrange phénomène.
Tiraillé entre la colère, l'indignation et l'envie offensée de leur tomber dessus, je pris malgré tout le parti non pas de les intercepter mais de revenir à Bèbert expliquer ce que j'avais vu. Mon irritation restait embourbée dans l'étrangeté de cette affaire. Je pris surtout du temps pour développer à Bèbert que nous étions

suivis par l'anecdote toute seule, toutefois qu'il était possible que notre Populo fût avec elle, néanmoins que j'avais la certitude qu'elle était seule associée à la certitude tout aussi intense qu'elle était avec Populo, ce qui était difficile à exposer clairement et encore moins à bien comprendre. Pourtant, Bèbert ne réfléchit pas longtemps, et me dit : *Nous sommes donc suivis par deux possibilités !...*

Bèbert nous enjoignit de continuer à cheminer tranquille, ce que nous fîmes dans ce temps-hors-des-temps impossible à compter. Au bout d'une bonne longueur de mètres, il me dit d'aller jeter un œil sur nos arrières, et voir quelle était la *possibilité* exacte qui nous suivait. Je fis cela.

Cette fois, je vis très nettement Populo et l'anecdote affairés à notre sillage ! Mais, au moment où j'allais tourner le dos, je vis Populo tout seul, vraiment seul, le tambour toujours à l'épaule, son pipeau accroché aux cordes de réglage, et ses énormes baskets, qui remontait nos traces ! Quand j'expliquai cela avec beaucoup de trouble à Bèbert, il me dit (toujours serein) que nous étions en réalité suivis par *trois possibilités*, l'anecdote seule, Populo seul, et pour finir : les deux ensemble ! Il me dit alors qu'il nous valait mieux continuer d'avancer. Ce que nous fîmes jusqu'au moment où Bèbert, après avoir contrôlé ses graphiques, vérifié ses relevés, murmura : *Voici la première des cases...*

Il voulait parler d'une des trois dernières cases que Boulianno avait occupées.

Je regardai autour de moi.
Nous avions quitté le couvert des grands arbres.
Nous étions entrés dans des broussailles, arbres plus maigres, raziés serrés jusqu'à la hanche, et avions débouché sur un plateau, dans ces endroits où le ciel occupe plus de place que le sol, où le vent s'était mis soudainement à frémir, où le regard peut battre au loin. Dans nos coutumes, cette terrasse d'altitude était au poil pour installer une case, puis accueillir les ajouts de paillottes qui à la longue constituent un quartier. Là, dans un « avant » aujourd'hui disparu, quelque chose de collectif avait dû exister. Un « nous » fantôme. On distinguait des solages d'édifices, des sillons qui évacuaient les pluies, des aménagements de roches et de bambous autour d'une gueule de source à présent asséchée. Un peu partout, les grosses pierres s'étaient vues repoussées sur les bords, dégageant des espaces qu'une herbe longue couvrait d'ondulations offertes à de gros papillons. C'étaient d'étranges bestioles, d'un jaune sans famille, à la fois translucide et nocturne, elles volaient en zigzag, non sur des spirales joyeuses mais avec des saccades qui se brisaient en angles aigus pour revenir à leur zone initiale et s'en distraire tout aussitôt. Elles me semblaient raccommoder à toute vitesse des déchirures imperceptibles dans tout ce que nous voyions. Autre signe d'une antique fondation : des répartitions d'arbres fruitiers historiques, icaques, goyaves, caïmites, pieds-mangots, pieds-fruits-à-pain, douze qualités de pieds-bananes..., qui avaient fini par devenir farouches, parfois méconnaissables... D'anciens jardins

se signalaient aux alentours dans des emmêlements de manioc, piments, gombos, herbages, lianes d'ignames et grandes feuilles de choux… Et, bien entendu, en contrebas, toute une théorie d'arbres primordiaux, encore intacts, sur lesquels Man Delcas calculait sérieusement sans parvenir à les identifier. Ces survivances sortaient des herbes folles dans des alignements soumis à une certaine logique : ce n'était pas une de ces implantations hagardes qu'improvisaient les nègres marrons ! Ici, à l'évidence, avaient vécu longtemps, *et surtout espéré*, des nègres libres, de nouveaux « citoyens » d'on ne sait quelle chimère, sans doute montés là après les fers de l'esclavage, abolition tombée, quand ils eurent pris la décision de délaisser les champs-békés pour gagner les hauteurs qui surplombaient les petits mornes. En vérité : l'amorce indomptable de nos propres quartiers…

Mais je ne voyais pas de case.
J'allais m'en inquiéter auprès de Bèbert quand… *a-a !…*

Je vis…
Sous un vieux pied-tamarin…
Parmi des têtes de goyaviers…
Le tremblement d'une bâtisse !
Une case en ti-baume !
Une apparition aux tournures inconnues !
Un peu blême, un peu floue, comme faite de ce coton que lâchent les fromagers, ou alors d'un limon de pluie morte et d'années fermentées ! Elle était frissonnante, incertaine, sans doute en raison du brouillard

liquéfiant des hauteurs, à la croire elle-même constituée de brouillard ! En vérité, c'est toute la scène qui était incertaine. L'édifice se déplaçait de quelques millimètres à chacun de mes battements de cils. Je voulus dire à Bèbert de se faire véyatif, motif qu'il y avait une diablerie là-dedans, mais, en homme de science et de mathématique, il interrompit mon alerte et fit signe d'avancer, ce que nous fîmes, vers le simili de case qui ondulait sous le tamarinier, et, à mesure que nous bougions vers elle, petits pas, Boulianno nous venait à l'esprit, petits pas, comme s'apprêtant à sortir de cette chose, petits pas, et plus nous y pensions, plus la baraque cessait son frémissement, devenait plus nette, comme dans l'ajustement d'un appareil photo, à croire que sa stabilisation provenait du Boulianno en cinémascope élargi dans notre tête...

Boulianno !...

Vous supposez cette émotion ?!...

Il devait être dans cette case, là comme ça, il allait apparaître devant nous, nous parler, *vous imaginez ?!...* Cette perspective remplit nos consciences et nos corps d'une vraie frénésie. De fait, le maître était déjà en nous dans une substance de sensations ! Plus il était présent ainsi, mieux la case s'affermissait, ce qui fit naître dans notre petit convoi assurance allégresse gratitude ! Il était là, nous pourrions enfin le revoir, lui reparler, lui évoquer cette chance qu'incarnait Populo... *Nous n'étions pas montés pour rien, fout !*

Mais il n'y avait rien dans la case.
Cela se sentait d'emblée une fois qu'on s'en était rapproché.

Elle était là, délavée, prise dans cette patine d'usure où agonisent les vieilles photos. Elle était faite de bois-ti-baume entrelacés d'une manière tellement impossible que Man Delcas se croisa les deux bras sur la tête. Elle chignait de revoir, de ses yeux bloqués même, un art qu'elle pensait avoir pris-disparaître de cette terre. Les bois-ti-baume se proclamaient plus vieux que la mémoire du diable. Ils étaient tressés en des motifs qui ne se répétaient jamais, qui ne renvoyaient à rien de connu par ici, tel – pensait Bèbert à voix méditative – un labyrinthe de runes où devait se dissimuler le visage d'un dieu dépourvu de figure. Ils étaient si accordés entre eux que les années-passant semblaient avoir soudé leurs fibres en les laissant distincts. L'argile qui, dans un temps lointain, avait colmaté leurs jointures ne subsistait qu'en poussière fine, désormais inutile tellement la tresse de petits bois s'était resserrée. Le toit se découvrait tout aussi bouleversant : casque de feuilles de latanier, de balisier, de canne à sucre, de vétiver, et de feuilles de banane, aussi denses qu'un pelage de mammouth durant les glaciations. Leur ensemble formait deux pentes momifiées, sans couleur très précise, que le soleil habillait des reflets d'un sépia argenté. Plusieurs siècles d'humidité, de pluies et de chaleur les avaient délavées, desséchées et léchées sans problème. Man Delcas en pleurait.

Elle avait connu dans nos quartiers, en ses jeunesses, des gens qui possédaient encore cet art de la vieille case, vieux artistes du vivre simple, créateurs sans blason, qui aujourd'hui étaient tombés de nos mémoires et des utilités. Nous tournâmes avec elle autour de cette relique sans fenêtres comme s'il s'était agi de la tombe du Christ, ou d'une trace de Mahomet, ou de l'arbre du Bouddha, avant de nous immobiliser devant la porte close, pas seulement close : à tout jamais *alléluia* fermée !

Man Delcas cria comme ça, avec la retenue et le respect : *Boulianno mon fi, Mèt Boulianno, souplé !... C'est moi Déli, Déliciade Delcas, Déli, la fille de Man Dolphine...* un lot de fois, sur plusieurs tons, puis elle frappa à la porte : *to to to !... to to to !...* Rien ne répondit, pas seulement « rien » mais « hak », c'est-à-dire une absence de tout ce qui pouvait exister dans le monde.

Nous secouâmes alors la porte, d'abord pour susciter une réaction à l'intérieur, puis pour l'ébranler elle-même en ses attaches de cuir sec et de clous putréfiés. L'antique chevillette qui la retenait, on ne sait comment, bascula, *klak !...* Elle s'ouvrit sur une pénombre dépourvue de promesse, dans laquelle nous n'osâmes pas aller plus loin.

Il nous fallut du temps pour avancer un pied, puis une épaule, puis un cou allongé, pousser un œil, jusqu'à pouvoir lancer dedans un zieutage circulaire,

et découvrir un espace vide ; pas seulement vide : *déshabité !*, minéral, éteint sans espérance, comme une écale de coco-sec qui vous contemplerait d'une sorte impavide. Personne n'avait habité là depuis une durée qu'aucune imagination n'aurait pu remonter. Nous entreprîmes alors de reculer pour sortir de la case. Sentant une présence, nous fîmes une volte-face devant-derrière pour, cœurs sautés, aux abois, découvrir la *possibilité* qui nous suivait.
C'était l'anecdote.

Elle était seule.
C'est à peine si elle nous regardait.
Elle semblait fascinée par le spectacle de cette case sortie d'une chimère d'avant l'apocalypse. Elle avait son sac à dos, ses écouteurs qui lui ornaient le cou, et s'était armée d'un bâton de campêche pour s'équilibrer dans les montées glissantes. On ne ressentait chez elle aucune crainte de se montrer à nous. C'était la case qui l'attirait. C'était la case qu'elle fixait. Elle aussi devait s'attendre à voir surgir Boulianno de cette embrasure dessous laquelle, pétrifiés, nous accusions notre effarement de... *A-a !...*
Flap !
Elle disparut comme ça, au moment où nous allions lui poser des questions, d'un coup, *flap !*, tu l'as vue l'as pas vue, telle une arrière-rosée sous une lèche de soleil cannibale ! Le temps d'en prendre conscience, de nous interroger sur sa présence réelle, nous vîmes sur la gauche arriver Populo, l'autre *possibilité*, qui lui

aussi fixait la case comme on zieute un prodige. Nous eûmes du mal à ne pas réprimer l'allégresse de le voir ; il nous plaisait tant, il ouvrait tant d'espoir. Malgré un fond de ressentiment du fait de sa désobéissance, nous eûmes un bel élan vers lui...

Ce qui eut pour effet de le faire lui aussi disparaître !

Nous nous retrouvâmes seuls, et, à beau tourner-retourner alentour de la case, à beau examiner les ravines et raziés d'alentour, nous ne trouvâmes ni l'une ni l'autre, à nous croire victimes de ces apparitions en delirium tremens qui hantent les gros rhumiers. Mais Bèbert, lui, ne me parut nullement troublé. Il dit : *Nous avons vu deux des trois possibilités, donc tout reste dans la logique, il ne nous manque que la troisième, Populo et la fille ensemble !*

Ce disant, il regardait autour de lui.

Du coup, Man Delcas et moi redoutâmes de les voir surgir de n'importe où en diables ziguidi !

Ce qui ne se produisit pas.

Malgré nos émotions, Man Delcas avait du mal à s'éloigner de la vieille case. Elle avait sorti son portable privé de connexion et photographié le tressage de ti-baume. Puis elle s'était assise sur un dos de pierre, à bonne distance, juste pour l'avoir dans un fil enveloppant du regard ; enfin, elle nous invita à déguster de ces délicatesses qui bourraient son panier : marinade titiris-malanga, bûchettes de canne à sucre saupoudrées de cannelle, filibos-six-couleurs, pâtés-coco, lotchios, pistaches-collées et deux bouteilles plastique pleines d'eau de coco... Bèbert en profita pour réviser ses graphes et ajuster l'orientation qui nous mènerait à la seconde case-peut-être et l'ultime si-dieu-veut où pourrait encore se trouver Boulianno. Moi, je ne cessais de l'avoir à l'esprit avec une précision psychiatrique. Je le revoyais dans sa vie ordinaire, dans le quotidien de nos quartiers, les grandes veillées, par flashs effilochés, comme si ma cervelle régurgitait des émotions qui m'avaient rempli de petits nœuds obscurs, lesquels maintenant s'ouvraient comme des fleurs dans ma tête. C'est alors que l'anecdote réapparut.

Impossible à croire mais impossible à ne pas croire ! Elle se tenait pile à l'endroit où soudain elle n'avait plus été, comme si une parenthèse du temps s'était ouverte, avait continué son existence sans nous, pour se retrouver de nouveau dans une continuité troublante qui laissait à penser qu'elle n'avait jamais cessé d'être là. Cette fois, elle se détourna de la case, nous salua avec plein d'attention.

L'attitude qui s'imposait à nous était de prime abord très simple : refuser de lui parler, lui reprocher de nous avoir suivis sans aucune gêne ni considération, lui signifier un va-te-laver-au-diable d'où elle était venue, elle, ses curiosités, et son envie d'être ce qu'il n'était pas supportable qu'elle devienne ! Mais il y avait tant à dire que nous fûmes incapables de lui dire quoi que ce soit, tellement elle était respectueuse, nous expliquant d'emblée qu'elle cherchait la case de Boulianno dans les premières hauteurs quand elle nous avait vus passer, et qu'elle s'était alors permis de nous suivre en espérant trouver Boulianno grâce à nous. Elle n'avait pas signalé sa présence car il lui était clair que nous l'aurions chassée. Son besoin de voir le maître était tellement brûlant qu'elle avait pris ce risque de nous suivre sans permission, et qu'elle continuerait humblement à le faire en s'excusant d'avance, *veuillez me pardonner...* Puis, fuyant notre silence, elle alla s'asseoir loin de nous, son portable sans réseau à la main, écouteurs aux oreilles, branchée à des cavernes digitales qui emportèrent ailleurs tout ce qu'il y avait de vivant dans son corps. Man Delcas la rejoignit un instant pour lui offrir quelques douceurs, un peu d'eau de coco, puis revint auprès de nous.

Nous ruminions en silence.

Difficile de lui en vouloir, à cette anecdote, tellement fragile, tellement insignifiante, tellement peu en mesure de changer quoi que ce soit à quoi que ce soit de cette terre ! Qu'elle nous suive ou pas reviendrait au zéro. Nous allions entrer par effraction dans le désir de Boulianno d'être en dehors du monde. Il n'accepterait jamais de la recevoir, ni de lui adresser un mot, encore moins de lui confier quoi que ce soit concernant sa puissance. Quant à nous, il n'était pas sûr non plus qu'il accepte de nous considérer. C'est vraiment son insignifiance qui nous laissa muets tandis que, émergeant de ses fouilles digitales, elle

photographiait la case elle aussi, se faisait quelques selfies, puis retournait s'asseoir à bonne distance de nous, sur un solage de vieille citerne, plongée dans sa machine par laquelle, sitôt la moindre connexion, les photos se verraient balancées aux foules électroniques de la planète entière. Le silence qui nous embarrassait était avant tout une question :
Que-quoi faire à présent ?

Poursuivre vers Boulianno avec l'anecdote à nos trousses était l'unique solution. Il était clair qu'elle nous suivrait même si nous le lui interdisions. Nous n'avions pas osé lui demander si elle avait rencontré Populo, et si ce dernier était en route sur nos traces lui aussi. En fait, la question ne nous était pas venue. Dans sa manière d'évoquer son trajet rien ne pouvait laisser supposer que Populo l'avait informée de notre démarche. Il ne savait rien du moment où nous allions partir, ni de la trajectoire que nous envisagions. Et puis, comment lui expliquer sa propre apparition-disparition, tout comme celle de Populo, ou que je les avais vus en train de cheminer ensemble ? *Qu'ils se soient concertés,* me grommela Bèbert, *n'est qu'une possibilité parmi les trois, chacune aussi solide que les deux autres...* Bèbert disposait d'un esprit algébrique, contrairement à moi qui suis plutôt du côté des chimères, pourtant ces féeries de *possibilités* virevoltantes autour de nous ne l'émouvaient nullement. Je résolus donc de ne pas m'en soucier, de les prendre comme elles étaient données.

Bon, on avance ! dit Bèbert pour mettre fin à notre pause.

Le soleil était quelque part dans le ciel mais sa position ne nous indiquait aucune heure. Seul le portable de Man Delcas (Bèbert et moi en étions dépourvus) attestait d'une chose impossible. Elle nous signifiait partis depuis moins de trois heures, or, d'évidence, toutes espèces de durées s'étaient écoulées depuis notre premier pas vers le pays gâché. *Qu'est-ce que le temps ?!* soupira Bèbert, en unique réponse aux questions de mes yeux.

Nous allions nous remettre en route quand Man Delcas, jusqu'alors plongée dans les tracas de ses visions, rejoignit la case avec une lenteur attentive. À notre grande surprise, elle acheva de repousser la porte immémoriale et pénétra dans l'ancienneté sans plus de précaution et sans le moindre émoi. Une inquiétude suspendit nos pensées et nous infligea une durée sans oxygène avant qu'elle réapparaisse, tranquille, rayonnante, chargée d'une botte de filaments blanchâtres, semblable à une chevelure de sorcière japonaise.
J'eus du mal à comprendre de quoi il s'agissait.
Bèbert crut y reconnaître des fibres végétales utiles à la fabrication des paniers caraïbes.
Man Delcas brandit ce qui pour elle constituait un trésor : des tiges, des lianes, des fibres, des ficelles d'écorce, parfaitement grattées, parfois fendues,

effilées, séchées, vibrantes de souplesse. Elle les examinait une à une, lentement, avec la gourmandise de son art de vannière, admirant on ne sait quelle évidence superbe. *C'est comme si* (dit-elle à sept reprises sur trois tonalités) *elles étaient passées par les mille mains d'un ange !* Heureux de son bonheur, nous souriions de même dans le style ababa. Man Delcas les lissait entre ses doigts, les approchait de son nez, en évaluait la consistance entre ses dents, vérifiait on ne sait quelle vertu de la pointe de sa langue. Visiblement, elle n'avait jamais vu, foi de vannière, des fibres préparées de cette sorte ! Elle déposa sa petite charge sur les rochers et repartit aussi sec à l'intérieur de l'épave millénaire, d'où elle ressortit avec deux nouvelles crinières de fibres, une dans chaque bras, versées sur ses épaules et tombant dans son dos.

Impossible de vous dire quel genre de durée s'écoula tandis que nous la regardions entrer, disparaître, sortir et revenir dans cette case vénérable, à ramener ces tignasses qu'elle disposait sur les rochers avec sept précautions ! Bèbert et moi n'eûmes aucune envie d'y entrer à sa suite, *non merci*, ni de comprendre dans quel coin d'une case vide pouvaient être stockées toutes ces fibres ! L'anecdote avait observé l'étrange scène puis très vite, pénétrant dans la case à son tour, elle s'était mise à aider Man Delcas dans les charrois de sa trouvaille. Leurs allées-venues se faisaient de plus en plus rapides, coltinant des touffes de plus en plus énormes, comme si la vannière cherchait à épuiser une réserve colossale. À l'une de leurs sorties, la porte se referma toute seule, à la volée, *blo !*, sans doute un coup de vent caché, ou peut-être, ainsi que dut l'imaginer Bèbert, d'un déplaisir cosmique qui voulait instituer un arrêt.

La case sans âge devint comme un navire en train d'appareiller. Elle ondula dans un trouble clair, sans doute à cause d'une montée de la brume, ou d'une lubie de mon esprit. Le claquement mit fin à l'espèce de transe qui tenait Man Delcas dans ses récoltes au fond de la vieille case. Ne manifestant plus l'envie d'y retourner, elle posa ses rondeurs parmi les rochers affleurants, environnée des huppes ébouriffées qui l'emplissaient de contentement. L'anecdote paraissait aussi transportée qu'elle. Je m'efforçai d'oublier les frissons inquiétants de la case pour me concentrer sur les chevelures folles que les deux audacieuses avaient déménagées. La plupart de ces fibres luisaient d'une couleur de pleine lune, certaines miroitaient de la teinte des clous rouillés, d'autres évoquaient un crachin clair dans un brûlé de ténèbres, quelques-unes arboraient un rouge de roucou ou cette carnation dramatique et pensive que prend le sang des innocents. Bèbert les examina lui aussi avec soin, en prenant quelques notes. S'appuyant chaque fois sur des confirmations de Man Delcas, il identifia des fibres de cachibou, d'arouman, de bakoua, de bambou, de coco... mais la masse était telle que la plupart demeurèrent inconnues, à commencer par les fils luminescents qui rappelaient le papyrus, le jonc, les lianes, le roseau, le rotin, le raphia ou l'osier…

Bèbert hochait la tête, signe chez lui d'une excitante curiosité.

Man Delcas, elle, n'avait aucun souci.

Installée sur les roches, elle entreprit de démêler les touffes comme elle l'aurait fait dans son atelier de nattage. *Je vais préparer tout ça !* s'exclama-t-elle. *Déliciade, ho,* lui dit Bèbert, *c'est pas pour t'ennuyer mais nous devons continuer à monter… – Je vais venir plus tard,* répondit-elle, *le temps que je prépare tout ça, mon cher ! Dis comme ça à Boulianno pour moi que je suis là, et que je vais venir tout de suite !…* Le temps de le dire, elle était tombée dans son trésor avec des gestes doux précis respectueux, traitant chaque fibrille tel un cheveu de princesse, les triant selon leur taille, leur densité ou leur souplesse, les alignant autour d'elle, une à une, avec soin. Elle sortit bientôt un petit couteau de vannière (sacrée petite lame, luisante de précision, aiguisée comme une dent de requin) et nous la vîmes, *mon Dieu*, s'emparer des tiges, les fendre une à une sur la longueur, jusqu'à en obtenir chaque fois huit lanières dont elle enlevait la moelle sous la pelle de son pouce, puis recommencer, recommencer encore… Ses gestes étaient tellement rapides, tellement gracieux, tellement subtils, qu'on en oubliait sa masse et ses rondeurs. Elle rayonnait d'une autorité pleine qui s'imposait à l'amas végétal, ne lui permettant aucune rébellion. L'anecdote s'était accroupie au plus

près et la regardait faire, bouche arrondie, bras tendus, mains ouvertes à l'offrande, les doigts agités des spasmes de l'envie. Bèbert fit de même mais avec son cahier de notes sur les genoux, pointe bic à la main, l'observant d'un genre mathématique comme s'il s'agissait d'un objet sidéral de passage dans notre galaxie. Il me donnait le sentiment d'attendre avec gourmandise que quelque chose se passe. Moi, je ne voyais pas trop ce qui pourrait *ne pas se passer* ! Dans ce lieu étrange, rempli d'hésitations obscures, tout était devenu possible, dans tous les sens, et surtout les mauvais !
Je redoutais plutôt un flot de surgissements.
C'est avec ce tourment que je regardais Man Delcas.
Avait-elle perdu un bout de son esprit ?

L'observer avec cette inquiétude au ventre fut comme si je la redécouvrais : une alchimie biologique où se devinaient de l'Amérindienne, de la négresse et de l'Indienne de Calcutta, tout en rondeurs musclées. Son visage éprouvé par des nuées de déveines dégageait une aura de cotonneuse bonté, remplie de gratitude. Deux rides amères sillonnant l'alentour de ses lèvres affichaient les comptes, les décomptes et les mécomptes d'une vie de sacrifices, et, je vous le dis comme ça me vient, il est possible que l'odeur de bois d'Inde qui flottait dans le jasmin de la brume ait pu provenir de ces sillons vivants ! Malgré tout, un plaisir astral soulevait son être au-dessus des additions de nos incertitudes. Je la côtoyais depuis et-cætera d'années, bonne voisine à moi, bonne commère à moi, bonne amie à moi,

pourtant, dans ces hauteurs, sur ce plateau perdu, près d'une case dont la lueur instable sous le soleil vaseux était celle du granit, je m'aperçus que je ne la connaissais pas vraiment ! « Connaître » quoi que ce soit de la matière humaine relève de l'illusion, on le sait, j'y souscris, mais là, pour expliquer ce qui se produisit en mode « connaissance » dans mes yeux et ma tête, je ne saurais quoi dire d'autre que ceci :
Je la vis !

« Regarder » c'est facile, Chamoiseau, mais « voir » n'est pas donné ! Je me souvins qu'elle avait été fréquemment, avec ses huit enfants, au premier rang des hautes veillées de Boulianno. Elle faisait partie de celles qui sans effort savaient « entendre » une bonne part de ce qu'elles écoutaient. Disons qu'elle était, on ne sait pourquoi, « clair-audiante ». Les femmes campent généralement aux abords du cercueil, là où on gratte les chapelets, où on pleure sur soi-même, où seuls les cœurs-gros élèvent de fragiles boucliers contre la mortalité. Rares étaient celles qui s'éloignaient de l'arrière-poste pour s'en venir à l'arène principale : celle où la Parole conduit contre Bazil l'armée des rires d'anges et des chants !
Man Delcas opérait des allers-virers entre les deux !
Elle veillait à ce que sa marmaille ait l'oreille pour les contes, et quand Boulianno pénétrait dans la lueur des flambeaux elle rappliquait dare-dare, ses rejetons propulsés en orbite dans ses foulards et ses dentelles, s'asseyait comme une corolle de nénuphar sur le rebord

du cercle, les dents offertes à son plaisir anticipé. Elle ne quittait plus sa place jusqu'au lever du jour ! Dans nos soirées-à-suppositions, l'évocation de son rapport spécial au maître de la Parole avait été mille douze fois ramenée, à différents moments, par différentes personnes, comme un souci qui collait aux esprits. Man Delcas n'y était venue qu'une fois sur deux, mais quand elle avait été présente questions biaisées et « suppositions » indirectes l'avaient forcée à expliciter ce qu'elle savait de Boulianno. Elle avait coupé court aux commérages sur un ton de cravache, scandant que *déjà-pour-un* Boulianno n'était le père d'aucun de ses enfants ; que *déjà-pour-deux*, s'il l'avait été, elle en serait tout bonnement fière ; que *déjà-pour-trois* elle était une mère-et-sœur pour lui comme il était un frère-et-père pour elle ; que *déjà-pour-quatre* il l'avait souvent aidée en des moments de dèche à fouiller des jardins dans les bois, et encore plus souvent aidée à charroyer des ignames au marché, donc qu'il y avait là une forme de « sentiments-bon-cœur » étrangère aux maquerelleries lubriques des crapauds-ladres vestimentés en hommes ! Puis elle nous avait révélé quelque chose d'inattendu... Pendant bien longtemps, elle s'en était venue aux veillées comme ça, sans plus, écouter les contes de Boulianno, ses jeux de mots, ses émerveilles, l'horlogerie savante de ses macaqueries. Elle y venait avec juste l'envie de goûter au délicieux « bocal de miel » que distillait sa voix. Un soir, sa perception de clair-audiante avait changé d'un coup ! Elle s'était mise à écouter non pas les contes mais Boulianno lui-même, ce qui constituait un bouleversement copernicien considérable. Et laissez-moi vous raconter cela !...

C'était un soir à nul autre pareil. Boulianno avait débarqué dans une de ces veillées qui se tiennent aux pleines lunes. Les veillées de pleine lune sont redoutées et redoutables ! Les apprentis conteurs préfèrent les éviter, seuls les maîtres les affrontent. Quand la lune est pleine, il faut chanter plus haut, parler plus haut, plus large que la lune, et plus haut plus large que les forces invisibles qu'elle déchaîne ! Il faut aussi, dans le même temps, vibrer dans l'exacte intensité des ombres que repoussent les flambeaux, car c'est là que se tiennent les forces cachées de la Parole ! Équilibrer ces exigences entre elles est plus difficile que de se compter les poils de la barbiche ! Quand une lune pleine *avale* un conteur – *oui, avale !*, comme le ferait une beauté spectaculaire posée auprès d'une simple joliesse – sa voix ne porte plus, ce qu'il dit vasouille sans plus d'effet qu'un caquet au soleil de midi ! Et donc, les gens étaient venus en masse à cette veillée, juste pour voir comment Boulianno allait tenir cette lune pleine en respect. Tout le monde l'attendait. Nostr'homme avait débarqué avec, dans sa main gauche, le bout de bois-moudongue qui lui servait de bâton-à-Parole.
Excusez le détour, mais il faut la précision sur les bâtons-à-Parole !
Les conteurs en ont le plus souvent.
Ce n'est pas un simple bâton. Il ne sert pas à marcher, ni à soulager une hanche fatiguée. Boulianno ne l'utilisait

jamais durant ses déplacements normaux, seulement quand il prenait la route pour se rendre en veillée. Pendant qu'il marchait, sa main gauche mignonnait le bâton ; sa voix marmonnante l'enveloppait de petites confidences auxquelles le bâton répondait (s'il faut en croire deux-trois sensibles à l'imagination) ! Il est établi qu'empoigner un bâton de ce genre revenait à se saisir d'un « manche de la Parole », et donc que cet objet pouvait se concevoir en trait d'union entre le visible et l'invisible (à commencer par ce que l'invisible peut avoir de visible), pour atteindre l'invisible du visible, sachant que rien n'est plus invisible que ce qui se tient là au visible sous nos yeux ! Dès lors, la finalité de ces bâtons est simple.

Ils rendent visible par-dessus tout la force de la Parole ! On peut cesser d'écouter un conteur et suivre ce que dit son bâton ! On peut mesurer combien le bâton contredit ce que chante le conteur ! Quand celui-ci parle, le bâton chante ; quand il chante, le bâton fait la voix ! C'est avec son corps, corps et âme, la langue de son corps et la langue de son âme, que le conteur rend visible ce qu'il veut ! Et doncques, ses « mascottes » comme on dit dans les mornes, tout ce qu'il agite ou qu'il porte, que ce soit chapeau, santiagos, mouchoir, bracelet, chemise en nylon, parfois une pipe à la Victor Hugo ou une bible de jésuite, sont autant d'extensions de son corps en direction du corps subtil de la Parole ! Je sais que ce n'est pas clair, néanmoins mille de nos « suppositions » l'ont bien envisagé, ce qui ne veut pas dire que ce soit vrai, *qu'est-ce que la Vérité ?!* vous aurait dit

Bèbert... Considérez juste, Chamoiseau, que le conteur est en soi une « composition », et que dans une lawonn toute « composition » est vivante dans le visible et l'invisible !...

(... merci de me permettre une expression ici-dans, monsieur Bèbert... Hum !... D'après ce que j'ai vu, sa mascotte principale était toujours un bâton assorti parfois d'une vieille bible en hébreu, ou d'un chapeau de détective à la Eddie Constantine, ou d'une feuille de papier de Chine sur laquelle il pouvait lire des choses impossibles à lire !, seulement, au fil de ses âges, le bâton n'était jamais le même, monsieur Bèbert ! Ce fut d'abord un nœud prolongé de gaïac ; puis une torsade de bois-fer ; enfin, une torsion de bambou-à-sept-nœuds, s'articulant dans une spirale aiguisée à sa pointe pour s'accrocher à plus fond que la terre !... Seulement, en bien des heures, je l'ai vu aussi avec un imperméable, hum !, une défroque offerte par un marin qui avait navigué sur les côtes de l'Afrique, puis traîné sans aveu dans les docks à bananes de la Tamise à Londres, avant d'être embarqué dans une errance définitive par ici de chez nous, notre belle Caraïbe ! Ce marin prétendait que son imperméable était pour ainsi dire « chargé » !
Ce qui suppose qu'il offrait « protection » !
Contre quoi ?
Contre la pluie bien sûr !
Et c'était important car en ce temps-là, vous le savez, monsieur Bèbert, il pleuvait tous les jours dans le

pays, encore plus aux veillées, encore plus sous le règne d'une pleine lune !, c'est pourquoi nous avons autant de choux et de fougères !, il pleuvait beaucoup-souvent, sans façons, et tandis que sous une avalasse les flambeaux de la veillée étaient pris de hoquets, que l'assistance se serrait aux abris des grandes feuilles, lui, Boulianno, restait tout droit-piqué dans son imperméable, et demeurait capable d'envoyer une voix plus haut plus fort, plus mouillée que la pluie ! Mais le plus bizarre c'est pas ça !
Le plus bizarre, c'est ce que je veux supposer, à savoir que parfois il portait l'imperméable dans des soirées-claires, à bel ciel sans nuages !... Cela m'a permis de calculer ceci : *l'imperméable le protégeait de tout, du mauvais œil, des vieux esprits, des mauvaises intentions et des ondes pas très bonnes !*, il le protégeait des crapauds-envoyés, des soucougnans-à-feu, des tiques mangeuses de peau, des gros-pieds, des malgraines, des blesses à l'estomac... et j'en passe pour ne pas dévergonder ma bouche !... En ce temps-là, il était recommandé de se prémunir contre des envois de mauvaises ondes qui pouvaient vous plomber la mémoire, et pire : *vous égarer la langue !*, rien n'est plus triste chez un conteur qu'une langue qui s'égare !, rien n'est plus désolant qu'un conte échoué sous une langue égarée !, et donc, en certaines fois, Boulianno conservait son manteau, même quand l'idée de pluie n'était inscrite nulle part !... Mais le temps de l'imperméable tout comme celui de ses autres mascottes furent des temps qui s'arrêtèrent très vite !

Pourquoi ?! on me dit.

Pour ceci bien pesé, monsieur Bèbert : à mesure qu'il grandissait, Boulianno avalait ses mascottes !, elles disparaissaient dans son corps avec force et pouvoir !, qui fait que plus rien ne pouvait le toucher, ni la pluie qui éteint les flambeaux ni les vibrations-déveine que bandits et scélérats expédiaient aux maîtres de la Parole[1] !...)

Et donc, d'habitude le bâton-à-Parole ne quittait jamais le poing de Boulianno. Il accompagnait les envols de sa voix. Or, pour revenir à Man Delcas – *écoutez bien, la chose est chaude !* –, en arrivant dans cette veille de lune pleine nostr'homme avait planté son bâton pile au mitan du cercle, en face du groupe des tanbouyés, puis il avait sorti... *quoi dites donc ?*.

Un éventail en vannerie !

Surprise et cœurs au galop !

Embarrassements et rires désaccordés !

Pour tout dire : consternation.

L'éventail est un objet de femmes aux moments des chaleurs. Elles les sortent sous la chauffe des mantilles quand la messe s'éternise, ou dans les bus embrasés qui stationnent au soleil. Elles les sortent aussi dans l'éclat du mois de mai quand les mouches nous assaillent. Voir un homme-à-deux-graines avec un tel machin n'était pas dans les mœurs. Mais, *que prenne pitié Marie*

1. Supposition 650, de Cadigan Carcela, agent de sécurité, quartier de *Dominante* (*in* « Almageste de la Parole », opus cité – P. C., Notes de transcription).

la sainte, Boulianno arborait l'éventail avec l'aisance sensuelle d'une vieille commère. Il s'était mis à marcher avec, à parler avec, à danser avec. L'éventail avait commencé à faire partie d'un conte, puis d'un autre, puis d'un autre, jusqu'à constituer, au fur et à mesure et à lui seul, l'assaisonnement sel et piment de tout ce qui était dit ! Dans un conte, on apprit qu'il avait été transmis à un guerrier caraïbe par une femme-oiseau, laquelle lui avait enseigné le nattage de l'herbe sacrée qui seule permet de le fabriquer. Dans un autre, il fut précisé qu'il était tombé des ailes d'une femelle-oiseau, du genre des malfinis, désireuse d'épouser un chef kalinago ; l'oiseau terrible en mal d'amour lui avait révélé que, au commencement-des-commencements, la terre la mer le ciel les étoiles le soleil et la lune, tout comme les hommes les arbres les roches et les esprits, provenaient d'un tissage de parlures, et que c'était ce tissage primordial qui avait donné la vannerie !... Au fil de la soirée, sous la malice de Boulianno, l'éventail devint même un machin-chose pas catholique qui servait à « éventer le feu », et, à force d'éventer des feux[1], l'éventail s'était imprégné de l'« esprit-du-feu », et pas seulement de l'« esprit-du-feu » mais de celui du vent

1. « ... *feux-charbon, feux-sans-charbon, feux-dans-poils et feux-dans-paille, feux-tombés-du-ciel et feux-montés-des-entrailles-de-l'enfer, sans compter les feux-sans-feu et les feux-sans-fumée, les feux-au-ventre, les feux-au-cœur, les feux-aux-poudres, les feux-de-camp et les feux-de-la-Saint-Jean, les feux-aux-fesses et les feux-du-péché, les feux-des-yeux et les feux-de-l'amour, les feux-de-baptême et feux-à-volonté !...* avait-il précisé pendant une demi-heure... » (annotation de l'auteur dans une marge *in ibid.* – P. C., Notes de transcription).

aussi, le vent qui vient, le vent qui part, le vent qui tourne et qui s'en va, le vent qui monte et qui soulève le feu, le vent vaillant des connaissances, à telle enseigne que l'éventail devint « chargé » – manière de dire qu'il développa une catégorie de « pouvoir ». Avant la fin de la veillée, nous regardions déjà l'éventail de Boulianno comme s'il s'était agi de la hache du dieu Thor.

Bèbert s'était jeté sur cette information. Il s'était fait préciser le détail de ce que Boulianno avait dit ce soir-là, avait croisé les thèmes évoqués, superposé les images les plus fréquemment utilisées, réparti le tout dans une dizaine de ces tableaux Excel qu'il collait dans son cahier avec des croix de scotch ; puis il avait mené ses recherches habituelles dans les gros livres de sa bibliothèque et sur l'écran clignotant de son ordinateur. Il nous avait alors énoncé une série de choses sur la vannerie, choses techniques, choses inutiles, détails obsessionnels, qui nous avaient épuisé l'attention. Il y en eut malgré tout quelques-unes qui vous permettront de mieux comprendre ce que je veux vous dire. La vannerie – selon la science – était utilisée dans toutes les Amériques, et chez nous donc, pour la fabrication des « éventails-à-feu ». Elle provenait de nos ancêtres amérindiens qui vivaient là, en tête à tête avec les zémis de la forêt, bien avant que le monde occidental ne leur tombe sur le crâne. Le plus surprenant pour nous fut d'apprendre que la vannerie n'était pas quelque chose d'insignifiant, mais bien une « puissance ». Dans toutes les humanités, ici-là ou ailleurs, cependant c'est l'ici amérindien qui nous occupe, elle était apparue bien avant l'aubaine divine de la poterie. Durant la nuit des temps, à une date difficile à cocher sur un calendrier, l'existence de déesses végétales leur avait été *révélée*, à commencer par celle de la plante céleste appelée « arouman » ! Cette information leur avait été transmise en grandes pompes par des bestioles mythiques (serpents-lianes, jaguars-à-plumes, chauves-souris-feuillues, ou oiseaux-arbres effrayants). Ces zémis avaient enseigné aux plus visionnaires de nos ancêtres guerriers l'art de cueillir l'arouman, de sublimer ses fibres, de les assembler pour toutes sortes d'usages, du plus futile au plus grandiose. L'agencement de ces fibres était capable de transcender le monde de la lumière et celui des ténèbres, d'associer la hardiesse des vivants à l'énergie des morts, et surtout d'établir d'improbables alliances entre les animaux, les végétaux, la terre mère nourricière, l'immensité génésique du cosmos. Ils leur avaient transmis aussi le droit d'utiliser les figures qui habitaient leurs plumes, leurs écailles, leurs pelages, leurs feuillages, et qui se devinaient dans certaines lignes secrètes qui structuraient le ciel. Quelques formes élues, chargées elles aussi de pouvoirs, se trouvaient sur les peaux de serpent, d'autres dans la géométrie vénéneuse des dorsales du crapaud ; quelques autres dans les squames de l'anaconda ou les armures de ces poissons qui marchent au bord des fleuves... *et j'en passe !...* Les hommes s'étaient mis à les imiter, à les styliser, à les interpréter, bref à en nourrir leurs imaginations et les folies de leurs mémoires. Tout cela avait donné des motifs qui disposaient de la vigueur des *signes*, de la signifiance étendue des symboles, et qui dès lors étaient capables d'organiser le passage direct entre ce monde et d'autres mondes – *y compris ceux qui composent le millefeuille quantique de l'Univers !* nous avait rajouté Bèbert. Chacun fut assez surpris de savoir que, pour la simple raison qu'ils étaient faits de vannerie, outils, ustensiles, plateaux, sièges ou paniers pouvaient devenir (pour qui savait y faire) des catalyseurs magiques qu'aucun guerrier ne saurait négliger. L'éventail qui sert à éventer le feu, les couleuvres qui servent à presser le manioc amer, ou encore les coffres qu'utilisent des chamans, étaient des objets à force considérable ! Après concertation, Bèbert avait noté en guise de conclusion : *L'art de la vannerie est donc une sapience dont on doit respecter l'existence, et qu'on ne peut abandonner aux mains de n'importe qui !*

Boulianno avait conté ce soir-là d'innombrables cas d'objets en vannerie mirifiques, d'éventails légendaires et de paniers à sortilèges. À l'époque, dans l'assistance ensorcelée par l'amusement, seule Man Delcas était en mesure de rire et de comprendre ce qui était enseigné là ! Boulianno avait dû le sentir (les conteurs sentent les forces postées dans l'assistance), mais peut-être avait-il simplement été intéressé par cette femme-matador qui, dans sa plantureuse rondeur, mélangeait tellement d'espoirs et de désespérances. Quoi qu'il en soit, au lever du jour, juste avant de sortir de cette la-ronde, il lui avait offert le fameux éventail en conclusion d'une révérence spectaculaire, en la priant d'en prendre le plus grand soin.

Man Delcas nous avait raconté ça avec les yeux brillants. Elle avait été « touchée » par le geste du maître, et, malgré l'infini de ses problèmes, elle avait longtemps été obnubilée par l'étrange éventail. Elle avait deviné dans cet art du tressage, ses motifs noir et rouge qui captaient on ne sait quoi, une sapience fascinante. C'était comme si, avait-elle dit, je m'en souviens encore, *chaque motif lui montrait un chemin ; comme si les entrecroisements ne se resserraient pas, mais ouvraient au contraire d'innombrables espaces ; comme si chaque face abritait dans le jeu de ses mailles trois horizons faciles à deviner en y collant un œil...* ; et pour finir : elle se sentait aspirée vers le ciel quand elle balançait le petit objet pour s'envoyer du vent !

L'éventail était devenu pour elle un compère rassurant. Il faut dire qu'à cette époque la malheureuse était persécutée par son inutile du moment, un énième concubin, père supposé des deux derniers de ses huit enfants, et que celui-ci, abonné au cœur-de-chauffe du rhum et aux jeux de dés ruineux, avait tendance à vouloir la ramener vers les profitations de l'esclavage ! L'époque, vous le savez, était brutale, les coups les viols et les mauvaises manières des anciennes plantations régnaient encore dans nos quartiers, sur tout le monde, encore plus sur les femmes et leurs trâlées d'enfants suspendus à leurs hanches. Il advint que, un soir, l'inutile abattit sur elle les coups qui chez lui faisaient office d'amour et de conversation ! Man Delcas eut l'idée folle non pas de lui casser une dame-jeanne sur la tête, ou de lui élargir la gueule d'une arrachée de coutelas, ainsi qu'elle l'avait déjà fait à une ou deux reprises, mais de lui *souffleter* le visage avec le fameux éventail-à-feu.

Même pas fort, juste comme ça : *flaoup*...

L'épave humaine en resta pour ainsi dire « saisie », la gueule en bave, l'oreille sifflante et l'œil tourbillonnant. Il s'affala tel un sac de guano sur les vieilles hardes qui leur servaient de lit, dormit trois jours de suite, plus six heures, trois minutes et quarante-six secondes. À son réveil, il avait retrouvé une apparence humaine, les yeux toujours rougis au feu du cœur-de-chauffe, mais chaque pupille habitée par quelque chose de bienveillant. Sa voix, encore éraillée par les frappes du piment et des cris perpétuels, s'organisait désormais dans des intonations douces qui, ainsi que le disait Bèbert, rappelaient Vivaldi.

Plutôt que de la rassurer, comme on aurait pu le croire, cette métamorphose effraya Man Delcas. Elle crut avoir affaire à une nouvelle calamité. Sitôt que le bougre eut tourné le dos pour s'en aller répondre aux appels de l'usine (il œuvrait aux chaudières), elle ramassa ses huit enfants et prit-courir chez une cousine. Sa crainte était qu'il ne revienne dans cet état inadapté à sa nature profonde, une distorsion dans laquelle nul ne pouvait le reconnaître, ce qui était de bien mauvais augure.

Mais il ne revint pas !

Il travailla presque jour et nuit dans l'usine du béké, d'une manière respectueuse qu'on ne lui connaissait pas. Il n'en sortit que lorsque le chef de la chaudière le força à prendre du repos. Il ne revint pas dans la case de Man Delcas. Il ne revint d'ailleurs nulle part, errant par-ci, traînant par-là, dormant on ne sait où. On crut le voir rôder à proximité du quartier de Man Delcas en observant sa case avec les yeux de la tendresse, mais aussi avec une épouvante qui le maintenait à bonne distance. Tout le monde admit à la longue que cet errant définitif n'était pas le même nègre impossible, aussi violent qu'une niche de fourmis rouges, seulement un être au sirop, tout plein d'humanité, de gratitude envers la vie, infatigable à la besogne et serviable tout autant ! Tout un chacun se mit à le considérer autrement, et, pour être à l'aise dans ce changement, il fut convenu de lui attribuer un autre nom, trois surnoms et deux prénoms chrétiens ! Man Delcas nous avait avoué ce soir-là qu'elle lui aurait de nouveau ouvert la porte de sa case si du jour au lendemain, *flap !*, l'intéressé n'avait pas disparu ! On avait retrouvé ses chaussures, son linge du dimanche et son chapeau des beaux-airs, ses chaussettes rouges, ses lacets jaunes, son cigare de Cuba, sa cuillère en argent, les deux fourchettes de sa grand-mère, son quart en étain, sa gamelle cabossée, son huile de palma-christi, son sucre, son sel, sa botte d'ail, son canari noirci dans lequel il faisait mijoter ses ignames, son bleu de travail rapiécé, sa croix bénite et son chapelet sacré, son image de la Vierge, sa dame-jeanne de cœur-de-chauffe pleine, son paquet-cigarettes Mélia, et plein de petites inutilités ordinaires !... Tout cela était bien rangé dans l'appentis de tôles où le chef de la chaudière lui avait concédé un abri. Il aurait disparu on ne sait où, ni quand ni pourquoi, donc dépouillé jusqu'aux os, sans doute tout nu comme au moment de sa naissance, et cela sans même une cigarette, un quart-café et une graine-sucre pour doucir son réveil là où il se trouvait ! On ne le chercha pas très longtemps, on ne le revit jamais...

Dès lors, Man Delcas se mit à zieuter l'éventail fixement, devant, derrière, par en-bas, sur les côtés. Elle s'efforça de se remémorer ce que Boulianno avait dit en parolailles énigmatiques au sujet des vanneries.

Ce fut alors qu'elle tomba sur Alcindor Palmaire, lequel répondait au surnom d'*Alcipal*. Ce fut une chance inespérée. Bèbert nous avait expliqué que, dans notre vaste ignorance du champ quantique et des mystères de l'Univers, ce genre de « synchronicité » n'était pas impossible. Mais la plupart de nos gens, allergiques à la science, avaient préféré s'en tenir à la formule créole qui désigne ce genre de surgissement par : « à-l'heureuse-du-bonheur » ! Donc, à-l'heureuse-du-bonheur, surgit dans sa vie cette espèce d'aristarque en la question de la vannerie.
Tout le monde connaissait Alcipal.
Il pratiquait depuis on ne sait quand l'art de natter des fibres de bois-ti-baume, d'aroman, de coco, de

bakoua… d'abord pour lui-même, ensuite pour le curé de la paroisse, puis pour une békée qui s'en était émue, et en finale pour qui voulait paniers, coffres, ustensiles et consorts… Il n'existait personne qui ne possédât une de ses fabrications dans un coin de sa vie ! Man Delcas rendit visite à l'Alcipal en se disant intéressée par la vannerie. D'abord il se montra gentil, avec l'idée d'obtenir un accès à ce qu'il appelait sa *petite-bombe-sirop*, puis, découragé par ses refus de femme-sans-cœur, il l'éloigna de lui avec agacement, lui disant en substance de ne *pas rester là* ! Elle insista, le sollicitant tous les jours, stationnant devant son atelier, le regardant s'en venir au travail et repartir le soir avec des yeux de poisson frit. Le voisinage s'en émut, comment pouvait-on manquer ainsi de compassion envers une la-malheureuse avec tout ça d'enfants :
Alcipal, quand même ! Quand même !?
Cela paraissait tellement essentiel pour Man Delcas que le maître vannier daigna enfin qu'elle s'en vienne lui donner un coup de main. Sans doute par compassion, mais Man Delcas prétendait autre chose : pour elle, seul le fameux éventail avait pu provoquer l'adoucissement de ce farouche ! Voici comment cela s'était passé.

Un jour d'espère devant sa porte, elle le vit arriver avec son clopinement de mémoire trop lourde, et, avant de lui dire bonjour, elle lui montra l'éventail-à-feu. Il ouvrit grands ses cocos-zyeux, se penchant en avant, ce qui permit à Man Delcas (sous le coup d'une obscure intuition) de lui frôler la joue, *silap*, juste essuyé comme ça, avec cet insolite objet. Alcipal n'en accusa aucun effet, il se contenta d'examiner l'éventail avec un soin prudent, sans y toucher. À en croire sa tête de pleine lune, ses yeux glauques habités d'une énigme, et le frisson de sa moustache dépenaillée, ce n'était visiblement pas un objet de sa fabrication. Cependant, ce qu'il y avait vu, et qu'il semblait ne pas vraiment comprendre, l'avait précipité dans le silence et le respect. Il se détourna pour ouvrir son atelier sans jamais demander à Man Delcas d'où provenait l'éventail. Néanmoins, de manière inattendue, sourcils coincés et ronchonnant, il se mit à lui montrer des choses...

D'abord, il l'emmena tout de go à la cueillette des plantes, là où poussait l'aroman, dans les coins à bon bakoua ou ceux des bambous tendres, des lieux insoupçonnés qui avec lui se mettaient à exister en brins, en tiges, en fibres et en longues lianes dans le fouillis illisible des raziés. Il lui montra en bougonnant comment travailler l'aroman et toutes ces plantes qui cachaient leurs vertus. Man Delcas lui épargna désormais la corvée des cueillettes. Ce fut elle qui très vite et toute seule l'approvisionna en une série de plantes utiles. Elle découvrit des coins qu'il ignorait, où les tiges d'aroman étaient de vraies splendeurs. Du bout d'un doigt évasif et grincheux, à petites miettes de mots créoles qu'il écrasait sous ses molaires, il lui avait montré comment apprêter les fibres de tressage afin qu'elle les lui prépare tandis que lui s'attelait à ses œuvres quotidiennes. Une fois par semaine, *pas plus s'il te plaît !*, elle s'installait dans un coin du truc de tôles qui servait d'atelier, et apprêtait les plantes, les mettait à sécher, puis les débitait en lamelles, en tiges, en lanières, en brins… toutes les formes à souplesse que lui indiquait le vanneur assiégé. Tandis qu'elle s'acquittait de ces tâches, il s'ingéniait à lui tourner le dos, tête baissée, buste penché, fesses serrées, les épaules enveloppées comme des ailes au repos sur l'activité mystérieuse de ses mains. Quand il s'accordait une pause, il prenait soin de couvrir l'ouvrage en cours avec un sac de farine-France et une croix bénite. Quand il quittait son atelier, il insistait pour qu'elle s'en aille aussi, attendait de la voir disparaître avant de s'éloigner.

Man Delcas avait malgré tout *pris la hauteur* de l'Alcipal. C'est-à-dire qu'elle l'avait « surveillé » – ce qui, dans les conditions qui lui étaient faites, revenait à seulement étudier le jeu de ses omoplates, les déplacements de ses coudes, les subtils balancements de son torse… un lot d'indications infimes qui la renseignaient de manière mystérieuse sur ce que combinaient ses mains. Elle prétendait avoir appris ainsi la « torsade électrique », la « technique clayonnée », celle du « tissé-toilé à deux couleurs », de la « dent de rat » ou de l'« écaille sublime », ou encore l'inestimable « spirale diabolique à carreaux ». Elle apprit tout de la « maille serrée » qui ne laisse filtrer ni l'eau de mer ni l'eau de la pluie, ou celle qui emprisonne des éclats de soleil et des perles de lune. Elle apprit à concocter des boucles à couleuvres, à enchevêtrer les trois nappes de base dans des compositions qui n'avaient plus de limites. Elle sut très vite ourler pour tous les récipients des bords et des rebords sophistiqués, noués, roulés, cordés ou couchés par un doigté d'archange. Bèbert, qui n'a pas peur des mystères, nous avait expliqué qu'une clair-audiante de l'envergure de notre commère pouvait parfaitement développer des *désirs vibratoires* que le champ quantique ne pouvait qu'exaucer. Quoi qu'il en soit, de retour chez elle, après son travail d'agricultrice dans les jardins des bois, elle se préparait des paniers, des coffres, des éventails, toutes qualités de petites choses qu'elle agrémentait de motifs de son cru, des figures personnelles que jamais l'Alcipal n'aurait utilisées. Il lui avait sentencié plus d'une fois que ce qu'il dessinait dans ses tressages était des *signes sacrés* ; qu'ils évoquaient une conception du monde, une conception de la vie, et même un regard sérieux sur l'univers entier ; qu'en tissant il fréquentait des *choses* plus grandes que nous, qu'il les connaissait car il les avait vues en rêve tomber des plumes d'un manicou volant, c'était donc qu'il était un élu de la divinité ! Avec une grande fierté et un souffle de menace, il lui avait laissé entrevoir ses motifs préférés, ceux du « malfini-deux-têtes », de l'« écale-de-tortue-molokoy », ceux de la « chenille-à-poils », de la « chenille-patate », de la « chenille-sous-lune ». Il s'était extasié sur ceux du « serpent-volant », du « requin-bleu », de la « daurade-sucrée », du « dorlis-décadent » et de la « fougère-parlante ». Il était plus que fier du motif subtil de la « grappe-titiris », et c'est avec respect qu'il désigna d'un doigt tremblant les motifs du « jaguar-fabuleux » et de l'« anaconda-divin », qui lui venaient du treizième rêve d'un treizième vendredi 13 !... Chacun de ces motifs disposait dans sa tête d'une histoire, d'une mémoire, exprimait des connaissances, des signaux et du sens, et chacun disposait d'une force fatale. Dans une résonance lugubre de ses amygdales, il lui avait presque hurlé que nul autre que lui ne pouvait s'y frotter sous peine de grand malheur, car *tu comprends, si des gens comme toi, des personnes ordinaires, des créatures qui ne savent pas et ne peuvent pas savoir, en bref des gens-pas-comme-il-faut, avaient le malheur de reproduire un de ces motifs, eh bien ce serait la fin du monde pour eux, le caca immédiat !, cette personne damnée verrait ses enfants souffrir de jambes paralysées, et s'arrêter de grandir en devenant empêchés de la main, disloqués de la tête !...*

Le farouche avait sans doute évoqué ces motifs auprès de Boulianno, lequel les avait distillés en mystères dans ses contes. Le peu qu'il put en dire à Man Delcas aurait suffi à cette dernière pour comprendre chaque motif, et le reproduire avec ses pouvoirs, et cela sans que l'Alcipal s'en doute ! Seulement, elle n'avait pas osé les reprendre, en respect, mais surtout par crainte d'une représaille des forces qui s'y trouvaient. Elle inventa donc ses propres motifs, qui n'avaient d'autre pouvoir que de plaire aux touristes de passage : la « fleur-de-cannelle », le « cristal-de-la-vanille », le « baiser-infini », ceux qui favorisaient les bandes et la fertilité, tout un lot d'inventions inspirantes qui assurèrent très vite l'écoulement de ses produits et la bonne santé de son porte-monnaie ! Par crainte que l'Alcipal ne découvre son activité dérobée de vannerie, elle allait vendre en douce dans les communes environnantes, opérant des dépôts anonymes dans les débits de la régie et les boutiques d'Habitation. Bien entendu, elle se laissait supposer comme étrangère à leur fabrication. Tout le monde ignorant l'utilité des motifs de vannerie, Man Delcas rencontra un signalé succès, et se vit même appelée « grande dame » par un supplément couleurs du journal *France-Antilles*.

Quand Alcindor mourut (tombé dans la rivière Capote un jour de pluie où il allait récupérer, à la mi-nuit, treize fibres d'aroman utiles à ses compositions), son atelier resta à l'abandon. Ses vanneries d'habitude indestructibles se mirent à faire des champignons, puis à s'envoler en poussière de paille triste. Ses outils s'abîmèrent dans la peine sous l'appentis de tôles. Sa femme (absorbée par des extases d'église) consentit à ce que Man Delcas utilise l'atelier, les outils, les réserves de fibres, et poursuive ce travail. Elle reversait à la veuve une partie des ventes. Elle fabriquait des vanneries touristiques sur lesquelles personne ne trouvait à redire, jusqu'à ce que, le temps passant, on prît conscience qu'elle était devenue une vannière, et mieux : qu'elle était désormais la dernière du pays ! Il y eut un triumvirat d'anciens, qui protestèrent, déclarant misérable que la vannerie soit devenue une affaire à touristes ! Pour eux, la perte des motifs sacrés (ceux du « jaguar-fabuleux » ou de la « chenille-sacrée ») était une calamité ! Comme ils avaient du temps libre avant leur mort, ces énervés de la mémoire tombèrent sur Man

Delcas, dénonçant en porte-voix ses motifs folkloriques, investissant son atelier avec des tambours justiciers, des drapeaux rouge-vert-noir et des pipeaux vengeurs, afin de lui rappeler que *certaines personnes* n'étaient pas acceptables dans *certaines traditions* ! Ce qui la sauva à l'époque, c'est que de la vannerie, le plus grand nombre n'en avait cure ! Les « mémorieux » se fatiguèrent à babiller en face de cette femme-matador, bien ronde et très gentille, mais qui parfois s'éventait sans pièce crainte avec son éventail-à-feu, ce qui lui soulignait une lueur assassine dans les yeux. Ce phénomène finit par rappeler aux agacés qu'un de ses concubins, pourtant devenu très gentil, avait disparu corps et âme, on ne savait où ni comment ni pourquoi. Ils abandonnèrent leur esclandre assez vite, néanmoins leurs menaces et leurs interdictions avaient quand même obligé Man Delcas à exister dans la vannerie « à sec » pour ainsi dire, sans graisse à la friction et sans huile de confort.

En me remémorant tout cela, je compris soudain le drame de sa vie. Je la voyais, dans les brumes de ce plateau, près de l'étrange case, tresser avec une maestria incroyable la masse des fibres qu'elle avait ramenées. De toute évidence, elle libérait à fond une envie millénaire qui l'avait taraudée et qu'elle avait passé du temps à refouler !
Sa manière de tresser débordait d'enthousiasme.
Quand l'enthousiasme est là, la joie se pointe, l'amour s'installe, ce qui est fait témoigne de ces présences en une célébration !

Elle rayonnait dès lors d'une totale autorité !
Je compris que, jusqu'à maintenant, elle avait intériorisé les interdits de l'Alcipal, les anathèmes des énervés, et que, là, maintenant, enfin, pour une raison inexplicable, *elle s'en débarrassait*, fout !. De tout temps elle s'était interdit de se déclarer vannière, bredouillant fabriquer des *souvenirs-à-touristes*, ce dans quoi on l'avait gentiment reléguée. Ni le vieil Alcipal ni les énervés ne le lui avaient dit d'une manière directe, mais, à y réfléchir, je me mis à comprendre ce qui au fond les dérangeait. Je me souvins que, dans ses contes, Boulianno avait souvent exposé, avec des rires de gorge, l'interdiction faite aux femmes de toucher aux fibres de l'aroman : plus d'une de ses créatures éprouvait les calamités qui lui tombaient dessus au moindre écart de cette loi millénaire. Je me souvins aussi que la plupart d'entre elles parvenaient à déjouer ces hautes malédictions. Le maître en riait et faisait rire de ça ! À la fin de sa prise-de-voix, lors de cette veille de lune pleine, c'était bien à Man Delcas qu'il avait remis le fameux éventail !
À elle, et personne d'autre !
Une grappe de détails s'ajustait dans ma tête...

En face de l'anecdote qui voulait être conteuse, Man Delcas avait toujours développé une manière de tendresse. Elle avait, comme tout le monde, été choquée par sa folle prétention ; seulement, aussi active que nous à lui fermer l'accès à Boulianno, elle l'avait en revanche accueillie bien souvent, dedans son atelier, pour lui révéler des points clés de vannerie et la fabrication de ses « choses-à-touristes ». Lors des soirées-à-suppositions, c'était encore Man Delcas qui lui tendait un banc, lui faisait passer une tisane-citronnelle, un pâté-cochon, une friture de sardines-collées-deux, un bout de pain-au-beurre... et c'était elle qui lui avait offert l'aubaine d'un endroit où dormir... Un ensemble d'attentions qui, dans mon esprit maintenant éclairé, se transformaient en signes de tendresse !... Là, dans cette brume des hauts, l'anecdote regardait (avec la même tendresse) les mains astrales de Man Delcas manier les tiges, les fils, les brins, entrelacer les couleurs disponibles, et faire surgir sur le dos d'une roche plate une nappe dont les lueurs marquetées perçaient la couche de brume qui ternissait toutes choses. Lorsque Man Delcas nous avait raconté son histoire, et les menaces à peine voilées de l'Alcipal, Bèbert s'était penché sur la question. Il nous avait dessiné les motifs à considérer comme des symboles puissants, et qui avaient disparu de cette terre en compagnie du vieux farouche. Il nous avait révélé que les vanneries amérindiennes les plus archaïques représentaient parfois une carte quasi subliminale de notre Voie lactée. *Le sacré des hommes,* avait-il sentencié, *s'enfonce autant dans les chaleurs du centre de la Terre, dans le détail infini du vivant, que dans une divination audacieuse de l'ensemble du cosmos ! Nous avons perdu,* soupirait-il souvent, *toute cosmovision !...* Aussi, je compris ce qui se produisait dans sa tête trop ouverte quand, sur ce plateau maudit, il se leva à moitié, se pencha au-dessus des mains de Man

Delcas, et considéra à grands yeux ébahis ce qui se dessinait sur la nappe tressée ! Cela n'avait rien à voir avec ses astuces habituelles pour touristes, mais bien avec le motif du « jaguar-fabuleux » et une figuration sommaire de l'Univers connu ! Bèbert en demeura, durant un temps sans temps, incapable d'un dessin ou d'une gribouille de note. Il se contenta de zieuter Man Delcas avec autant de saisissement que s'il avait trouvé sur Terre cette nébuleuse de la Rosette où naissent des étoiles ! En ce qui me concerne, c'est peut-être à l'apparition de ces premiers motifs sur cette nappe féerique que je crus voir-pas-voir et voir-quand-même des « choses » !...

Comment vous raconter cela ?

Je crus deviner, flottant vers nous, des formes vaporeuses, affolées. Sans une aménité, elles fixaient Man Delcas affairée à ce qui devait être un sacrilège ! Je crus voir à leurs fronts les plumes de perroquet des guerriers caraïbes, ou celles de l'aigle royal qu'arboraient les chamans des anciennes Amériques. Ces plumes tremblaient de rage ! Sur le moment, nous ne sûmes pas, ni moi ni Bèbert, de quoi il s'agissait : tout n'était qu'impressions, sensations, bruines où se profilaient des esquisses improbables. Bèbert, revenu à sa roche, dessinait vivement ce qu'il imaginait voir. Ces croquis nous permettraient, une charge de temps après, de valider quelques « suppositions » sur ce que nous avions perçu. Précisons cette affaire.

D'abord, les Amérindiens ne furent pas les seuls à flotter devant nous. Il y eut aussi des grappes de ces nègres marrons qui, dans leurs combats de liberté, avaient probablement utilisé les symboles de la vannerie amérindienne. Chacune de ces ondulations désapprouvait ce qu'œuvrait Man Delcas soutenue par l'anecdote. Pas étonnant qu'il y eût autour de ces dernières une levée de fourmis mordantes ! Des vols de guêpes rouges, rageuses, vibrantes, s'y ajoutèrent d'un coup ! Bèbert se cintrait sans bouger, et moi pareil, pour ne pas déchaîner une vindicte des bestioles. Par bonheur, les mains virevoltantes de Man Delcas focalisaient leur attention, tout comme les mouvements enjoués de l'anecdote qui lui passait les fibres et soutenait la nappe. Les fourmis mordantes avaient envahi le corps de la vannière ; il n'était plus qu'un grouillement frissonnant. Pourtant, toujours à son affaire, poursuivant son tressage glorieux, elle s'était contentée de sortir du panier son éventail-à-feu et de l'ouvrir en équilibre sur le petit chapeau qui lui couvrait la tête. Quant à l'anecdote, les bestioles volantes s'efforçaient d'opérer un barrage entre elle et la vannière, mais elle ne s'en inquiétait pas. Les deux paraissaient ne se rendre compte de rien !
Je me pensai victime d'une berlue solitaire, puis, aux mouvements de ses yeux, et aux dessins agités qu'il gribouillait sur son cahier, je compris que Bèbert les distinguait aussi ! Ce qu'il avait cru voir (je le saurais par la suite) n'était pas cependant ce que j'avais perçu. D'abord, il avait vu en « noir et blanc », peut-être à cause d'une *distorsion gravitationnelle* qui selon lui était

passée par là à ce moment précis. Ensuite, là où j'avais vu des spectres à plumes, il avait zieuté une délégation protocolaire, composée de trois chamans, trois chefs kalinagos, trois caraïbes noirs, qui gesticulaient en direction de Man Delcas. Il avait vu en plus trois malfinis, en noir et blanc toujours, s'envoler d'un vortex de vapeurs pour accabler les mains de la vannière d'une pluie de mille-pattes et d'araignées poilues... Néanmoins (ainsi qu'il me le proposerait bien longtemps par la suite), il ne s'agissait pas d'une « réprobation » comme je l'avais supposé, mais bien d'une « épreuve » à laquelle ces orbes mémoriels avaient voulu soumettre notre commère. Sans doute pour la vérifier capable de manier les forces que ses doigts réveillaient ! Pour Bèbert, les fourmis et les autres bestioles ne furent pas agressives, juste intimidantes, mais il n'a jamais réussi à préciser lesquelles tombaient du ciel, lesquelles montaient du sol, lesquelles surgissaient des motifs que les fibres généraient. Quoi qu'il en soit, l'homme des sciences avait noté sur son cahier : *Ma chère Déliciade a épluché cette épreuve haut la main !*

Au plus intense de ces visions demeurées incertaines, quand je voulus faire un signe à Bèbert pour quelque instruction, il m'indiqua de faire silence avant de se pencher vers moi et de me confier :
Nous sommes entrés dans l'onde errante d'un conte !...
Je ne sais pas si cela me calma vraiment. Je restai coibandé, soucieux du moindre geste qui pourrait agacer les fourmis et les guêpes. Le temps que je m'y applique,

Man Delcas avait progressé dans sa nappe infernale. Nous voyions se dessiner sous ses doigts, outre les terribles motifs, des arêtes plus épaisses qui se mirent à structurer la tresse, la forçant à s'ourler sur elle-même, faisant surgir l'amorce d'une de ces hottes caraïbes que les gens utilisaient pour charroyer des fruits ou entasser des affaires de voyage. La forme était d'une telle beauté, miroitante de ces fibres très anciennes, que les brumes amérindiennes et les brouillards de nègres marrons se remplirent de couleurs flottantes, comme d'une confusion invincible, puis d'un sentiment de gratitude amère, avant de disparaître, *flap !*, emportant avec eux les fourmis et les guêpes et l'engeance regrettable des bestioles.

Man Delcas poursuivit son tressage comme si hak ne s'était passé. Elle avait laissé ouvert son éventail au-dessus de sa tête sans doute pour se prémunir d'un passage de moustiques. J'en étais à me demander si ce que je viens de vous raconter là n'était pas une maladie de mon esprit. L'apparition de ce début de hotte, frappé du « jaguar-fabuleux » et d'une carte du ciel, restaura l'accalmie inquiétante de l'endroit. La case devint plus nette, avec une nuance du bleu ciel de carême, une maille du jaune vieilli de la papaye trop mûre et un fond de la verdure d'une feuille fraîche du bois d'Inde. Un cap avait été franchi.
Nous le ressentions sans trop savoir quel il pouvait bien être.

Bèbert s'extirpa de ses notes pour me signifier qu'il fallait continuer. Il le dit à Man Delcas. Elle lui répondit : *Allez toujours, mes chers, et dites comme ça à Boulianno que je viens là même, le temps pour moi de finir ça !...* Ce sur quoi l'anecdote se leva, *flap !*, manifestant une entière décision de nous suivre. Après une concertation muette (et surtout résignée) entre Bèbert et moi, laissant Man Delcas à son nattage somptueux, l'anecdote suspendue aux talons, nous franchîmes ce plateau et (*pilon, pilon piam pianm...* comme l'aurait gazouillé Boulianno) nous reprîmes l'escalade, espoir vif à la voile, cap sur la deuxième case...

Vers la deuxième case – Nos premiers pas se firent avec un soupir de Bèbert. Il avait secoué la tête comme pour distraire son esprit de la présence de l'anecdote. Elle nous suivait à quelques mètres derrière, perdue dans ses pensées. Elle devait percevoir notre désapprobation. Je menais la marche, mais c'est la marche qui en fait me menait. Bèbert m'avait indiqué un vague horizon dans les raziés dressés en face de nous comme une muraille indifférente. Il nous fallait plus que jamais monter, aller, monter encore, escalader des roches instables, tout était mouillé d'une huile de lampe-la-vierge, nos pieds dérapaient dans la mousse luisante, les couverts d'ombre succédaient aux trouées du soleil, l'emmêlement végétal, de plus en plus indéfini, nous enveloppait avec un peu moins d'épaisseur, se raréfiait lentement mais en se dotant d'une étrange densité. Parfois, il nous fallait longer la crête aiguisée d'une ravine, dévaler sur les fesses une déclive cahoteuse jusqu'au fond où dormait une eau très enfantine, aussi claire qu'un alcool de canne, très froide dedans les mousses, très vive parmi l'humus et les petites fougères, lesquelles (sous un filet de brume) paraissaient faites de givre, puis devenir des cabris pour remonter de l'autre côté par un versant tout aussi raide. Avancer de quelques mètres, gagner chaque centimètre, n'avait jamais été aussi fâcheux et difficile. Je me démenais dans la marche sans suivre une direction précise. Juste un angle d'horizon flottant au-devant de nous. Je savais qu'il me fallait solliciter du pied gauche l'apparition d'une trace. Elles surgissaient plus vite quand des ruminations me ramenaient Boulianno à l'esprit. Les traces semblaient aimer qu'on pense au maître de la Parole ! Je ne devais pas être le seul à y songer avec autant de force. Bèbert (et sans doute Man Delcas bloquée dans ses délires) subissait à coup sûr le même feu chimérique, une bourrelle mentale pourtant pas décidée ni même indécidée : elle inclinait l'ensemble de notre tête dessous une force que rien ne pouvait réprimer.

L'anecdote avait disparu de notre sillage. En quelques moments comme ça, je me retournais, me campais dans la pente, patientais quelques mailles pour la voir apparaître. Mais rien ne survenait. Je fis cela deux ou trois fois en réprimant une bouffée de plaisir à l'idée qu'on en avait été débarrassés. Je m'habituais à cette

inavouable félicité quand, le cœur sautant soudain, je la vis resurgir.
Elle était cette fois en compagnie de Populo.
Je revins en courant vers Bèbert pour le lui dire. Il répondit d'emblée : *C'est la troisième possibilité, c'est celle-là qui va se maintenir auprès de nous jusqu'à notre arrivée auprès de Boulianno !* Tout cela lui paraissait tellement normal que je le crus sans poser de questions, ni interroger ces diableries de *possibilités*.
La suite ne lui donna pas raison.

Lorsqu'il s'arrêta à son tour pour les regarder apparaître, il ne vit que l'anecdote. Quand celle-ci nous aperçut, au lieu de ralentir le pas pour demeurer à sa distance habituelle elle continua vaillamment d'avancer. Elle ne paraissait pas très rassurée. Nous comprîmes qu'elle aussi entendait ces chants, ces plaintes, ces soupirs, ces murmures qui habitaient le paysage. Elle n'avait pièce envie de cheminer toute seule. Nous nous consultâmes du regard, puis Bèbert lui déclara (en son nom et tout autant au mien) qu'elle pouvait cheminer près de nous, mais qu'il était inconcevable que nous la présentions au maître. *Déjà, ce que nous sommes en train de faire ne relève pas de la décence, nous allons voir Mèt Boulianno qui lui ne veut voir personne, il s'est mis à l'écart, l'écart est un message, on ne trouble pas l'écart de celui qui se tient à l'écart, on le respecte, on passe autour, mais nous passons outre malgré tout en raison de hautes considérations, et cela à nos risques et périls !* etc. En finale, Bèbert demanda gentiment à l'anecdote que, sitôt notre convoi parvenu en présence du maître, elle se tienne au loin, afin qu'il soit bien clair qu'elle était venue de son propre chef, et que nous ne l'avions soutirée en nulle sorte que ce soit. Ce qu'elle admit sans pièce difficulté. Nous reprîmes donc notre ascension souffrante, paysage vivant, fatigue aux reins et aux mollets, esprit à la dérive, l'anecdote accrochée à nos trousses.

Nous ne parlions pas beaucoup. Nous n'avions pas vraiment bavardé depuis le début du convoi, néanmoins la présence rapprochée de l'anecdote augmenta notre silence. Nous n'étions plus entre nous. Elle semblait aux aguets, ses yeux nous transperçant le dos. Boulianno défilait toujours dans notre tête, mais à présent il y rencontrait l'anecdote. À force d'y réfléchir, de voir l'image de celle-ci graviter autour de celle de Boulianno, je me dis que sa prétention à devenir-ce-qu'elle-ne-pouvait-pas-devenir provenait d'une regrettable méconnaissance des gros dossiers de la Parole. Cette connaissance, je ne la détenais pas, en tout cas pas de manière consciente, mais elle s'ouvrait maintenant dans mon esprit par ces bouffées de clairvoyance dont j'ai déjà parlé. Je n'osais pas demander à Bèbert s'il éprouvait les mêmes clartés subites de l'esprit. Je présumais toutefois que cela devait être le cas : il avait toujours été un observateur, intuitif, mathématiquement perspicace...
Alors je me mis à parler.

Pas en l'air, ni pour rien, simplement à parler de Boulianno, ni pour moi, ni pour les autres, ni pour personne, d'abord pour me délivrer de cette charge qui m'emplissait la tête, mais aussi sans doute pour tenter de rectifier l'esprit de l'anecdote, la « réorganiser » pour ainsi dire en elle-même ! Elle ne pouvait pas savoir à quel point sa demande était extravagante, pas seulement parce qu'elle était un être insignifiant, ni parce qu'elle appartenait à la planète des femmes, mais parce que la question de la Parole était bien plus sérieuse-au-difficile qu'elle ne saurait l'imaginer ! Moi, je le découvrais ainsi, presque à chaque pas, flottant dans ce paysage qui semblait habité d'une intention pas claire, submergé par mes propres souvenirs, et par des souvenirs de souvenirs, mémoires confiées par d'autres gens, et restées suspendues comme des guirlandes à ma propre mémoire.

Quand je me taisais, nous avancions dans un étrange silence. Bien entendu, on percevait toujours les murmures des spectres de Man Delcas ; le vent soufflait doucement (à croire qu'il s'extirpait d'une sorte de sommeil) ; quelques gibiers, insectes et autres bestioles s'évertuaient à leurs propres affaires ; donc il y avait toutes qualités de petits bruits et de sons, *mais le silence régnait* ; je ne saurais expliquer ce phénomène. C'était un silence de plus en plus venteux qui imprégnait les existences. Les arbres, les broussailles, les feuilles, les racines et la terre elle-même étaient faits de silence. Dessous les modulations indéchiffrables du vent, je ressentais une permanence immuable dont l'unique signal, la densité la plus intense étaient faits de silence. Et ce silence relevait d'une pureté incroyable, de celle que l'on trouve sans doute au commencement de la chose vivante. Mais le plus étrange était ceci : *je connaissais déjà cette espèce de silence !* Bèbert sans doute aussi. Man Delcas de même si elle était restée avec nous. Dans cet écrin très inspirant, je repris le parler à voix haute, pas seulement à cause des rafales intermittentes et progressives du vent, mais sous le coup d'une émotion qui conférait à chaque syllabe une stridence inconnue. Ma voix emplissait les fougères tremblotantes qui escortaient notre avancée. Elle enveloppait Bèbert, puis atteignait l'anecdote qui fermait notre convoi à deux-trois mètres plus bas. Je parlais à moi-même, je parlais à Bèbert, et je parlais à l'anecdote. Je parlais au silence, avec la claire conscience que ma voix semblait s'y perdre infiniment, ou mieux : se perdre sans reliques avant même de l'atteindre. Je déparlais comme ça :

(**Déparlers à voix haute** – Boulianno s'est retiré, disons qu'il s'est absenté. Se mettre en absence. Mettre sa vie en absence, était-ce ce qu'il désirait nous apprendre ? Que nous dit la Parole quand elle s'est absentée ?...
Elle dit, mais en silence ! me murmura Bèbert.

Après avoir reçu la calotte de son verbe et refoulé (lucidité amère) l'illusion d'être conteur, j'ai vu Boulianno à maintes reprises dans les veillées. À la moindre occasion, comme accroché aux lèvres d'une blessure bourrelle qui ne pouvait se refermer, je me portais à son écoute. À force, j'ai fini par prendre conscience d'un phénomène qui de prime abord m'avait semblé anodin. Le maître parlait parlait parlait... puis, *a-a !*, il s'arrêtait de parler, ou de causer avec son corps, et longeait silencieusement le cercle en zieutant l'assistance, le regard clair au fond du noir de ses pupilles, un petit rire étouffé en dedans, un petit rire de diable. Pendant qu'il tournait à pas lents, on éprouvait la sensation que sa parlure se poursuivait. Comme s'il était en train de s'écouter lui-même. Sa voix, devenue sortilège, vibrait encore dans l'assistance ! D'habitude, quand un conteur se tait, l'attention se retrouve aspirée par le jeu de son corps, elle se maintient comme ça, mais là Boulianno paraissait ne plus avoir de corps. Il marchait simple, sans tralalas, à petits pas discrets, comme pour ne pas troubler un quelque chose en train de se produire. Il n'y avait donc rien à voir, à entendre ou à interroger dans ce que figurait son corps, qui lui aussi était un rocher de silence. Malgré tout, dans une tension extrême, on écoutait encore ! Cette affaire est restée dans mon esprit au creux d'un silence identique. Mais cela me revient maintenant, et après toutes ces années, dans ce silence qui nous enveloppe, je commence à entendre... *Entendre, c'est bien ! À développer et envelopper !...* me dit Bèbert.

Il nous faut peut-être comprendre (même si comprendre est souvent une manière de ne pas prendre)

que c'était sur une puissance identique qu'il fondait sa capacité de parler et celle de ne pas parler. Être avec nous parmi nous et être en dehors de nous, loin de nous, pouvaient relever d'une même expression...
C'est à envisager, toute audace est souhaitable !... me marmonna Bèbert.

Qu'il soit là ou qu'il aille dans l'absence, le commandement ne changeait pas : considérer ce qui n'était pas-clair dans sa prise-de-voix. Ce qui était clair mettait en scène ce qui n'était pas-clair. Ce qui n'était pas-clair ne vous était pourtant pas refusé : il était juste déposé devant vous, offert à vos oreilles, en gourmandise pour l'entendement. On digérait très vite ce qui nous était clair, mais le pas-clair demeurait encayé comme une roche dans le limon de notre tête, on se retrouvait alors avec la nécessité de « vivre-avec », pas pour essayer de le comprendre et enfin libérer notre esprit, mais plutôt pour accéder à cette liberté qui s'était exprimée...
C'est à considérer, sans doute à dépasser ! me murmura Bèbert en battant les cils gauches.

Dès lors, le pas-clair et le silence étaient de même matière et de même exigence : le maître du verbe avait créé cette roche devant nous, pour nous et avec nous ; non pas une devinette ou une petite histoire : une liberté. *Liberté !* C'est le mot qui me vient. Il s'était libéré, un marronnage dans les grands-bois de la Parole, et il donnait à voir cette position-là, dans le pas-clair ou le silence...

« Liberté », c'est un bon mot ! Dans ce pays, ce qui est libre ne saurait être clair, considérer l'enjeu... me marmonna Bèbert.

Même quand il a fermé sa bouche, et qu'il a cessé d'animer les veillées, Boulianno a continué à se montrer, au plus fondoc de nous, et à parler à nos oreilles dans un manman-silence. Et, dans ce silence, nous l'avons entendu avec plus d'acuité encore ! C'est pourquoi il est possible de supposer que la Parole ne vaut que si elle peut se taire...
Je crois, oui ! Mais encore ?! me marmonna Bèbert.

Celui qui n'est pas capable de se taire d'abord, et de se taire ensuite, et de se taire pour toujours si nécessaire, n'est pas capable de parler. Et c'est là que se situe le *maître*, dans cette capacité à nous parler, et dans celle de cesser de nous parler, et dans les deux cas de ne jamais suspendre de nous parler...
Voilà ! y consentit Bèbert.

Il avait décidé de laisser la Parole suspendue, comme on suspend un chapelet de sardines au soleil. Au temps où je donnais encore de la voix dans les laronde de veillée, j'avais pu mesurer à quel point la Parole peut ne pas avoir de fin. Ceux qui savent conter dans le pays le disent : *On sent la présence de la Parole dans le cercle quand on y met le pied.* C'est pourquoi il faut avant toute chose la saluer, la saluer en montant au tambour, la saluer en honorant les

anges. Quel que soit le talent dont on dispose, il y a une condition incontournable : que la Parole vous accueille. Un maître est d'abord quelqu'un que la Parole accueille, et qu'elle accueille toujours.
La question, c'est : pourquoi ?
La réponse est simple mais il faut la comprendre.
La Parole n'accueille qu'elle-même !
Elle n'accueille pas un tel ou un tel, elle s'ouvre à ce qui existe d'elle dans un tel ou un tel. Un maître de la Parole est en soi un peu de la Parole ! Moi, du fond de mon incompétence, je sentais bien la résistance, je lançais mes « salutations » avec la foi en Dieu, et tentais d'oublier la résistance de la Parole. Il fallait l'oublier, quand on n'est pas un maître on ne peut qu'essayer d'oublier cette terrible opposition ! Comme on n'y parvient pas, se produit alors ce que ne ferait jamais un maître : *on parle trop ! On redoute le silence !* Dans ce désarroi, je m'arrêtais quand mon corps n'avait plus de forces, je sortais gorge en feu, amygdales aux abois, mais la Parole conservait toute son intensité et continuait sans moi. Intouchée ! Elle restait en puissance dans le cercle en attendant que quelqu'un vienne se la mettre en bouche. On ne domine pas la Parole, on se donne à elle, on sollicite une chance, puis on en sort, c'est elle qui t'accueille si tu possèdes le talent nécessaire, et c'est toi qui t'en vas quand tu n'en peux plus d'être confronté à tant de force : elle est indomptable ! Penser pouvoir l'épuiser en bavassant sans fin revient à s'échouer sur le pas de sa porte !...

Cela semble recevable, mais réfléchissons encore... fit Bèbert en réponse.)
(Extraits de « Déparlers à voix haute[1] ».)

Je déparlais comme ça en marchant, Bèbert me « répondait » de temps à autre. Il ne conversait pas avec moi. Il accompagnait ma prise-de-voix ainsi que l'aurait fait un « répondeur » professionnel[2]. Si elle avait été là, Man Delcas, *que saint Michel lui protège l'esprit !*, aurait fait de même, tout aussi bien, et avec des chapelets de soupirs ! L'anecdote, elle, ne disait rien mais je la savais à l'écoute. Ce que je déparlais devait rester en orbite dans sa tête.

De temps en temps, Bèbert proposait une pause pour soulager nos reins. Nous nous asseyions alors autour de quelques douceurs récupérées dans le panier de Man Delcas juste avant notre séparation. L'anecdote se tenait à distance respectueuse, mais très vite (l'humilité, comme toute étoile très dense, oblige à s'incliner vers elle !) Bèbert lui proposa de s'approcher sans crainte, *on*

1. *In ibid.*
2. « Les anciens chanteurs, comme les conteurs d'avant, réclamaient des "répondeurs" auprès d'eux, et donc des "répons", à mesure qu'ils œuvraient. Les "répons" renforcent une précision, soutiennent une cadence, ramènent un thème ou un motif de manière légèrement déraillée. Ils offrent aussi des cassures et des sons, ajoutent des couleurs, esquissent des sentiments... Le "répondeur" se doit d'être attentif aux intentions non émises du chanteur, ou à celles du conteur. En fait, il doit être à l'écoute des "possibilités" cachées dans ce qui est chanté ou qui s'offre par le verbe ! [...] » (annotation de l'auteur dans une marge *in ibid.* – P. C., Notes de transcription).

n'est pas des sauvages, et de prendre deux-trois gouttes avec nous, gorge rincée, ventre lesté, reins calmés dans la pause. Cool, en dépit de l'entour grimaçant.

Nous mangions en silence. Bèbert s'enfonçait dans ses calculs géométriques et des planimétries de pisteur stellaire. Moi, je me mis à observer en douce la petite créature. J'ignore si c'est le paysage qui agissait sur elle, comme il pesait sur nous, mais je la trouvais bien moins insignifiante que ça.

Je vis une jeune fille.

Comment vous circonscrire cette affaire, Chamoiseau ? Une immense paix-sans-raison imprégnait son regard. Beaucoup de douceur. Une certitude aussi, mais douce, claire sans être déchiffrable, impérieuse sans cesser d'être gentille. Ses gestes sur le clavier de l'ordiphone s'effectuaient dans l'ondoiement d'une huile. Cela les rendait aussi fluides et précis que ceux des danseurs de bèlè. La danse bèlè imprègne d'aisance royale le moindre de leurs gestes, ils se déploient avec rondeur, sobriété, minutie et conscience dans les besognes les plus triviales. D'abord, j'avais supposé qu'elle se trouverait sur le qui-vive, comme ces oiseaux en vigilance dans des frissons de plumes. Ce n'était pas le cas : elle était détendue malgré l'ambiance étrange, en tranquillité ronde, attentive dans son corps. Sans être une danseuse de bèlè, cette jeune existence en avait la grâce, à croire qu'elle l'avait héritée de la pratique d'une autre danse.

Mais laquelle ?
Était-ce à dire que toute danse vous ouvre à légèreté sur terre ?
Quel était alors l'irremplaçable trésor de notre danse bèlè ?
Pas de réponse à ces tourments. Seulement, à la zieuter sans fin, je ne pouvais me sortir de l'esprit qu'elle appartenait corps et âme à ce monde de notre haute tradition, ce qui bien sûr n'avait pas de sens.
Elle n'était pas d'ici, elle ne le serait jamais !
Elle n'appartenait à nulle part visiblement !
Pourtant...
Elle ne nous était pas étrangère...
Dans ces lieux inquiétants, il émanait de son être une densité que rien de sa frêle corpulence ne laissait supposer, comme si (malgré ce qu'affirmait Bèbert) une simple météorite se révélait soudain de la masse d'une étoile. Je ne finissais pas de m'en étonner, jusqu'à ce que je comprenne pourquoi.
Boulianno rayonnait de cette densité-là quand il entrait en scène !
Les images me submergèrent l'esprit.
Il commençait par marcher avec l'air de chercher quelque chose, ou de semer on ne sait quoi du talon. Et cela suffisait. C'était une simple marche, mais une marche pas banale ! Un peu à la sauce des cinémas sans parlottes d'antan où l'on voyait Charlot-comique ne rien faire d'autre que marcher. *Pilam pilam pilam.* Il remplissait l'écran avec ce rien ! Le voir marcher était en soi un geste-sorcier qui te captait l'esprit !

Pareil pour Boulianno !
Il ne marchait pas ainsi dans sa vie ordinaire, mais là, *fallait voir ça !*. Ses jambes tricotaient quelque chose de subtil, ses chevilles se torsadaient au-dessus du sol dans des temps différents, ses genoux amorçaient des demi-cercles tandis que ses tibias applaudissaient on ne sait quoi ! Il avançait un peu courbé, se redressait de temps en temps, puis se baissait comme pour glisser sous un fil tendu bas. Oh ! rien de très spectaculaire ni très extravagant, simplement une marche, inconnue du corps humain jusqu'à ce jour, qui remplissait le cercle, hypnotisait les gens, et qui de toute évidence servait à autre chose qu'à marcher ! Personne ne s'esclaffait, néanmoins tout le monde souriait en « écoutant » on ne sait quoi. Car c'était cela l'étrange : on regardait avec nos yeux, pourtant c'étaient nos oreilles qui se trouvaient béantes, *écoutant sans pourtant rien entendre !*.

Mais ce n'est pas tout.

À un moment donné, on s'apercevait qu'il s'était transformé. *Flap !* Ce n'était plus le petit nègre de locomotive qui se dressait devant nous, plutôt comme je l'ai déjà dit *une sorte de géant*, ce qui ne veut pas dire qu'il avait changé de taille. Je dis toujours « géant » parce que je n'ai pas le mot pile et exact, disons : son intensité dépassait les contours de son corps, elle remplissait le cercle, et remplissait de même toute la zone extérieure aux flambeaux ! Je dis aussi « géant » parce que, lorsqu'il quittait le cercle, et se retrouvait avec nous

dans l'ambiance ordinaire, on était de nouveau en présence de quelqu'un d'aussi banal que n'importe lequel d'entre nous, et on se demandait *Où donc Seigneur est passé le monstre qui a chevauché la Parole toute la nuit et propulsé si loin les afflictions de la mortalité ?!*.
Où donc ?!
Bien entendu, Bèbert l'avait consulté sur cette diablerie. En guise d'explication, Boulianno avait prétendu qu'il cherchait avec ses jambes *des vents montants et des vents descendants, des hauts et des bas, des côtés chauds, des côtés froids et des angles vivants*... Il s'était arrêté là, avec le sourire béat de quelqu'un qui pense avoir tout révélé. Lors de nos « suppositions », Bèbert en avait déduit qu'il évoquait ainsi une *délimitation invisible* qui lui permettait de se positionner dans le cercle, en un point très exact, et à partir duquel il se trouvait en mesure de résonner dans tous les sens. Il y demeurait le plus longtemps possible et y revenait comme à un port d'attache. Cet emplacement était sans doute, d'après Bèbert, le point de diffraction d'une trame invisible qui décuplait la puissance de sa voix tout autant que la portée de son verbe. De fait, une fois qu'il s'était positionné, plus personne ne le quittait ni des yeux ni de l'oreille ni du corps frissonnant ni du cœur adorant jusqu'au lever du jour !...

J'avais sans doute déparlé à haute voix comme je le faisais sans y prendre garde durant les pauses, car je me retrouvai sous le regard de Bèbert. Il me fixait d'une attention d'expert sans âme, porté à découper la chose vivante pour mieux comprendre la vie ! Il avait pris beaucoup de notes et achevait de les souligner dans une page désormais pleine. La jeune fille ne me regardait pas, mais je perçus l'intensité de sa présence comme cela s'éprouve au voisinage d'un vieil arbre. Je dus me faire un contrecœur pour finir par l'admettre : *La jeune fille existait auprès de nous d'une sorte identique à celle de Boulianno ! Tout convergeait dans sa direction mais sans éclat particulier. Juste une densité de roche qui recourbait vers elle le temps, l'espace et la matière du vide*, affirmerait Bèbert par la suite, après y avoir réfléchi. Jamais elle ne chercha à entamer avec nous une conversation, profiter des pauses bienveillantes pour nous interroger sur Boulianno, tenter une connivence.

De fait, elle n'était pas avec nous, elle était *avec Boulianno !*.

Dans ce périple qui nous menait vers lui, son énergie se concentrait sur l'arrivée auprès du maître de la Parole – ce but qu'elle ramenait vers elle, avec l'entièreté de son âme bien plus vaste que son corps, millimètre par millimètre, comme on rapatrie vers soi la corde immergée d'une senne de pêcheur. Ce fut pour moi assez troublant de découvrir cela : l'intensité hagarde qui nous poussait dans ces hauteurs troublantes l'habitait avec autant de force, mais, à mon grand étonnement, elle disposait d'un cran supplémentaire, d'une « décision » aussi bandée qu'un piège à crabes-mantous, et dont la nature nous était inconnue ! Elle ne regardait aucun de nous deux, pièce regard fixe ou pénétrant dans notre direction, juste les frôlements de ses yeux qui nous gardaient ensemble, en un discret contact, du genre de ceux qu'installent les papillons avec les fleurs de la plante-à-tous-maux ; et c'est lors d'un de ces frôlements que je sus qu'elle m'avait écouté, et que mes déparlers durant la marche ou au moment des pauses l'avaient touchée en mode sensible, et qu'elle en conservait, selon ses lois intimes, un fond de gratitude.

Après les pauses nous reprenions l'escalade sans attendre, poussés par une urgence que nul n'aurait su justifier. Cette montée perpétuelle nous mettait à la peine. Cœur au galop. Mélange de sueurs et de frissons sous la dent froide des brumes dépourvues de chaleur. Notre esprit échappait malgré tout aux souffrances de nos chairs, car *notre attention* vrillait le paysage autour de nous. Voilà sans doute ce qu'il faut envisager pour comprendre certaines choses : dès le début de ce convoi, *nous étions devenus attentifs !*.

Ce constat n'était pas nouveau.

Il avait été dressé lors de nos soirées-à-suppositions autour du silence de notre terrible conteur. L'un d'entre nous avait argumenté que nous étions *tonbé o véyatif* à notre entour et à nous-mêmes ; ce que les Français auraient traduit par : « nous étions devenus attentifs » !

Les discussions avaient tourné en rond autour de cette notion, sans qu'il en émerge quoi que ce soit.

Ça veut dire quoi, *tonbé o véyatif* ?

Bèbert nous avait alors rappelé une pensée africaine. Boulianno l'utilisait souvent dans le fil de ses contes.

Elle révélait qu'en des heures surprenantes les plus vieux crocodiles sortaient du lac pour grimper sur la rive afin de déguster une goutte de rosée, mais qu'ils le faisaient sans pourtant avoir soif… Les « suppositions » s'étaient déchaînées, mais cette énigme leur avait résisté. Plus d'un intelligent nous avait assené de très hautes déductions. Bèbert avait fini par ramasser tout le monde en proposant que si ces reptiles n'avaient pas soif, et qu'ils tendaient pourtant leurs crocs vers une goutte de rosée, c'est qu'ils avaient été « attentifs » à sa lumière, son infime étrangeté, sans doute à son scintillement où le vert des roseaux et le bleuté du ciel vivaient en bon ménage… Ces bêtes impitoyables y voyaient à coup sûr on ne sait quel miroitement magique qui leur sortait et l'esprit et le corps, leur existence entière, de la bouillasse du lac ! Cela signifiait, avait élaboré Bèbert, que leur « attention » ne servait pas seulement à guetter la gazelle ou la jambe d'un pêcheur, mais qu'elle leur dévoilait une dimension inattendue du monde ! Certains en étaient à coup sûr effrayés et s'enfonçaient dans l'eau ; d'autres, sans doute mieux attentifs, sans doute plus courageux, s'engageaient au contraire sur le rivage et affrontaient ce dépassement de leurs instincts ! Bèbert était très content de lui car cette interprétation extravagante avait eu l'avantage de clore la discussion. Moi, à l'époque, je ne m'en étais pas préoccupé plus que ça, mais alors, dans les alarmes de ce convoi, je me retrouvais comme ces vieux crocodiles qui surveillaient leurs environs.

Notre entour était de plus en plus étrange.

Je sentais du pas-normal et du bizarre.
Je voyais bien la jeune fille regarder à gauche et regarder à droite, regarder à la ronde de la terre jusqu'au ciel, mais je voyais surtout Bèbert : avec ses yeux-laser de machine scientifique, il fixait des angles morts dans les broussailles et des présences de brume au profond de la brume. Il s'arrêtait parfois pour griffonner un mot, chiffonner les sourcils pour un contrôle panoramique, noter encore, puis se replaçait dans mon sillage parmi les mousses, reprenant une marche pensive. Il n'était pas inquiet, ni même attentif, plutôt « observateur cintré », s'efforçant de rester en dehors des phénomènes. Moi, j'étais le plus souvent occupé à solliciter les traces du bout de mon pied gauche, mais, de sentir leurs attitudes, percevant cette tension de plus en plus intense, je me mis à zieuter comme Bèbert notre entour.
Je vis alors ce qui n'allait pas.
Le paysage avait perdu toute cohérence.

Les chasseurs savent qu'en fonction de l'altitude on constate des « paliers » qui correspondent à tel ou tel arbre, telle ou telle fougère, tel ou tel champignon, telle catégorie de raziés indistincts. Plus on monte, plus cela se rapproche du sol et offre un supplément d'espace au ciel, aux tableaux de la pluie et aux jeux de la brume. Chamoiseau, dans ce que je vous raconte, nous étions déjà parvenus à très bonne altitude, donc dans une configuration végétale qui se devait d'être sinon harmonieuse au moins : *organisée*.
Mais là, *qui va croire cela ?*.

Autour de nous la loi des paliers n'avait plus cours. Nous voyions n'importe quoi. Des jardins à manioc bien installés là où ils n'auraient su être. Des fosses à ignames tigeant à six mètres de hauteur, des plants d'icaques grosses comme des cocos-bœufs, des touffes de framboises abondantes, des pieds-fruits-à-pain, pieds-goyaves, pieds-caïmites, des élans totémiques de fromagers immenses, et puis surtout, excusez le délire : des arbres (ou plus exactement des « pieds-bois »), arbustes et arbrisseaux, parfois multicolores parfois décolorés, qui n'auraient dû exister que dans des rêves ou des cauchemars !

Mais le plus déconcertant était leurs fruits.

Je vis des fruits-à-pain bleus, pas du « bleu créole » qui dans les contes indique qu'ils sont verts, mais d'un bleuté digne de ce douanier Rousseau dont nous parle Bèbert ou de ces coloristes pleins d'innocence folle que nous offre le pays d'Haïti ; un impossible bleu-dans-bleu, détaché de la brume par un désordre de luminescences et d'étoiles fondantes. De petits oiseaux roses devenaient violets quand ils volaient ensemble, et scintillaient dans treize autres qualités de couleurs au moment où ils se séparaient avant de se retrouver à quelques ciels plus loin, dans un marron compact. Certains pieds-bois laissaient miroiter des bractées en argent, d'autres des transparences de feuilles où ne se devinaient que de vivantes nervures. Quelques-uns surgissaient de la brume, plus secs et dénudés qu'en rigueur de sécheresse, avec juste une branche exaltée de bourgeons et déjà lourde des fruits de leur plus belle saison. Je sentis des arabesques de jasmin qui flottaient là sans origine, mais aussi des fragrances de la plante-à-tous-maux mêlées à celles du bois-campêche. Dans une folie de mes narines, je perçus de la gentiane et de la térébenthine, de la vanille parmi du patchouli, de la myrrhe auréolée par de la bergamote, un vrac de mandarine traversé de jacinthe, des concentrés de bois d'Inde tracassés de framboise, avec de temps à autre une arcade d'encens chaud qui vous donnait l'impression de traverser des porches imperceptibles ! Je remarquai des lianes qui ondulaient comme des serpents pour composer autour des ramures basses quelques nœuds convulsifs. Je crus voir des abricots d'un carmin vif, des citrons-combavas qui fleurissaient à même leur écorce graveleuse, des sapotes noir et jaune. Des grappes de quénettes rouges surgissaient de-ci de-là, pendantes à portée de main, dans des mélanges de feuilles qui n'étaient jamais celles du quenettier. Des mangues, d'un brun-noir de châtaignes, brillaient comme de jeunes avocats... Une féerie aberrante, ni enchanteresse ni terrifiante, juste surgie d'une distorsion de tout ce que j'avais pu, durant mon existence, observer ou connaître ! Par moments, l'ambiance basculait dans je ne sais quel mauvais agencement de couleurs et tout devenait terrifiant ! Le moindre fruit cachiman-cœur de bœuf, la moindre carambole, les plus ordinaires letchis, papayes ou pommes-cajou dégageaient des effluves de poison ! Les feuillages s'agençaient en regards trop aigus ! Des rides de vieux visages se distinguaient dans les écorces !... Je me pensai victime d'une berlue sévère que je tentai de raisonner, mais à la longue mon esprit s'épuisa, il perdit ses ultimes boutonnières !... Et c'est là que l'affaire devient intéressante pour vous, si on peut dire...

Bèbert prétendait qu'il avait existé en France un poète crié *Rimbaud*. Ce dernier proclamait que tout un chacun devait se faire voyant. Notre Bèbert le citait pour expliquer son rapport personnel au cosmos. Il parlait alors de *cosmovision*, et regrettait que notre époque d'humanisation à l'occidentale ait oublié ce que les vieilles humanités avaient maintenu durant un temps immémorial : l'ancrage de l'esprit dans l'inconnu de l'Univers ! Et cela non pour rêver gratis, mais pour assurer sa survie de manière très concrète dans les dangers de la vie ordinaire. J'ignore si Boulianno se serait associé au « devoir de voyance ». J'ai tendance à penser qu'il aurait plutôt conseillé (excusez l'expression) une « mise au galop » de l'esprit !
En ce qui me concerne, j'aurais gardé ce dernier terme.
Pourquoi ?
D'abord, parce que le « galop » en créole désigne une déroute totale. Ensuite, parce que, dans ces hauteurs impressionnantes, cette féerie salope, sous les fers d'une angoisse devenue permanente, ce qui restait de mon esprit dériva vers des souvenirs qu'avaient sédimentés en moi les contes de Boulianno. Après ses salutations angéliques, il forçait chaque conscience à larguer les amarres. Les fruits, les fleurs, les feuilles, les paysages

ramenés au lasso de son verbe se voyaient affublés d'une couleur déconnante, juste pour signaler le passage d'on ne sait quelle frontière ! Il évoquait alors des lunes pleines sans lumière, affirmait consulter des livres non écrits à la lueur d'une bougie éteinte, ou se tordre la cheville sur un os en coton, se moquant des lois de la physique, de la géométrie et des mathématiques, installant un monde de pacotille où plus grand-chose n'avait de sens ; puis il commençait à y vivre de la manière la plus intense, en nous charroyant avec lui dans cette ardente folie ! De temps en temps, si notre dérive lui paraissait insuffisante, il déclenchait de nouvelles houles d'absurdités qui submergeaient nos oreilles et nos yeux, noyaient nos perceptions et les usages de notre cerveau. Une anormalité narrative totale, proliférante, océanique, vous projetait hors des sentiers battus, vous livrant à sa merci, enveloppé dans un inexploré dont il était le seul à régenter les codes et les devoirs ! C'était comme si, au fil visionnaire de son verbe, par l'ivresse de ses horizons neufs, il voyait chez nous une série d'amarres que nous ne soupçonnions pas, et les tranchait d'un coup ! Nous devenions alors un de ces cerfs-volants dont le fil s'est cassé et qui partent en marotte, dans la terreur et dans la joie mêlées, sur vent fort, ascendant !

Il recourait à ces « mises au galop » quand une grappe de récalcitrants s'opposait à ce qu'il racontait. À ce propos, chose sérieuse à savoir : *dans les veillées d'antan, il y avait toujours des « empêcheurs de conter » !* Je ne dirais pas qu'il s'agissait de chiens, mais ces gens réfractaires à la magie du verbe relevaient malgré tout d'une espèce approchante ! J'en ai vu rarement mais j'en ai vu quand même, des veillées polluées d'individus venus de l'extérieur, du bas des mornes, du fond de l'En-ville, parfois même d'une autre galaxie, et qui montaient vers nous en raison de la personne du mort dont ils étaient complices dans on ne sait quelle œuvre pas catholique ! Sitôt une la-ronde ouverte, ces zouaves entraient en « empêchement » !

Il y a des gens comme ça.

Des esprits agités, hostiles à la moindre exigence d'une maille d'attention. Il suffisait qu'il y en ait cinq ou six dans l'assistance pour que la nuit du conteur devienne une annexe de l'enfer. J'en ai vu souffrir ainsi, parfois jusqu'au lever du jour. Des braillements servaient de répons aux appels. Les rétifs discutaillent entre eux, dissipaient l'attention des bonnes gens. Ce qui tenait lieu d'écrin à la voix de l'officiant, ce n'était plus le silence, mais un bankoulélé de parc à cochons-planches ! Seulement, quand des sacripants de ce genre se retrouvaient en face de Boulianno, le corps du maître changeait de densité, d'amplitude, de profondeur et d'étendue, tel un grand fromager augmentant sa ramure jusqu'à la rendre impénétrable ! Ces phénomènes n'étaient pas perceptibles aux gens de l'assistance, mais pour quelqu'un comme moi, passé même brièvement dessous les fourches de la Parole, ces détails m'étaient devenus déchiffrables.

Et doncques, Boulianno se voyait galvanisé par les « empêchements » !

C'était pain bénit pour lui qu'une compagnie de douze chiens-à-bretelles[1] tente d'empêcher le conte de s'ouvrir comme il faut. Cela lui permettait de monter en imagination, en tranchant, en éclat, et surtout dans la « mise au galop » ! Il imposait sa loi à l'arrachée-coupée ! À la longue, j'avais supposé ceci : le conte a besoin d'« empêcheurs-de-conter ». Sans « empêchement », le conteur se retrouve sur une pente boueuse qu'il peut dégringoler tout seul, sans prise sur quoi que ce soit, et risque de se fracasser la gorge dans l'ennui du monde et dans son propre ennui. Avec le moindre « empêchement », le verbe s'offre à la chance, le conte rayonne, le dire étonne, et, quand c'est un maître, la Parole a des chances de s'accomplir jusqu'aux degrés de la puissance ! Un conteur ordinaire peut se montrer dégourdi en face des « empêcheurs », mais en cette matière le dégourdi n'est pas le signe exact. Le signe de la présence d'un maître, ce sont les gueules des « empêcheurs » qui se ferment, une après l'autre, *clac ! clac ! clac !*, le silence qui s'installe, les émotions du rire et du plaisir qui flambent dans l'assistance, et le silence, le silence à la base, le silence comme écrin, le silence qui revient après chaque flambée de la félicité, telle une magie de miel, aussi dense, désirante et chargée que la nuit la plus sombre !

1. « *... nègres sans oreilles donc sans écoute,* éructait Man Delcas à leur évocation, *sans langue donc sans langage, sans entendement donc sans graine d'attention, des souffrants qui ne voyaient jamais plus loin que le champ du béké, son usine et sa loi !... Chiens-à-bretelles !* » (annotation de l'auteur dans une marge, *in ibid.* – P. C., Notes de transcription).

L'affaire de l'« empêchement » s'était vue évoquée lors des « suppositions ». Pour Bèbert, c'était la deuxième meilleure chose qui pouvait arriver dans une veillée mortuaire – la première étant, bien entendu, la présence d'un maître de la Parole. Il avait supposé qu'une veillée de ce genre était appréciée des conteurs parce qu'elle est le lieu fatal de la mortalité, la négation d'où rien ne peut jaillir, à part la douleur et l'acceptation résignée du néant ! C'était, avait-il proposé, dans le terreau d'un « empêchement » aussi démesuré que le verbe sollicitait et récoltait ses chances. La « mortalité » constituait donc l'« empêcheuse radicale », celle que tout conteur devait, avec la seule équation de son art, considérer et vaincre. Si à l'opposition absolue de Bazil venait s'ajouter celle d'une grappe d'« empêcheurs », cela rappelait à celui qui montait-à-la-voix la raison de sa présence dans une nuit périlleuse où la mort est une reine !... La veillée, s'était-il exclamé, pouvait alors devenir *un amas de ces nuées galactiques infernales où surgissent et s'effondrent une multitude d'étoiles !*.

Bien entendu, Bèbert était le seul à comprendre ce qu'il disait, sa conviction seule imposait le silence qui valait acquiescement. En me remémorant tout cela, dans ces hauteurs d'angoisse où mon esprit divaguait au galop, je pensai à cette chose que nous avions largement supposée : *le conte n'est qu'une poussière dans l'océan de Parole !* Sans vraiment le vouloir, j'y revins à voix haute dans les brumes habitées...

Un conteur ordinaire peut se retrouver bloqué si on lui déraille la petite mécanique de son conte, mais un maître de la Parole ne peut pas être stoppé. En face d'un artiste de cette catégorie, le problème n'est plus de « contrarier » un dire, mais de stopper la Parole elle-même !
Or, Chamoiseau, permettez l'assertion :
Stopper la Parole est mission impossible !
C'est comme si un crapaud-aboyeur s'opposait au passage de la Bête-à-sept-têtes ! Quand les chiens-à-bretelles entreprenaient d'interrompre Boulianno par toutes qualités d'apostrophes, le maître se dressait en face d'eux, les regardant ainsi qu'on soupèse un défi à soulever, non dans la colère, la crainte ou l'agressivité, mais dans la gratitude ouverte et généreuse. *Il était aimant envers eux.* Bienveillant et « donnant » mais... avec l'intensité d'une roche ! Plus d'une fois, dans sa confrontation à cette engeance, je l'ai vu passer du « parler-bouche » à cette « racontaille-sans-bouche » dont sont capables les mimes, puis de la « racontaille-sans-bruit » à cette gesticulation animale qui vous captivait l'œil ! Enfin, les mots réapparaissaient mais... en couleurs et en sons !
Boulianno se mettait à chanter !
Les vocables se liquéfiaient entre eux, s'alliaient dans d'étranges consistances ! L'alphabet de son créole n'était plus qu'une harmonique inépuisable. Les guirlandes de son français se transformaient en ritournelles. Une cadence de treize rythmes lui emplissait

la gorge. Son timbre ourlait de longues intensités ou s'ouvrait comme un ban de trombone sans qu'il élève la voix. On eût dit l'onde d'une cloche de cathédrale escortant les résonances d'une falaise de bronze ! Le chant surgissait de son corps en entier, tel le solo improvisé d'un maître tanbouyé. Il opérait un embrouillement total de ce que les « empêcheurs » s'efforçaient d'empêcher. Ces derniers se voyaient submergés par un bouillon effervescent où ne subsistait aucune trace de ce qu'ils voulaient contrarier ! Aucun fil narratif à briser, aucune chronique à interrompre, aucune fable à défaire, rien qu'une expression océanique qui n'avait ni commencement ni fin ! Seul Boulianno œuvrait en capitaine dans cette tempête sans nom et maîtrisait la barre vers on ne savait où ! Souvent, un refrain bien léché incitait l'assistance à chanter, un chœur spontané couvrait alors (et définitivement) le babillage des « empêcheurs »...

Ababa Mustafa ?... gazouillait Boulianno.

Ababa djol koulé !... gringottait l'assemblée.

Ses rengaines précipitaient chacun dans la peau frissonnante, le cœur sauté, le foie soulevé, la bouche arrondie sous du pas-comprenable !

Le Boulianno-chanteur captait dans le creux de sa main la part la plus tendre de notre âme, celle qui écoute seulement pour écouter, et qui se met à croire, avec des yeux d'enfant, dans la seule soif de croire !... Cela peut paraître extravagant, c'est pourtant ce que nous avait résumé Bèbert lors du troisième samedi de nos

« suppositions »... De plus, un inspiré[1], descendu du quartier *Perrinelle*, avait achevé la soirée en s'exclamant sept fois : *Le chant est le grand vent du conte !...* Pour lui, les chants de Boulianno appartenaient à la famille des manmans-vents-sans-maître et de la poussière émouvante des déserts. *C'est un khamsin d'Égypte ! Un harmattan des grands printemps ! Un sirocco des cristalleries du feu ! C'est un chergui des sables du Sahara ou le gharbi des équinoxes qui aspire les glaciations de l'Atlantique !...* Bèbert, pas trop emballé par cette poésie de slameur, avait renchéri que les chants de Boulianno constituaient des *photométéores*, ce qui à son sens, et sans que nul sache pourquoi, indiquait une distorsion majeure de la perception.

Après une telle foudre, Boulianno reprenait son narratif là où le chant l'avait décomposé. Mais, avec la distance (et ce paysage des hauts qui tremblotait autour), il m'apparut soudain que le chant ne constituait pas l'essentiel de sa riposte contre les « empêcheurs ».
L'essentiel était la « variation ».
Comment dire ?
Si la variation faisait partie d'un court-bouillon de poisson, ce serait le piment ! Bèbert en aurait fait le trou noir structurant au cœur d'une galaxie ! Nostr'homme pouvait paroler et chanter mille affaires, et de manières sept mille fois différentes ! Ses histoires

1. Allison Petitpas, tireur de cartes mystiques et ingénieur à la station météo de la montagne Pelée (*in ibid.* – P. C., Notes de transcription).

n'arrêtaient pas de se transfigurer, à croire qu'il y ajoutait la substance de chaque jour de sa vie, les bonheurs et les cauchemars de sa petite semaine. Tout ce qu'il disait restait aussi vivant que lui, aussi aléatoire, aussi imprévisible ! Ses plus fidèles écoutants (moi le premier !) n'ont jamais pu l'entendre offrir avec sa voix du déjà-entendu ! En plus, il maniait l'aveuglage. On croyait avoir reconnu telle histoire et c'était en vérité telle autre, on croyait suivre telle chose carrée et on se retrouvait en marotte dans une extravagance ! Chaque morceau de ses dires était composé à la manière d'un panneau de vannerie de notre Man Delcas, avec des brins et des lanières, à détacher les uns des autres, décombiner, recombiner à l'infini, pour chaque fois les déployer en un vol différent...

Cogitant à voix haute, je menais notre convoi au fil des traces incertaines. Elles l'étaient de plus en plus, comme en train de s'épuiser. Mon pied gauche peinait à trouver leurs amorces et à les maintenir.
Soudain, l'inattendu surgit.

Un vent.

Un vent se leva.
Pas n'importe quel vent !
Pas un des vents de l'inspiré slameur !
Un vent d'ici.
Le vent du nord.

Le vent du nord, ce n'est pas rien !
C'est celui qui nous arrive chargé de plus de froid, de plus d'eau, de plus de ciel et de lointains. Quand il nous vient, il a léché toute la montagne Pelée. Il s'épanche par les mornes dans des senteurs de roches où la cendre et le soufre se mêlent aux persistances du bois brûlé. Certains disent qu'il aurait gardé dans les bruissements de sa descente un soupir d'âmes carbonisées d'un coup et demeurées hagardes depuis le temps de l'éruption[1]. Il tiendrait l'archive des cadavres, oubliés au soleil, dont les songes charbonnés affolaient le règne des oiseaux charognards. Quand ce vent descend des altitudes ultimes pour traverser les herbes mouillées et les hautes fougères, c'est une angoisse qui s'élève de la terre, qui verse aussi du ciel, et qui vient du lointain, qui s'ouvre pareil en nous, en sorte qu'aucune échappatoire *fout !* n'est désormais possible.
Le vivre n'était plus suffisant : il vous fallait rêver !
Quitter l'étroit, quitter l'inerte, quitter la boue, quitter le sale, chevaucher ces vents clairs qui font parler les arbres et les fougères, qui emportent les pêcheurs à miquelon, vous en aller aux angoisses qui enfantent et aux chimères dont les mamelles vous font grandir !
Puissance de Boulianno que de pouvoir déclencher, par l'unique industrie de sa voix, *une sorte de vent du nord au fond de votre esprit !*.
Le vent de connaissance !

1. L'informateur semble évoquer ici l'éruption de la montagne Pelée, en Martinique, le 8 mai 1902 (P. C., Notes de transcription).

Les flambeaux même chargés se mettaient à trembler ! Les lueurs entraient dans des hésitations, les ombres frappaient du pied, la nuit gagnait. La froidure augmentait. Il était urgent de redoubler de vie ! Tout le monde trouvait refuge dans la voix de notre maître conteur ! Tout le monde habitait son royaume ! Quand il était passé – ce vent de voix grondante, cette voix qui faisait vent ! –, l'assistance avait touché ensemble le fond de la terreur et un pic de l'extase.
La Parole avait pour ainsi dire frappé !
On peut dire ça ! admit Bèbert.
Il s'était arrêté pour achever de scribouiller ce qu'il avait gardé de mon pauvre soliloque.
Moi, stoppé dans la déclive, retombé au niveau du silence, je mesurais ce vent.

Je l'entendais.

Il était devenu l'âme du paysage bizarre et de ses impossibles. Comme un soupir qui monte, une haleine d'orage qui s'évade d'une gorge végétale, une rencontre d'harmoniques qui tendent vers le chaos, et puis une ritournelle, énigmatique, qui rebondit sur les roches en surface jusqu'à se dissiper dans la brume habitée ! Et c'est là que je vis – ou crus voir, je ne le saurai jamais ! – une enfilade de créatures qui n'appartenaient qu'aux contes de Boulianno.

Chamoiseau, je vis des choses derrière des choses !

Les créatures des contes ne sont nullement décrites par les conteurs, encore moins par Boulianno. Personne ne sait à quoi elles ressemblent, ni surtout à quoi elles ne ressemblent pas. Quel est le genre d'un zombi ? Quelle est l'allure d'une diablesse ? Quel portrait envisager pour un ti-sapotille ou pour une Bête-à-man-Ibè ?... Néanmoins, ce jour-là – la croix signée en y pensant ! –, je crus les surprendre dans une brume polaire ! J'ajustai les paupières, et, *a-a !*, alors que je n'aurais pas dû les reconnaître (ne les ayant figurées qu'en chimères que la crainte nourrissait), je les vis clair et net, et... Je les reconnus !

Dans l'ombre d'un acacia, je vis une couronne de diablesses écorchées, portant leur peau dans le creux inversé du coude de leur bras gauche. Je vis des fromagers animés de lucioles, avec de temps à autre le clignotement sauvage que font les soucougnans – ces calamités de lumière que nul n'a jamais vues. Je vis l'Anticri et des bâtons volants. Je vis de faux anges, des cercueils debout sur des santiagos noirs, un cheval à trois pattes qui claudiquait à contretemps. Je vis de gros bébés de cent kilos qui semblaient des coquemars, des diables d'argent, et des diablesses parées de satin noir et de longues dentelles blanches. Je vis un dorlis atteint de priapisme, suivi d'une procession de dormeuses empressées à la crécelle d'un vieux rara de semaine sainte. Je vis l'Homme-sans-tête, la Main Noire qui fouaillait dessous les robes des mulâtresses, et ces gardiens de trésor qui veillent sur des jarres d'or dans les terres interdites des békés. Je vis Princesse Anacaona et Lapin

Blanc lui-même. Je vis des gens-gagés et des maskililis. Je vis des tigres-à-jaquette-noire, des caïmans-à-grand-chapeau et des macaques qui paraissaient savants. Je vis saint Benoît, saint Bouleverse et saint Christophe. Je vis saint Expédit et saint Jacques Majeur. Je vis l'Éternel, qu'on crie ici *l'Étènel*. Je vis des ti-monstres et des ti-sapotilles. Je vis Manman Dlo et Marianne Dlo sale. Je vis des clous de cercueils et des cravaches de corde-mahaut dansant sur leurs deux pieds !... En reprenant mon escalade, je pouvais les nommer dans ma tête avec la même terreur qu'aux temps de mon enfance ou de mon âge enchanté dans le sillage des grandes veillées. Boulianno m'avait ramené à des angoisses de petit bougre : ses créatures m'avaient toujours épuisé d'émotions !

Bèbert, devant cette féerie en cavalcade autour de nous, gardait une tête de pain rassis, s'arrêtait comme le prophète Daniel dans la sale fosse aux lions, prenait note, griffonnait la silhouette d'un zombi, puis hâtait son escalade afin de me rejoindre. J'avais, sans le vouloir, accéléré la marche jusqu'au tempo de la fuite. Et c'est là que je m'aperçus, *a-a !*, que la jeune fille m'avait *fout !* dépassé.

Elle n'avait nullement précipité le pas. C'était plutôt moi qui avais désaccordé le mien dans une hésitation entre filer-monter et redescendre à double vitesse. Elle m'avait dépassé du simple fait de sa sérénité. Elle regardait les créatures mener leur cirque alentour d'elle

comme autant de petites gourmandises. Les siennes n'étaient sans doute pas celles qui me serraient de près, mais, à mon avis de tourmenté, elles devaient relever d'une même engeance pas très sympa. Étrangement, l'infernale sarabande réveillait sa détermination. Elle avançait avec plus de quiétude qu'un vaisseau amiral dans un grain de bassine. J'organisai mes esprits pour ne pas me laisser distancer. Bèbert avait dû capter la manœuvre : je le sentis pendu-serré à mes talons, soucieux du moindre millimètre.
Je pris alors conscience que la jeune fille dansait.

J'avais cru qu'elle trottait au bizarre à cause du sol instable. Mais je réalisai plusieurs qualités de choses. Les traces naissaient devant ses pas sans attendre d'être mandées du bout de son pied gauche. Elles étaient bien affirmées sous l'allégresse de ses baskets fluo ; pour mes bottines anxieuses, elles demeuraient fragiles. Je me demandais où diable elle avait appris à ordonner aux traces quand je compris tonnerre-du-sort ceci : *son corps suivait les ondes d'un plaisir intérieur !* Une exaltation acquise au contact de ces brumes délirantes. Son contentement insolite rappelait celui des danseurs bienheureux. Bèbert et moi demeurions au bord de ces mirages, avec la crainte de nous y perdre sans une miséricorde. La jeune fille n'avait pas ce vieux rat dans la tête. Elle était entrée dans ce simili-monde. L'acceptait. Le célébrait aussi. Elle avait eu ce même enthousiasme aérien au contact de nos vieilles survivances, ou quand elle avait suivi Man Delcas dans la case effrayante. Elle

balançait les bras, tendus le long de sa virgule de corps, mains ouvertes comme de petites corbeilles accueillant la rosée. Elle offrait le visage vers le haut, à la gauche, à la droite, sous les élans d'une gratitude.
J'avais déjà vu cette attitude chez Boulianno.
Il était le premier à vivre l'extravagance, la sienne comme celle des autres, à l'éprouver comme le plus assoiffé des saint Jean l'innocent. Une aptitude à sortir de sa tête, et de son âge, et de notre époque, pour habiter ce qui n'existait pas encore, n'existerait jamais. Il nous incitait à cette candeur rigoureusement inutile. Je l'avais vu se comporter ainsi dans les moments les plus ordinaires de sa vie. De prime abord, ses attitudes au quotidien n'étaient pourtant pas différentes des nôtres, on se reconnaissait tous très facilement en lui. Seulement, il y avait un schmilblick autre, un difficile à expliquer : peut-être une épaisseur de solitude ; peut-être le goût d'errer dedans les bois profonds ou de piéter dans les coins vaporeux des cascades ; peut-être cette confiance en tout ou cette peur de rien, ce souci de tout savoir sur tout, la moindre pratique de la moindre existence, ce que n'importe qui pouvait savoir sur n'importe quoi, sur les poissons les serpents les oiseaux les plantes ou les grands arbres… Il s'attachait à tout. Passait des heures fixes à contempler on ne savait quoi. Vivait très vif ou très mol dans les langueurs du ralenti, s'extasiant sur chaque être qui peuplait les raziés, ou sur les fleurs que soignaient les servantes de l'abbé dans le jardin du presbytère. Nos petites vies étaient vouées à mille nécessités, chevauchées par des craintes et de petits désirs qui

sentaient la monnaie ; pas la sienne ! Il montait dans les hauteurs non pour chasser sous la tenaille d'une faim ou planter sous un fer de la nécessité, mais simplement pour *monter*, et il y séjournait dans une fainéantise. Quand il descendait pour aider à la coupe d'un champ de canne du béké, il prenait plaisir à étudier les tiges, les feuilles, les nœuds bouffis de sucre, les gestes malheureux qui animaient le coutelas des récoltes, l'endurance sans soupir des femmes dont le courage tombait d'une autre planète, et plus d'une fois on l'avait vu, perdu en plein milieu des cannes, au plein de ce malheur qu'elles greffaient à nos vies, écouter ce que le vent babillait dans leurs pailles... Le dimanche, il s'habillait pièce pour tenir de beaux-airs à la messe, mais pour l'unique plaisir d'arborer sur son corps un agencement de toiles et de couleurs, jabot, chapeau, mouchoir brodé, manchettes lustrées, un plaisir délicat, et surtout insensé, que rien ne pouvait perturber et qui n'appelait à rien.
Il vivait au contentement sans rime ni raison, voilà !
Et cela avec une application rare, exercée sans effort, qui faisait que, partout, il se tenait comme une marmaille, humble, enjoué, attentif, curieux, aimant, aidant, sans expertise à infliger, juste avec le goût pour toutes choses, en toutes choses de connaître et d'apprendre ! Il n'avait aucun conseil à dispenser, se nourrissant au contraire de nos vies où pourtant rien ne se passait comme s'il s'était agi d'une série d'événements très précieux. On l'a vu bien des fois marcher sous la nuit noire, errer n'importe où au moment des lunes pleines, se promener sous la pluie, nager dans

la mer folle qui borde la commune du Lorrain ; des comportements de personne « tracassée à la tête », où il puisait sans doute un savoir sur nous-mêmes ignoré de nous-mêmes. Lors de la saison-mangots, quand les pieds millénaires explosaient à la branche, il hantait les quartiers bien pourvus afin de donner langue sur chaque modèle de fruit, du mangot-bassignac au mangot-vert-fibreux en passant par la zéphyrine, le mangot-graine-bœuf ou le mangot-moussache. Idem pour la saison des poissons blancs, ou celle du letchi, ou encore celle tellement portée en l'air des fruits-à-pain royaux ! Il lui fallait célébrer chaque saison en honorant ce qu'elle offrait, à telle enseigne qu'il se retrouvait, plus que tout autre, à la table chez plein de gens de nos quartiers, invité pour telle douceur, tel ananas, telle sapotille, tel mouton élevé au ras du bord de mer ou tel cochon nourri au joli soin de canne à sucre et de graines de surette. Un de nos poètes[1] supposa qu'il s'était toujours tenu dans *la partie rêvée rêvable et ensongée* de nos vies ; depuis cette instance très légère, il endurait ce que nous endurions, éprouvait ce que nous éprouvions, dans le plus dense, le plus profond et le plus large, avec le songe, le rêve et le rêvable en plus ! Et cela se retrouvait d'une manière ou d'une autre dans ses contes ! C'est sans doute cette fulgurance du « slameur poétrique » qui, à l'époque,

1. Adrien Estampille, slameur, sociologue et philosophe, du quartier *Vierge Marie*, après la chapelle (*in* « Almageste de la Parole », opus cité – P. C., Notes de transcription).

incita Man Delcas à nous donner des précisions sur le casse-tête de l'éventail.

Man Delcas prétendit que Boulianno devait la découverte du fameux éventail à son intérêt aussi soudain qu'inexplicable pour un vieux fou crié *kalinago*, manière de dire : amérindien. Celui-ci vivait à mi-hauteur dans les grands-bois. Connu comme chef à la manœuvre des vieux fours à charbon. Il ne les allumait qu'à la pleine lune et veillait à ce que leur combustion durât au moins treize jours. Son charbon (né d'une salsa de campêche, mahogany, goyavier, bois-angelyn, savonnette, bois d'Inde, acomat, bois-ti-baume, pois-doux, bois-patate, tamarin-bâtard, gliricidia, z'écales-coco, acajou, olivier, bois-moudongue, et chaume de sept bambous différents) fut le meilleur du siècle qui vit l'éruption de la montagne Pelée. À l'utilisation, sous marmites et canaris, il crépitait de petites mélodies, brûlait au ralenti le temps de trois chapelets, se consumait sans poussière démoniaque, et ne noircissait ni les casseroles ni le bleu vierge du ciel. Une part de son secret consistait (outre le dosage des bois utilisés) en l'ajout de sept petites météorites glanées sur la montagne et qu'il disposait en forme de mandala dans ses bûchers de troncs, de branches et de bûchettes. Bèbert, féru d'objets célestes, avait tenté de l'amadouer pour obtenir les coordonnées GPS du champ de météorites, il s'était fait réciter le catalogue de sa manman. Il en avait été réduit à suivre, jumelles militaires aux sourcils, les excursions du charbonnier sur la montagne. Mais le bougre savait se déplacer à la manière des commandos de marine, ne se redresser que tous les deux cents mètres, pour sautiller gauche-droite en glissant à l'oblique sur des axes latéraux, avec un vice accompli de toujours demeurer sous des voiles de fougères et casquettes végétales. De plus, il garnissait la zone d'épouvantails affublés de ses propres vêtements : il ficelait des répliques de son chapeau bakoua sur des cochons sauvages et les effarouchait sur les flancs de montagne. Malgré ses grandes jumelles américaines, Bèbert avait du mal à suivre !

Trouver des météorites dans un amas de roches volcaniques nécessitait une aptitude que l'homme des sciences qualifiait de *sidérale*. Pour lui, le charbonnier était sans doute un *attracteur*, à l'instar de ces amas de galaxies qui concentrent sur eux les jets célestes des environs. En désespoir de cause, Bèbert avait acheté une demi-tonne de son charbon. Il l'avait entreposé derrière sa case avant de le broyer, puis de le dissoudre dans des potions spéciales, enfin de les analyser au microscope chinois. Il y avait trouvé des traces de pallasite, météorite mythique, faite de ferronickel enveloppant des cristaux d'olivine. Il avait aussi trouvé des poussières de titane, des matières aurifères d'une couleur violette, ainsi que des particules inertes qui pourtant se trémoussaient toutes seules. Par la suite, Bèbert lui achetait toujours deux camionnettes de ses fournées de charbon. Il ne le perdait jamais de vue lors de certaines trajectoires de comètes, laissant sous-entendre que le charbonnier était un trait d'union entre

nous et deux-trois manigances du cosmos. Néanmoins, on riait toujours quand le faiseur de charbon se disait différent de nous, se considérant non pas comme un de ces descendants dégénérés de l'Afrique qui peuplent les champs de canne, mais comme fils primordial de cette île ! Ses ancêtres étant nés sur ce sol, sous des babines de chauves-souris, dans une alliance de crapauds et de serpent divins, sa famille possédait ce pays avant même l'effrayant débarquement des caravelles pouilleuses et la vague terrifiante des barques négrières !... C'était un drôle de personnage.
Sa tête avait sans doute quitté son crâne. Vrai mélange de toutes espèces de personnes, tant de colons normands que de vieilles mulâtresses pierrotines, et de quelque ascendance avortée de flibustiers bannis, si bien que personne ne croyait à sa lignée amérindienne. Certes, il en avait les pommettes et une peau cuivrée qu'il teintait de roucou, certes, il psalmodiait dans son créole des mots amazoniens en vue de conjurer (disait-il) on ne sait quels maléfices que des chamans lui envoyaient, mais, en finale de compte, il était aussi indistinct que beaucoup d'entre nous – yeux gris-vert, cheveux de Guinée, peau couleur sapotille, nez corsaire, taille de Viking, épaules de Mandingue – et donc rien ne laissait supposer sans mentir qu'il puisse être membre épuré d'une filiation amérindienne, sauf peut-être : son art du feu.

L'attracteur céleste utilisait ce que personne n'avait remarqué et que Boulianno avait dû découvrir là même : un vieil éventail avec lequel il éventait les flammes et

maintenait ses fours-charbon à cette température qui garantissait la légende du combustible. Nous ne l'avions jamais vu en train de le manipuler. Isolé et secret, le bougre n'avait de confidences pour personne, ne discutait qu'avec son ombre de midi. Pourtant, Man Delcas prétendit que Boulianno avait longtemps causé avec l'attracteur, lequel lui avait appris sans façons l'art de l'éventail et du four-charbon à sept météorites. Il est possible qu'il l'ait toléré à sa suite lors des récoltes sidérales, ou à l'occasion de ces insomnies durant lesquelles l'attracteur gagnait à reculons la haute montagne pour s'exposer aux vents lunaires et provoquer alentour de son corps de minuscules tempêtes géomagnétiques, cousines des aurores boréales. Il s'était sans doute épanché sur une infinité de choses qui avaient tellement intéressé Boulianno que le maître s'était pris de cœur pour lui.
Le temps passa ainsi.
Un jour, on avait vu l'attracteur descendre des bois, traverser les quartiers, chercher la case qu'occupait Boulianno à l'époque. Il l'avait appelé dans un bruit d'amygdales, nul ne lui avait répondu ; il l'avait cherché en reniflant, mais ne l'avait pièce trouvé. À cette époque déjà, Boulianno ne vivait comme personne. Il s'effaçait de l'existence, sans tambour ni trompette, durant des éternités plus ou moins allongées. L'attracteur, résigné, lui avait laissé l'éventail-à-feu sur la porte de la case, pendu à la targette, et avait regagné les bois pour y clore son destin. Boulianno, découvrant l'éventail, avait perçu l'alarme tragique. Il était remonté au galop vers ce qu'il soupçonnait déjà. Il l'avait enterré

(ce qu'il n'avoua jamais durant sa garde à vue dans les locaux de la gendarmerie, où on l'accusa de recel de cadavre) dans une vieille jarre à huile, d'évidence prête pour cela. Avec une pointe de bois-moudongue, il avait creusé un trou vertical, dans un côté connu de lui seul, l'avait arrosé de mabi et d'un alcool de patates douces, et, la nuit durant (avant de redescendre tranquille, l'éventail à la main pour se donner du vent), il lui avait offert, dans les cathédrales de sa voix, la plus fantastique veillée mortuaire qu'un être humain puisse espérer pour son départ de cette planète !

Boulianno avait raconté cela dans certains de ses contes, sous le mode de l'énigme, à savoir : sans-le-dire et tout-en-le-disant, et sans fournir d'indications permettant d'identifier un bout de notre réel. Grâce aux tableaux thématiques que superposait Bèbert dans son cahier astral, nous avions malgré tout identifié l'histoire de l'éventail et deviné le rapport secret qu'entretenait le maître avec l'insolite attracteur.
Boulianno avait honoré l'ascendance amérindienne du vieux fou !
Il y avait cru, s'y était associé.
D'où provenait cette tendresse qui avait pu les rapprocher ?
Nos historiens en avaient déduit que notre maître conteur relevait d'une lignée ténue, celles des premiers rebelles africains qui, déportés par ici, avaient associé leur farouche révolte à l'ultime résistance des peuples Kalinagos – ce « méchant commencement ». Ainsi, ces

rebelles n'avaient pas seulement lutté contre la tragédie que vivaient, ensemble, derniers Amérindiens et nègres jetés en esclavage, ils s'étaient opposés au colonialisme en son principe, ses damnations et ses enfers. *Pour ce faire, ils avaient dû franchir une enveloppe colossale : leur identité première !* Combattant auprès des survivants amérindiens, adoptant même leurs mœurs, vivant kalinago, rêvant kalinago, aimant kalinago, ils étaient devenus ces diables de guerre tellement improbables que, pour les désigner, les conquistadores (épouvantés par leurs apparitions) associaient des mots qui ne pouvaient pas l'être : « Caraïbes noirs »[1] ! Certains de ces hybrides avaient ajouté à la transmutation de leur être initial une étrangeté existentielle dont allait hériter Boulianno : une manière d'être plus que soi-même, de vivre en profondeur et au sensible, d'ajouter l'ici à l'ailleurs, dans l'immobilité qui s'étend désirante, le refuge qui initie aux quatre horizons... Ils avaient pu habiter à la fois dans ce qu'ils avaient été, dans ce qu'ils étaient devenus, dans ce qu'il leur était possible de devenir, et cela tout en refusant ce qu'on voulait leur imposer dans cet enfer des Amériques ! Ces bougres avaient vécu, en avait déduit Bèbert, *dans un inconnu élargi en eux-mêmes*, ils avaient respiré précisément à cet endroit où convergeaient tant de possibles du monde et de notre univers, et c'était ce souffle – *ce grand vent !* – qui avait inspiré leurs rythmes, leurs danses, leurs chanters, et amorcé, au cœur de ces

1. L'informateur évoque sans doute ici le peuple des Garifunas. (P. C., Notes de transcription).

îles condamnées par le sucre, cet univers de la Parole que nous avions encore du mal à définir. *C'étaient des cré-a-teurs !* avait articulé Bèbert, pour indiquer que ce mot n'était pas à prendre à la rigolade.

Créer n'est pas facile, Chamoiseau !

C'est à cela que nous menèrent nos longues « suppositions »... Dans notre « méchant commencement », ce n'étaient pas seulement l'alentour, l'effondrement amérindien, l'esclavage, le maître, la damnation raciale qui contraignaient le geste de créer. Ce qui s'oppose d'abord à la création, en tout temps, en tous lieux, c'est la création elle-même, en ce qu'elle constitue un « enjambement » qui s'amorce dans ce monde mais qui déjà habite un extérieur au monde où elle va naître ! *Passer la frontière, rejoindre ce « pas-connu », est difficile !* d'après Bèbert. C'est pourquoi toute création lutte *pour* son avènement et *contre* son avènement. De ce fait, Boulianno dans sa vie, dans le monde des lawonn, *n'était pas vraiment là tout en y besognant à fond !*.

Un autre détail est à considérer.

Il y avait une retenue dans sa vie et une grande intensité. Quand il parlait, la retenue se percevait aussi puissante que l'intensité qu'il y mettait. Il pouvait faire plus que ce qu'il produisait mais il retenait on ne sait quel cyclone, juste pour introduire une nuance essentielle dans ce qu'il était et ce qu'il inventait... Laquelle, dites-vous ? Toujours une légèreté, toujours de la douceur, toujours un écart salvateur, une distance libertaire, du rire et de la joie !... Et c'est là que Boulianno finit par nous étonner le plus : *il se combattait lui-même en dosant sa puissance !*

Tout cela me boulait à l'esprit tandis que je regardais la jeune fille danser à la tête du convoi. Les traces s'organisaient toutes seules sous ses pas. Elle ne les cherchait pas, les traces venaient à elle, et elle les empruntait avec aisance, avec douceur, et une légèreté qui m'incitait à croire qu'elle dansait. Après y avoir résisté quelque peu (vexé d'avoir perdu ma « conduite » du convoi), je me trouvai à imiter sa marche, donc sa danse, pas de manière volontaire mais dans un mouvement mimétique instinctif. C'est la force des gestes, ou des danses puissantes, que d'inciter au mimétisme ! Et donc, je me laissai aller comme cela dans l'imprégnation-miroir que produisait mon corps. J'avais cessé d'observer les étrangetés qui s'amoncelaient autour de nous, un peu par crainte de perdre l'esprit, mais surtout parce que le spectacle déployé devant moi – la jeune fille accueillant les féeries avec une quiétude bien contente – me rassurait. J'ignore si Bèbert à ma suite avait fait de même, mais nous avançâmes ainsi, la jeune fille marchant-dansant, moi dansant-marchant, et Bèbert clopinant dans notre sillage, jusqu'à ce que la pluie se mette à tomber et que, dans la brume voltigeante, cet effacement d'eau scintillante et de nuages frigorigènes rampant au sol, *nous apercevions un édifice !*, là comme ça, pile devant nous !

À ce stade, je suis obligé de ralentir et de décomposer les éléments pour que votre compréhension soit possible.

C'est là que se produisit sans doute, comme le supposerait Bèbert bien des années plus tard, une accélération d'un bout de l'espace-temps. La danse dans la brume, la brume dans la case, la case émergeant de la brume, et, avec tout cela, la terre qui se dérobe sous nos pieds, et Bèbert qui pousse un cri.

Il nous faut défaire cet entremêlement temporel et spatial.

D'abord la pluie.
La pluie, c'est jamais rien !

Quand il pleut, de manière fine ou dans la pisse des avalasses, il y a un « autre-monde » qui surgit dans notre monde. Nous avions fini par le supposer à force de voir Boulianno (durant ces temps anciens où sa silhouette circulait parmi nous) observer la pluie, déambuler en dessous, orienté par la voltige des gouttes dans les jarretelles de la bourrasque. Les enfants difficiles faisaient cela quelquefois, mais Boulianno le faisait tout le temps, pour chaque pluie, à dire que cela réveillait une fêlure dans sa tête…

Mais il y avait le cas où la pluie surgissait durant une veillée. Dans une lawonn, qu'elle soit de danse, de tambour ou de verbe, le pire après d'autres pires, c'est la pluie ! Elle ramollit la peau de cabri des tambours. Elle défait les danseurs. À force de se fesser sur les feuilles, sur les tôles, de babiller de cette manière, elle disloque la voix du conteur ! Certaines font soupirer le mort ou grincer le cercueil, ce qui n'est pas bon signe. Cela veut dire que le défunt n'a pas envie de quitter ses affaires, qu'il n'a pas su tout régler, et qu'il faudra achever ce qu'il n'a pas fini sinon il rancira mélancolique dans son cercueil, yeux ouverts sans paupières jusqu'à l'éternité. Mais cela veut dire aussi, selon la foi de nos laveuses de morts, que cette descente de la mortalité comporte une facette féconde : Bazil se tourne en vieux mulet-la-pluie pour favoriser l'abondance des racines, des fruits, des bourgeons et jardins. Il y a donc toujours dans l'eau qui tombe un peu de bonne nouvelle !

Hélas, il y a malgré tout des pluies-pas-bonnes, dans tous les sens de la misère ! Quand elle veut « empêcher » une veillée, la pluie-pas-bonne est une convive terrible ! Elle disperse les yeux, les oreilles et le corps des gens de l'assistance, elle mouille leurs linges et leur donne des froidures, décroche de leur esprit les accroches à proverbes, on tressaille, on gigote, on sort des parapluies, on étend des cirés, on s'abrite par ici ou par là, tandis que les flambeaux s'éteignent en fumotant, laissant une place triomphante à la mortalité ! Le conteur au travail dans le cercle se retrouve obligé de suspendre son conte, je veux dire : de continuer à parler dans son ventre ! Il ne pourra que marmonner dessous l'averse, ce qui veut dire qu'il est vaincu. Car, lors d'une prise-de-voix, un conteur ne doit jamais délaisser la Parole, la lâcher en chemin, si un tigre

survient il parle avec le tigre, si c'est la pluie il parle dessous la pluie, rien ne doit arrêter celui qui prétend s'opposer à la mort !...
Or donc, j'ai eu la chance de voir Boulianno sous une pluie-pas-bonne.
Comment vous dire ?
D'abord, il ne se taisait pas ; ensuite, il se mettait là aussi à chanter : pas à chanter pour lui-même et au fond de son ventre, non, *à chanter dans la pluie, par la pluie !*. Si on y regarde bien, un déluge c'est des cadences, c'est de la danse, c'est des sons, c'est un état indéchiffrable de la musique, c'est aussi des soupirs de refrains inconnus ou de couplets qui s'exercent en attendant un achèvement. Bien entendu, Boulianno y faisait son marché. Il ramenait tout ce qu'il ressentait, entendait, devinait dans le galop des gouttes. Tout convergeait dans son auguste présence qui cheminait au bord du cercle dessous les mitrailles de l'averse. Ses chants devançaient l'ondée folle, à telle enseigne que l'assistance ne tardait pas à revenir, frétillante, sans pièce souci de l'empêchement, ramenant avec elle parapluies, bouts de carton, feuilles-balisier, toutes qualités de petits abris qui finissaient par décourager l'eau ; d'autant que la voix de Boulianno quittait alors le chant pour travailler le verbe, le distiller à chaque goutte qui s'écrasait, l'élever de la moindre flaque qui creusait la terre molle, le faufiler partout comme une dentelle dans l'inondation même ! La pluie-pas-bonne, embarquée dans le conte, se retrouvait servante de la Parole ! Cette affaire est difficile à comprendre, mais

une pluie qui « empêche » une veillée « empêche » aussi le monde de tourner, et tout ce qui « empêche » le monde de tourner comme il faut est pain bénit pour un conteur, et encore plus pour Boulianno ! C'est pourquoi je ne fus pas étonné de voir surgir une pluie franche en même temps que l'improbable construction.

L'autre élément, c'est la terre qui se prit-disparaître.

Ici dans les hauteurs, il y a des fondrières, ravines, cassures, fossés, des montées et des chutes... Très difficile de marcher droit ou de marcher tout court ! Il faut compenser un déséquilibre incessant, tantôt sur le pied gauche, tantôt du côté droit, de peur d'une bascule. Parfois, la terre descend tellement qu'il faut la fréquenter assis, avec les fesses, en glissant à la kalibanjo, talons servant de freins, pour ne pas se retrouver dans un fond de ravine.
Ce qui nous arriva.
Aspirés subitement, nous nous effondrâmes dans une pente inopinée, pleine de mousses huileuses, de roches folles et de terre noire où aucune consistance ne s'offrait à une quelconque accroche. Je vis la jeune fille échapper à nos entremêlements et, bien plus bas, par une série de petits sauts, récupérer un équilibre, puis se tourner la main tendue pour m'accorder son aide. Moi, tout en kalibanjonnant, je m'étais tourné vers le cri de Bèbert, bras tendus, main arquée en grappin, dans l'idée de le saisir au vol en sorte qu'il n'atterrisse pas dans un trou de l'enfer. Hélas, il voltigea par-dessus moi, en

cavalcade, tête par en bas. Je ne pus rien faire d'autre que regarder la jeune fille l'accrocher quand il parvint à sa hauteur, le ramener vers elle en assurant son calage dans la pente, puis se laisser glisser en douceur avec lui, quelques mètres durant avant de se stabiliser sur une frange de roches où prospérait une broussaille de framboises. Je me laissai dévaler à leur niveau. Nous nous retrouvâmes tous les trois dans un mélange d'herbes écrasées, de boue et de douleurs, hébétés parmi les framboises écrabouillées, en train de contempler loin au-dessus de nous ce qui était probablement une case. Elle apparaissait de l'autre côté de la ravine, au bout d'une remontée presque à pic qui ouvrait sans doute à un plateau que nous ne pouvions pas voir. Mais la case, elle, nous la voyions, parce qu'elle était sans doute curieusement surélevée.
Là encore, nous vîmes du bizarre.

La bâtisse avait été construite sur un amas de roches volcaniques, couvert de mousse miroitante, qui la positionnait à six mètres de hauteur. Elle s'inscrivait dans nos coutumes les plus anciennes en matière d'habitat : des façades en tresse de bois-ti-baume immémoriale et une toiture de feuilles séchées dont les plantes originelles n'existaient plus sur cette terre. Elle rayonnait d'un même air d'éternité hagarde. Elle était incorporée d'une sorte presque organique à un piédestal de roches parmi lesquelles jaillissaient des plants d'icaques, de bananes, de tomates, de gombos, d'oignons-pays, de maïs ancien, de piments, de framboises sauvages, et d'autres curiosités végétales que même Bèbert n'a jamais su nommer... Un jardin de survie avait manifestement été lui aussi incrusté dans les anfractuosités des roches, tout comme un tortillement de petites marches en bambou qui semblaient effectuer le tour du monticule, y rentrer, en sortir, le contourner, revenir, descendre et regrimper, pour en finale atteindre la porte de la case demeurée grande ouverte. Des calebasses sèches et vertes, grosses et petites, étaient suspendues à de fines branches noircies qui s'extirpaient des fentes entre les roches, et parsemaient l'ensemble de leurs étranges signaux sans qu'on comprenne très bien ce qu'ils nous indiquaient. Certaines voltes de vent cognaient des calebasses sèches entre elles ; d'autres faisaient bouger les vertes ; leur ensemble résonnait d'une musique aussi spectrale qu'aléatoire, comme si le vent improvisait un exorcisme sonore. Nous vîmes aussi une proue de gommier qui émergeait du piédestal de roches, à croire que l'embarcation avait coulé dedans, lors d'un déluge oublié des tables mémorielles, à l'oblique, ne laissant apparaître que cette proue offerte aux papillons et aux sauterelles. Des poteaux de bambou étaient fichés chaque vingt centimètres, escortant l'impraticable escalier et supportant toutes sortes de choses : fleurs d'atoumo séchées, guirlandes de sardines que les arcanes du soleil et du sel avaient grisées, peaux de cabris étendues sur des croix, touffes de lianes-mahaut, fibres de bakoua, conques de lambis dont certaines arboraient des sceaux indéchiffrables, une scie égoïne et une autre de scieur de long enroulée sur elle-même,

deux houes terreuses, une fourche mayoumbé emmanchée de bois noir, des flambeaux éteints, des gamelles en fer-blanc, un tambour-ka dont la peau se voyait protégée par une coiffe de plastique, des dames-jeannes pleines de liquide pensif ou parfois d'un clair étincelant, de grands paniers d'osier, des paniers caraïbes, tous filtrant des bruits étranges, ou débordant de goyaves, de bris et d'icaques qui semblaient tout juste cueillis. Je crus reconnaître un des vieux chapeaux de Boulianno, et quelque chose d'identique au bois-moudongue qui accompagnait ses prises-de-voix dans les lawonn, mais je n'en étais pas sûr. La case se trouvait au sommet du monticule de roches frémissantes qui disparaissaient sous les mousses, les plantes et les objets divers, avec presque partout des arums, des alpinias, des fleurs de balisier, des bourgeons d'herbe folle couverts de minuscules abeilles. Certaines fleurs n'étaient portées par aucune plante visible, juste adossées à une bulle d'ombre ou à un éclat de soleil dans la brume et la pluie.
C'est la deuxième case ! souffla Bèbert.
Peut-être qu'il dit simplement « amen » ou bien « alléluia ».
Peu importe.
Je croyais plutôt contempler un sanctuaire païen ou un autel vaudou composé sous une transe par un artiste malade et une vierge folle. L'étrange trône permettait à l'immémoriale case de se détacher sur le ciel de brume, dans le concert des vents et les géométries circulantes de la pluie. Il s'imposa bientôt à mon esprit comme un de ces châteaux qui peuplaient les contes

de Boulianno. Les châteaux de nos contes n'étaient jamais décrits – on suppose qu'il s'agissait des grand-cases de békés. On sait juste qu'ils possédaient des milliers de portes, de fenêtres, de cabinets, d'étages, de couloirs, de serrures et de clés, de balcons ou de vérandas, de greniers et de caves... une accumulation d'espaces que seules pouvaient habiter complètement des créatures infernales disposant de plusieurs corps, de treize âmes et d'un nombre incalculable de vies et de destins, lesquels se déroulaient en même temps dans le passé et dans l'avenir, pour débouler de temps à autre, en calamité vraie, dans des failles du présent. Là, c'était différent.

Ce que nous voyions était une simple « case-nègre ». Elle baignait dans une aura de vieille personne songeuse qui la nimbait de majesté. Posée tel un bijou sur son étrange socle où s'accumulaient tant d'objets, impossibles à décrire ou même à décompter, elle s'imposait à notre sidération comme une féerie d'habitat que nous ne pouvions qu'appeler : *château !* Elle paraissait relever autant de la terre que du ciel, autant du passé que du plus lointain avenir, et d'une circonstance d'histoires, de contes et de récits que personne n'avait jamais osée. Elle témoignait pourtant d'une présence impériale, indiscutable, sublimant un lot d'anciennetés et de pratiques humaines qui se retrouvaient exhaussées vers la splendeur pas rassurante d'un ciel de brume et de pluie fine. J'avais sans doute déliré à haute voix, car je me souviens d'avoir entendu Bèbert conclure ma glossolalie en gémissant : *Pas seulement vers le ciel. Elle va vers le cosmos !* Un peu plus bas dans le monticule, on distinguait, entre les couronnes de citronnelle et les tiges d'atoumo, un appentis où devait se trouver la cuisine de la case : une invraisemblable mathématique de canalisations en bambou convergeait vers elle depuis le haut du monticule...

Il me faudrait des jours et des jours pour clarifier ces impressions confuses qui, dès notre tombée dans la ravine, nous taraudèrent en face de cette apparition. Mille détails me reviennent, et s'ajoutent à une vision fiévreuse qui ne cesse d'avancer des myriades de détails ! Dommage pour vous, Chamoiseau, mais il aurait fallu que ce soit Boulianno lui-même, avec son art du « dire total », qui vous dise ce que nous voyions là ! On avait le sentiment qu'il s'agissait d'un *phénomène* sorti direct et tout chaud de sa voix ! Cette case, bien réelle dans la brume, devant nous, inscrite dans le ciel, était tout autant irréelle que les châteaux avec lesquels le maître nous déportait vers des mondes inconnus. Je ne saurais dire combien de temps nous restâmes à contempler cette chose, sidérés par notre incapacité à clarifier ce qu'elle signifiait...

Puis nous fûmes fascinés par la porte grande ouverte. Elle nous laissait penser que Boulianno était là, oui, juste au fond, ah, qu'il allait apparaître d'un instant à l'autre sur le seuil, aye Boulianno lui-même – ... *Ho mon cher, bougre à nous, ah bel vaillant coutelas !, sacré zoutil ! Ah gratitude ek respect !...* – se découpant tranquille dans le cadre de cette porte et nous lançant un signe-sourire de bienvenue...

Cette espérance nous donna le courage de reprendre nos esprits, de nous remettre debout, d'essayer de rejoindre l'autre versant de la ravine pour grimper vers la case. Je vis la jeune fille déployer une technique de chasseur que j'avais oubliée. Elle négocia la pente d'une manière latérale, descendis lentement avec elle, comme empruntant des marches invisibles. Le plus impressionnant, c'était qu'elle le faisait en soutenant Bèbert, lequel, toujours évaporé dans ses pensées, n'avait qu'à suivre son mouvement, avec juste la difficulté que lui imposait une de ses jambes, devenue folle, la gauche oui, à la cheville. J'imitai *flap* cette façon de crabe, à droite et à gauche, capant la moindre accroche et descendant ainsi avec la déclive, jusqu'à atteindre avec les autres le fond de la ravine où, là même, nous escaladâmes à quatre pattes l'autre versant. Bèbert, s'accrochant d'une main à l'épaule de la jeune fille, travaillait sa remontée du pied droit, laissant traîner l'autre comme une aile d'oiseau mort. J'avais moi-même tellement de mal à vaincre la montée que je n'essayai pas de l'aider à trimbaler Bèbert. Je culpabilisais tout en constatant que c'était inutile : elle déployait une vigueur étonnante, son épaule halait mon Bèbert vers le haut, sans effort apparent, à croire qu'il s'agissait d'une simple touffe d'herbe-à-manger-lapin. Quand elle parvint sur le plateau, une la-honte s'abattit sur moi : elle me regarda pleine d'inquiétude et se mit à redescendre dans ma direction, ce qui me fit prendre conscience que... je ne parvenais pas à remonter !

J'étais encayé dans cette pente de malheur comme une punaise sur une colle fruit-à-pain. J'ignore si c'est le sol qui s'évertuait à m'aspirer ou s'il s'agissait d'une déliquescence générale de mes forces. Je patinais dans cette déclive sans pouvoir avancer. Yeux révulsés, maudissant ma faiblesse, je la vis se porter vivement à mon secours. Je me mis à gémir, Chamoiseau !

C'était le seul moyen de juguler ce désarroi qui me bourrait la gorge d'un piaulement dramatique. Je parvins à bêler *Remontez, s'il vous plaît !*, mais elle était déjà au-dessus de moi, main tendue, le regard bienveillant et soucieux.

J'en fus anéanti[1].

Je dus fixer cette main durant des siècles amers.

Je la vois aujourd'hui encore.

La prendre revenait à légitimer une fois pour toutes son intrusion dans ce convoi vers Boulianno, et pire : à cautionner sa prétention infâme à se faire adouber. Ne pas la prendre, c'était demeurer encayé dans cette pente, proclamer ma déliquescence et assister de loin à sa rencontre à coup sûr triomphale avec le maître. Mais il y avait pire que ce choix cornélien.

1. Ici, l'informateur baissa le ton, et son regard se détourna de moi pour se perdre par la fenêtre où ondulaient les mornes (P. C., Notes de transcription).

Prendre cette main me bouleversait bien au-delà de ça. Je fus d'abord désemparé de ne pouvoir identifier pourquoi, puis une chose se révéla sans se montrer, se précisa sans advenir... Une chose qui s'était dressée au plus profond de moi sitôt l'arrivée de cette personne... alimentant ma rancune envers elle...
Cette chose m'habitait.
Elle n'était pas très claire dans ma conscience, mais mon esprit, dans sa base la plus ardente, et la plus innocente, me la désignait, lovée en moi comme une bête-longue, dense comme un soleil noir... Consentir à cette main revenait à l'admettre, et à me plonger sans pièce miséricorde dans une la-honte sans fond...

Toujours pas résigné à me saisir de cette main (tendue comme une tragédie), je ruminais plutôt l'envie de tout abandonner et de rentrer chez moi, quand la jeune fille me rejoignit d'un bond, me saisit à l'aisselle, souleva une partie de ma masse et la propulsa d'un grand balan dans la montée. Pour ne pas m'abandonner à cette aide, électrisé par une urgence de rescapé, je me dégageai de son soutien et varappai la pente flip-flap, en trois mailles cinq secondes et quatre pattes débraillées, la jeune fille en renfort dans mon sillage et ma fumée.

Nous rejoignîmes ainsi Bèbert, prenant des notes au bord du plateau où se tenait la deuxième case.

Nous pûmes alors la contempler pour ainsi dire de près[1].

La pluie avait encore épaissi.
La brume faisait brouillard.
Le brouillard faisait nuit avançante.
Une pénombre rousse servait d'écran à des formes luisantes et achevait de vaincre ce que nous aurions pu établir comme réel. Difficile de vous décrire ce que nous vivions là ! Brosser chaque détail ne dirait rien de ce bankoulélé grandiose qui défaisait notre perception. C'est Bèbert qui trouva la formule, car nous étions bouche bée à regarder cette case environnée de brume, de brouillard et de nuit lumineuse, auréolée des créatures qui peuplaient les contes de Boulianno, ne sachant pas quoi dire, et surtout n'ayant pièce besoin d'exprimer quoi que ce soit. Une sidération douce que Bèbert éprouvait lui-même et qu'il résuma en balbutiant : *Nous sommes maintenant en plein mitan du conte…* Ce qui, bien entendu, ne voulait rien dire tout en disant la totalité de ce qu'il y avait à dire.

Bèbert était un scientifique. Il avait commencé son existence humaine[2] par la physique-chimie, puis, en

1. Ici, comme après la phrase précédente, l'informateur s'arrêta de parler, perdu dans ses pensées durant de longues minutes. Seuls ses yeux poursuivaient une narration indéchiffrable. Quand il reprit, ce fut à voix très basse, sur un ton de confidence souffrante, prudente et incrédule (P. C., Notes de transcription).
2. « Il prétend raide-marteau avoir eu d'autres existences dans des univers parallèles, et sous des formes variées » (confidence à voix basse de l'informateur – P. C., Notes de transcription).

raison d'on ne sait quelle détraque de l'esprit, il s'était embarqué dans le vaisseau fantôme des hautes mathématiques, et à travers elles dans l'envie de ramener l'entièreté du réel et du monde à une seule équation. L'unique vertu de cette lubie était de l'intéresser à toutes qualités de choses, à commencer par les plus inutiles, mais en dédaignant bien sûr nos affaires de coutumes, de traditions, de contes, de tambours, de danses ou de parolailles. Rien ne devait lui sembler à l'époque plus insignifiant que nos hystéries saisonnières sur notre identité. L'avantage des sciences, s'il fallait en juger par le cas de Bèbert, c'est que, à force de les fréquenter corps et âme ainsi qu'on le ferait d'un harem affolant, on commence par se sensibiliser à ce qui se trouve hors de portée de la Raison, des équations, de la logique et des mathématiques ; en ces matières, on chemine, sinon de progrès en progrès, mais de casse-tête en mystères, et en mystères qui ouvrent à des mystères plus mystérieux encore. Chaque avancée de ses sciences ne révélait que des nuées d'exo-mystères gravitant sans fin autour d'un cœur inaccessible à la pensée. Bèbert avait fini par s'épuiser à vouloir tout ramener à une lucidité exempte de toute défaite, ennemie de toute magie, incapable d'accepter ces myriades de petits reculs qui escortent toujours le moindre pas en avant. Dès lors, il s'était mis à trimbaler un trouble dans le regard, à réagir à la musique, aux tambours, à nos danses, aux vieux chants, pas comme nous, dans une ivresse élémentaire, mais avec, pourrait-on énoncer comme lui-même, une « distance impliquée ». Cela lui permettait de danser-sans-danser, de rêver-sans-rêver, de se laisser traverser par les ondes du tambour sans se livrer aux transes qu'il disait *animales*, ou à un emportement digne d'une soirée vaudou. À l'en croire, il aurait été capable de manger du piment sans souffrir de brûlure. Mais son existence humaine dépimentée avait pris un autre tournant.

Il était parvenu au cosmos !

Sans grand voyage, juste par une météorite.

Elle était venue s'écraser sur son gros crâne-sapiens, lui provoquant un petit trou de chair, un petit sang, un petit choc nerveux et une petite douleur. Souffrant de haute curiosité, son esprit, plutôt que de se laisser aller aux tourments qui s'imposent à tout être vivant quand il se sent mourir, avait considéré ce qui lui était tombé sur l'entendement : une infime chose, plus que minuscule, d'un noir brillant habité de circulations rouges et blanches, avec des « présences » qui ressemblaient à des cils de diamant, de bronze, d'or, de nickel et de cobalt. Et c'est par là, à force de faire analyser ce spécimen très rare de sidérolithe, qu'il avait cheminé autrement dans la physique-chimie, la biologie et les mathématiques, qu'il était entré sans chapeau sous la philosophie, s'était ému de poésie, et avait ainsi rejoint par cette porte improbable ces gens qui observent le cosmos derrière des télescopes géants et des équations dépourvues de limites.

Il y avait là de quoi remplir une pleine vie de folie rationnelle bien loin de notre monde.

Ce qui nous le ramena fut une nouvelle météorite qui lui vrilla l'esprit.

Cette fois, elle ne provenait pas du cosmos, mais simplement de Boulianno.

Cela se produisit en un temps où Bèbert, comme nous tous, avait perdu une personne qu'il aimait. Il s'était rendu à sa veillée. À cette époque, la Parole s'entendait encore dans de puissantes lawonn. Que doncques, il avait transporté sa tristesse dans la lueur apaisante des flambeaux, et redoncques, l'esprit dans son cosmos, il s'efforçait de penser à autre chose quand les salutations angéliques que Boulianno utilisait à son entrée en scène se mirent à sonner.
Lui aussi reçut son « coup de Parole » !
Pas celui qui transforme un écoutant ordinaire en disciple de conteur, mais ce « coup de Parole » qui vous laisse deviner ce qu'est la « Parole », qui vous l'impose à l'entendement sans une explication, comme une force en œuvre dans la substance du monde. Qui fait que, ce soir-là, Bèbert devint aussi clair-audiant que Man Delcas elle-même ! Si Boulianno ne lui offrit rien (ni éventail-à-feu ni chanson personnelle), il lui transmit en vrac l'encharme de ses merveilles, lesquelles s'ajoutèrent aux poésies inattendues de la science. Ces dernières charroyaient son esprit dans des brouillards de galaxies, des tempêtes magnétiques, des trous noirs affolants, supernovæ terribles et autres croiseurs interstellaires qui venaient de si loin et s'en allaient pour si longtemps que toutes ses certitudes confrontaient l'impossible d'une mécanique quantique. Ce qui le passionnait depuis des années dans la rencontre, demeurée impensable, des

infinis de l'Univers et de ceux de la matière se trouvait pour lui à l'état brut dans les puissantes évocations de Boulianno. Personne n'est en mesure de lister les effets secondaires d'une nuit de la Parole, mais il est à peu près sûr que, en plus de cent mille suites mineures, Bèbert fut plus que jamais emporté vers de l'inconcevable. Il toucha sans doute à l'archive qu'avait laissée l'Univers dans une concentration de forces antagonistes et de matières sans consistance, où des milliards de mondes devaient se constituer, se maintenir dans des simultanés, se traverser sans le savoir, nous habiter sans le vouloir. Bèbert, perdu de prime abord si loin, se retrouva « chez lui ».

Parmi nous.

Il se mit à étudier ce que disait Boulianno et tout ce qui se rattachait à l'univers du conte, du tambour, des danseurs, du chanteur, et du conteur lui-même, ramenant le tout dans ses équations astrales, et dénichant des correspondances auxquelles nous ne comprenions rien mais qui lui étaient si manifestes qu'il devint un des grands « sachants » de la tradition dont il se foutait pourtant, et du cosmos qui ne nous intéressait pièce.

C'est dans ce grand écart entre ces deux extrémités que Bèbert, veilleur d'étoiles, chasseur de galaxies, nous était devenu très précieux. Si bien que, lui, face à la case sur son trône effarant, affirmant que nous étions précipités dans un conte, moi, le connaissant, je sus qu'il voulait indiquer notre bascule dans une dimension sans adresse de l'Univers connu.

La jeune fille ne réagit pas à cette révélation. Moi qui avais du mal à calmer les claquettes de mon cœur, ou à gérer ces chevelures d'angoisses qui m'encombraient la gorge, je me retrouvai stupéfié par sa simple manière d'être. Elle regardait la case, sans crainte aucune, comme installée dans un fauteuil de cinéma. Ses yeux parcouraient les fantasmagories environnantes, l'organisme vivant qu'était le monticule, les circonvolutions des brumes et de la pluie, pour revenir de temps à autre fixer, dans une éclaircie des pupilles, la porte grande ouverte. Je la crus obnubilée par la perspective que Boulianno allait y apparaître, puis je compris qu'elle vivait en fait *la somme de ce qui se produisait devant nous*, à diverses échelles, du plus proche au plus évanescent, et cela dans une forme très douce, naturelle et pérenne, du plus parfait émerveillement. Bèbert lui-même n'était pas loin d'un état similaire, sauf qu'il demeurait plutôt observateur, posté en dehors de tout cela, sans doute sur la traîne nébuleuse d'un amas de galaxies lointaines. Il semblait même détaché des tracasseries de sa cheville, et n'arrêtait pas de tracer des croquis ou de prendre des notes. J'étais en finale le seul à me sentir vraiment mal à l'aise dans cette affaire.

J'entrepris de me calmer.

Je m'expliquai à moi-même qu'une jeune fille ne pouvait pas se montrer plus forte et surtout plus courageuse que moi. Que, la vie étant courte, il me fallait

vivre ce qui m'était donné à vivre, danser cette danse comme cela m'était donné, même dans le souci et le bouleversement.
Un calme progressif parvint à s'insinuer en moi.
Je me mis à « voir » l'ensemble du plateau.
Et c'est là que se pose la question du « voir », et surtout du « raconter »[1].

Bèbert nous avait un jour expliqué que Boulianno racontait ses histoires *à plat*. Cette expression renvoyait pour lui à des fresques égyptiennes, ou à des affaires de tableaux dans lesquels certains peintres n'introduisaient ni proche ni lointain, ni devant ni derrière, ni haut ni bas. Ils se contentaient de répéter, d'ajouter, d'accumuler sur la toile ce qui leur passait par la tête, comme les lavandières d'avant étendaient mille vêtements sur une même roche, ou comme ces gens d'antan qui mettaient à sécher leurs grains de café sur une même feuille de tôle. Le tout était donné en vrac, d'un coup, sans décalage et sans ajustements ! L'ensemble se déversait dedans vos yeux, envahissait d'un seul ban votre esprit en accordant la même prégnance à chaque chose, mais aussi aux ensembles que composaient les choses entre elles, mais aussi à la totalité des choses et de l'ensemble évolutif

1. Je me souviens qu'ici l'informateur prit le temps de déguster une gorgée de la tisane d'herbe-à-tous-maux qui fumait dans le quart en fer-blanc juste à côté de lui. Moi, je m'en tenais à la carafe d'eau de source, mais j'y buvais rarement, soucieux de ne pas interférer avec ses gestes, sa posture, le naturel de sa narration (P. C., Notes de transcription).

qu'elles constituaient au long des diverses perceptions... Il disait que chaque chose surgissait dans le concert de ses détails, et que les détails des choses rassemblées participaient au concert soudainement élargi de chaque petit détail... À l'époque, ce tourbillon de *choses* n'avait intéressé personne, à commencer par moi-même, mais cela me revint avec une évidence enfantine...
Je vis le plateau ainsi !...
Je compris aussi pourquoi Boulianno se lançait parfois, au fil de ses histoires, dans des listes interminables de choses et d'objets, de présences et d'absences, de détails et de nuances, comme s'il avait voulu inventorier tous les greniers du monde.
C'est parce que sa manière de voir était celle-là.
À plat !
Il avait « tout » sous les yeux, nous et les autres, ici et ailleurs, hier et demain, avant et après, et en même temps et avec la même force, et il nous restituait cela non plus dans les cheminements d'un racontage bien enfilé comme la dentelle d'une jupe de matador, mais dans des blocs bruts qui tombaient de son étrange vision !

Jusqu'alors j'avais vu, ou cru voir, des apparitions très inquiétantes qui déformaient la brume, habitaient les ombres végétales, se dessinaient dans les mousses et la face grise des roches. J'avais vu, ou cru voir, les créatures qui habitaient les contes de Boulianno, les sentant frissonner dans les recoins des alentours pour nous remplir d'émois désagréables ou de ces émerveillements terrifiés qui remontaient aux enfances de nos corps, et plus encore à celles de nos esprits, lesquelles jamais ne nous avaient quittés. Je revis cette petite case, la première, typique des cases-nègres sur les Habitations, évoquant celles qui avaient abrité mille douze générations de nos ancêtres, la somme de leurs douleurs et de leurs espérances, les persistances inépuisables de leurs rêves, et qui avaient été effacées de la surface du monde, méprisées, associées aux misères les plus viles et à l'inaccomplissement de ce que devait être un habitat humain. Et je voyais la deuxième, cette case sans blason, exhaussée sur un trône improbable de roches et de jardins, traversée par tout un tralala d'insectes volants, rampants, et d'un lot d'objets qui avaient servi durant des millénaires à des milliers d'entre nous, depuis la nuit des temps jusqu'à cet instant durant lequel je pouvais les fixer, m'émouvant du frisson de leur maigre existence. Pour le reste, j'avais vu le plateau, étroit comme le sont ces bandes de terre plates que l'on rencontre dans les hauteurs, et qui de toute évidence avaient été utiles aux explorations amérindiennes, aux dérives de nègres marrons, et à ceux d'entre nous qui avaient gardé en eux l'obscure nécessité de monter haut, de monter loin, d'habiter hors du bas, au plus élevé possible, comme pour tenter de composer une autre vie avec de la terre, des plantes, de la roche, du ciel et des nuages, une autre vie avec toute la vie. Sur le plateau, tout ce que nous avions vu ou cru voir durant ce convoi m'apparaissait dans une concentration inouïe – à plat !

Mais cet ensemble indescriptible ne suscitait plus d'inquiétude en moi. Il était juste d'une délicieuse étrangeté (délice du pas-normal, saveur du pas-possible, sucre de l'absurde), un peu comme celle que provoquerait l'apparition d'un paysage à la fois connu et inconnu au bout d'une péninsule. Je m'étais tout du long demandé si ces créatures n'allaient pas nous agresser, ou, pire, si elles n'étaient pas déjà entrées dans nos esprits, nous rendant fous d'une sorte irrémédiable, et c'est avec cette crainte que j'avais entrepris de peigner ces longues chevelures d'angoisse qui me sortaient du crâne, m'enserraient les tempes, m'encombraient la gorge et prenaient mes poumons dans leurs nœuds. En clair, je m'étais embusqué en moi-même, tel un crabe dans une trouée de sable, et c'est de là que j'avais éprouvé ce qui se produisait au cours de notre convoi.

Une telle attitude n'était jamais apparue chez la jeune fille, bien au contraire !

Elle avait largué les amarres, ouvert porte et fenêtres à l'instar de celles de la vieille case à l'autre bout du piédestal. Anticipant sa rencontre avec Boulianno, la vivant d'emblée, elle avait vécu chaque événement comme s'il s'agissait d'une facette de son rêve. Lorsque je voulus l'imiter, ce fut somme toute assez facile. C'est l'une des forces du mimétisme que d'enrichir en bloc, d'offrir dans le même bloc un alphabet et ses usages, un éclat et son ombre, sans que l'on ait à les dissocier pour bien les recevoir.

Je me mis à « voir » autrement.

C'est-à-dire : à *voir* tout simplement !

Je n'étais plus enfermé dans moi-même, mais articulé sur une réalité de moi qui se tissait aux éléments des alentours. Pour comprendre, il faut imaginer que je me mis à percevoir le plateau et ses féeries telle une partie de moi-même. Je réalisai alors ce que je m'étais retrouvé à être, ou à devenir, en parvenant à ce niveau de notre périple. Ce fut dans cette attitude de l'esprit et du corps qu'il me fut possible de percevoir ce qui se passait sur ce plateau, comme cela se passait. Dès lors, il n'y eut plus qu'une étrangeté merveilleuse. Je pouvais l'observer avec une crainte devenue aérienne ou une émerveille de nature enfantine, me donnant accès à un univers qui me permettait de me *rencontrer*, et donc de me *raconter* moi-même.
C'est pourquoi se pose la question : qu'est-ce donc que raconter ?

Boulianno, dans certains de ses contes qui me revinrent à l'esprit, s'était montré à ce titre exemplaire. Il s'était toujours positionné d'une manière particulière dans les paysages qu'il évoquait. D'ailleurs, il n'utilisait pas le mot « paysage », il disait : *il y avait ci, il y avait ça !...*, et lui-même se trouvait dans le « ci », dans le « ça » ! Il ne donnait pas vie aux choses, aux roches, aux animaux, aux insectes ou à des choses invisibles le plus souvent indescriptibles pour les faire parler comme nous, agir à notre image, illustrer certaines vertus utiles à notre vie, il devenait au contraire animal, pied-bois, sauterelle, rivière, bœuf et cabri...

Il devenait ! vous comprenez ?
Souvent, comme pour annoncer cette étrange manière d'exister parmi nous, il proclamait dans ses salutations angéliques qu'il allait parler au nom de tel pied-bois-mangot qui se trouvait à tel endroit de tel morne dans tel quartier ! Ou alors qu'il allait parler au nom de telle grosse roche, de tel cochon de Noël qu'on allait tuer dans la semaine. Parfois même, il indiquait parler au nom de tel côté, pas d'une commune entière ou d'un grand bout de paysage comme on en voit dans les grands horizons, non, au nom d'un simple petit côté du paysage qui devenait lui-même, et que lui-même devenait, et qui s'incarnait tout bonnement devant nous !... Dès lors, ce qu'il racontait était raconté par tout et avec tout ce qui existait parmi nous, raconté à nous, dans l'endroit où nous étions, et avec ce que nous pouvions imaginer ou ne pas imaginer de cet endroit. Nous avions cru dans les premiers samedis de nos « suppositions » que danses proverbes comptines titim ou contes illustraient une part de nos humanités, alors qu'en fait tout cela reflétait ce que nous étions dans ce coin de planète, nous étions les jardins, les mornes, les vieux manguiers, les fourmis, et ce qu'ils étaient ne pouvait s'envisager sans nous, et Boulianno qui racontait d'abracadabrantes histoires s'était en fait totalement élargi à tout ce qui nous constituait !

Je ne sais pas si vous comprenez cela, Chamoiseau. On dit que vous avez fait des études, mais je sais que c'est difficile et que cela peut sembler une diablerie

inutile ! C'est un peu ce que j'aurais pensé si j'avais dû élucider cette affaire en dehors de ce que je vivais sur ce plateau.
Là, j'étais ce « là » !
Je comprenais ce qui s'était produit devant nous durant tant de veillées. Le plateau était ce que nous étions chacun devenus à cette hauteur de notre périple. Ce que je percevais était sans doute différent de ce que percevaient la jeune fille et encore plus Bèbert. Tout, angoisses et chevelures, avait disparu de mon être ! J'étais en étendue intense dans une série de sensations très fortes et de perceptions vives. Je reconnaissais d'anciennes émotions accumulées depuis l'enfance et naufragées dans mes lucidités d'alors. La vieille case était tellement de choses à la fois que les souvenirs me submergeaient rien qu'en la regardant, comme venant à travers moi réveiller plein d'autres souvenirs de moi, disséminés un peu partout dans chaque maille de cet endroit. Je me retrouvai à lire, à écouter, à regarder ce qui jusqu'alors ne m'avait semblé ni écrit, ni dessiné, ni sculpté, ni même capable d'un langage ou d'une forme quelconque d'expression. J'entendais des vibrations qui provenaient des insectes, lesquels parcouraient le monticule dans une obscure célébration. Je crus distinguer des babillages d'araignées-matoutous-falaise, ou des chicotements de petits crabes rouges qui montaient et descendaient la butte. Le plateau était un alphabet où des lignes, des formules, des locutions, des couleurs, des ombres, des gouttes de brume et de pluie s'accordaient dans une expression que je ne comprenais pas mais

qui m'était maintenant identifiable comme autant de langages. Rien ne me paraissait plus arbitraire, inutile ou incompréhensible dans cette perception. Le mystère était global, intact, inépuisable, mais accessible à ma nouvelle acceptation des choses.

Je n'ai jamais su ce qu'avait distingué la jeune fille, mais Bèbert a pu m'évoquer ce qui lui était apparu à notre arrivée sur le plateau – il l'avait décrit dans son cahier avec de nombreux petits dessins qu'il m'a été possible quelquefois d'étudier à loisir. Il avait vu la case s'élever au bout d'une longue colonne d'objets de plantes et de choses hétéroclites, tandis que d'autres colonnes s'organisaient autour d'elle, deux ou trois, plus petites, toujours dans un mélange de brume et de pluie, avec des nuées d'insectes, dont beaucoup de lucioles, qui composaient eux aussi, comme tout le reste d'ailleurs, des écritures et des parlures, des chants et des rythmes, des signes et des formules, qui fait qu'il avait cru se retrouver, je cite, *dans la nébuleuse de l'Aigle, face aux Piliers de la création*, ces immenses colonnes d'hydrogène et de poussières interstellaires où naissent des nuées d'étoiles, et que les astronomes contemplent en se signant ! *Une cosmovision !* tenterait parfois de nous résumer Bèbert. Voilà où nous en étions devant cette deuxième case !...

J'ignore combien de temps durèrent cet emballement de nos perceptions et cette bizarre chimiosynthèse du verbe de Boulianno. Ce qui m'en détourna fut de voir la jeune fille qui avançait vers le monticule.

Je compris là même ce qu'elle allait faire !

J'essayai de me mettre debout à mon tour pour agir avant elle. Je voulais être celui que Boulianno allait accueillir sur le seuil de sa case. Difficile. Mes jambes étaient tressautantes et mon corps douloureux. Sans doute aussi mon cerveau n'avait-il plus les repères utiles pour m'organiser un rien d'agilité. J'avançai à quatre pattes, puis sur ce qui me restait de jambes, dans un branle grotesque. J'avais l'envie de la dépasser, d'occuper l'étroit escalier de bambou avant elle, de la bloquer comme ça. Mais, voyant ce dernier de plus près, mieux dégagé des brumes métamorphiques, il me fit bien plus l'effet d'un décor de pacotille que d'une structure fonctionnelle. Je découvris quelque chose d'inachevé, de disjoint, sillonnant le monticule étrange au gré d'une hésitation qui suivait les hasards d'une formule mal ficelée ; en même temps, je percevais une puissante nécessité dans cette manière d'être. Quoi qu'il en soit, je craignis de l'emprunter ou d'y poser le pied, en raison de mes cent vingt kilos – vous l'auriez constaté Chamoiseau, j'étais une force de la nature, pas un géant mais presque ! Ma constitution pouvait écrabouiller une à une ces marches douteuses qui s'étageaient vaille que vaille vers la porte de la case. La tourmente dans l'âme, je me résignai à regarder la jeune fille les emprunter d'un pied agile, d'un pied de coccinelle je dirais, voleter sans encombre sur les tortilles désolées autour du monticule, s'estomper à une courbe, resurgir à une autre, traverser des feuillages de manioc, des guirlandes de calebasses, des houles d'herbes kabouya, des grappes de paniers vides, des filets de pêche grimaçants sur des perches, des touffes d'insectes qui se contractaient et explosaient au même instant, des entassements de coutelas, de fourches et de houes méconnaissables dessous la rouille, des piles de dames-jeannes, des colliers d'ustensiles en fer-blanc écartelés sur des branches d'icaquiers, des touffailles de lucioles, de grosses pousses de melons et pastèques qui parfois engloutissaient les marches, éviter une vieille machine à coudre exposée indécente sur un tonneau de distillerie, un coq de manège chouval-bwa sculpté dans du bois-gomme, de grosses chaînes négrières et des anneaux disposés en couronne sur un billot de bois-moudongue ; je la vis, papillon, disparaître plusieurs fois derrière la face cachée du monticule, revenir à la face visible et retraverser des feuillages, des mouchoirs de dentelle anglaise et de madras multicolores dégoulinants telles des méduses sur de longues lianes-mahaut, des fleurs, en traînes, en nappes et en chiquetailles, éparpillées entre les roches, des lianes encore nouées sur elles-mêmes comme autant de serpents en train de s'avaler, esquiver des casseroles anciennes balançant à l'extrémité de courtes ficelles, des bouteilles suspendues par le col, parfois cassées, parfois remplies de choses multicolores ; je la vis, sauterelle, traverser des îlots de brumes et des nappes de pluie immobile qui rognaient sa silhouette, l'effaçaient quelquefois, puis réapparaître sous une forme de vapeur et dans une progression que la distance, en augmentant, rendait de plus en plus spectrale. Cette montée aérienne vers la porte était soutenue par un mouvement d'ensemble qui me semblait être celui d'une spirale. Son périple soulevait des nuées de guêpes, bêtes-à-bondié, phasmes phosphorescents, mouches variées, moustiques divers, et petites existences volantes vibrantes rampantes à moitié invisibles. Des marées de ravets rouge et marron s'enfuyaient à chacun de ses pas, répandant sur le monticule la houle d'un frisson et d'un rythme. À mesure qu'elle s'approchait de la case, la brume et la pluie sombre se remplissaient de lueurs, des vibrations pulsaient de tout ce qui se trouvait là, ameutant un vacarme de langages disparates que je me surpris à écouter. Mes yeux avaient quitté leur registre habituel. Ils me transformaient la moindre des manifestations en sons en signes en résonances en phrases en mots formules et paragraphes, dans une simultanéité hallucinante, une formidable musique-émotion-écriture-parolaille que je n'étais pas en mesure de déchiffrer mais qui grandissait sous mes yeux, comme une proclamation babélique de tout ce qui vivait là. Je fus troublé en découvrant que j'y participais par je ne sais quels exaltations ou tremblements d'âme que j'émettais sans le vouloir.

Mon cœur se serra malgré tout quand je la vis parvenir sur le seuil de la case, juste en face de la porte, hésiter, appeler : *Monsieur Boulianno ! Monsieur Boulianno !*, attendre une réponse qui ne vint pas, puis avancer résolument à l'intérieur. Il s'écoula de longues secondes, ou plutôt une contraction d'éternité que Bèbert lui-même vécut dans une mise en suspens de sa pointe bic au-dessus du cahier.
Une profonde déception nous avait envahis.

La jeune fille avait gagné.
Elle nous avait vaincus.
Nous nous attendions à la voir ressortir triomphante avec notre Boulianno, consternés à l'idée qu'elle ait eu ce contact avant nous, et en dehors de nous, dans une intimité grandiose de laquelle nous étions éjectés.
Il se passa un temps indécomposable avant qu'elle réapparaisse... seule... avec sur ses talons non pas maître Boulianno mais bien notre Man Delcas.

Comment expliquer deux émotions contradictoires qui se chevauchent ?
Déception allégresse !
S'il existe quelque chose qui mérite d'être exprimé, c'est bien cette tracasserie-là !
Déception ! que Boulianno ne soit pas dans la case !
Allégresse ! que Boulianno ne soit pas avec elle !
C'était à rire et à pleurer !

Bèbert et moi, nous nous regardâmes, comme ça, en pleurer et en rire. Longtemps plus tard, nous saurions avoir éprouvé à ce moment-là une bouffée de souvenirs, les mêmes, en partage conjugué. Souvent, Boulianno nous avait fait « manger dans sa main », en nous écartelant de manière identique dans des sentiments contraires. C'était l'une de ses forces : non pas de filtrer des émotions une après l'autre dans une assistance emmiellée et conquise – ses narrations interminables fonctionnaient comme des concassages – mais de balancer des blocs d'émotions diverses, mélangées, l'une collant l'inverse à l'autre, et de laisser les esprits en grand galop avec ! *Ce n'est plus un art, c'est un vice !* s'était exclamé à l'époque notre Bèbert.

Très vite, il avait voulu comprendre cette manière de faire. Lors d'un samedi de « suppositions », il nous avait révélé sa démarche auprès du maître, indiquant que ce dernier avait souri à sa question, avant d'afficher cet air de simplet sous lequel il serrait les tranchants de son esprit et le rire bienveillant qui emplissait son cœur. Bizarrement, Boulianno lui avait alors parlé de tout autre chose.

À savoir : du moustique et de sa manière de voler.

Sur le coup, Bèbert n'y avait rien compris.

Quoi de quoi, le moustique ?!

Il lui avait bien fallu plusieurs années, dont une bissextile, pour mettre cela en accordage dans ces puzzles graphiques qui, entre deux images d'exoplanètes gazeuses et de nuées galactiques, couvraient les pages de son cahier.

Et donc :

Quand il monte à l'assaut, le moustique ne vole pas droit. C'est un fait mais sans café au lait ! Il ne va jamais d'un point à un autre, que ce soit en direct ou à l'oblique du misticric. Il louvoie à la joie, tourbillonne à Lisbonne et zigzague à la vague ! Quand il vole devant, c'est qu'il fonce par-derrière. Le penser derrière, c'est le trouver en déboule par-devant qui te siphonne le sang !

C'est ce que lui avait dit en substance Boulianno.

Il lui avait précisé aussi d'observer les moustiques, d'écouter ce qu'ils disent, de lire ce qu'ils racontent.

De fait, nous l'avions vu souvent assis à contempler des mouches, des yen-yens, des abeilles, seulement nous ne disposions d'aucun témoignage attestant qu'il lonviyait de même l'industrie des moustiques.
Dans la Parole, il faut aller comme un moustique critique technique et fantastique, avait dit Boulianno, *pas dans un sens, mais dans tous les sens en même temps, mélanger les sens et les chemins, être vu-et-pas-vu d'un seul balan, donner et prendre sans trier, frapper dans la caresse et rire dans la grimace ! Welto*[1] *à la manœuvre !...*
Ce que Bèbert avait traduit dans son langage bien plus obscur, affirmant que le verbe de Boulianno était à la fois une onde et une particule, tout comme le moustique dans son vol d'agression ! L'onde se devine, la particule se voit ou s'entend. L'onde est l'âme immense de la particule, elle la positionne partout et, en même temps, elle lui cultive sans cesse tous les possibles ; et la joie de la particule est de soudainement contracter tous ces possibles ensemble pour surgir à un endroit quelconque du monde ou des esprits, telles des nappes de nos yen-yens au-dessus des marigots !...

Tout cela nous revint à l'esprit tandis que nous regardions hébétés Man Delcas descendre de la petite case avec l'aide de la jeune fille. Boulianno avait été dans cette case à un moment donné de sa vie, c'était évident, et même qu'il y était encore d'une manière ou d'une

1. En créole, le jeu welto est une manœuvre d'illusionnisme ou de dissimulation (P. C., Notes de transcription).

autre. Il s'était passé quelque chose (*Faut-il le savoir ?...* se tortura Bèbert à haute voix), sans doute quelque infime circonstance avait supprimé la possibilité qu'il apparaisse sur ce seuil avec la jeune fille, laissant place à une autre, inattendue mais inscrite dans la soupe quantique qui fait le monde et le cosmos. *Il aurait pu apparaître sans problème, et ne pas apparaître aussi, et sans doute qu'il y apparaîtra à un moment donné de l'existence de cette case...* Bèbert radotait comme ça. Je ne comprenais pas ce qu'il disait, mais je percevais cette justesse : la présence de Boulianno était sensible, elle transpirait partout, dans les présences et expressions en œuvre dans ce plateau. Elle était une des *possibilités* de ce lieu, aussi tangible que les possibilités qui composaient ses brumes et ses pluies habitées et qui, à mesure que Man Delcas et la jeune fille redescendaient les marches, s'exprimaient en galaxies fantasques tournillant parmi nous.

Nous eûmes le loisir de les observer tandis qu'elles affrontaient l'incroyable escalier. D'apparence dramatique et fragile, il supportait pourtant sans catastrophe la masse dodue de Man Delcas. La jeune fille l'aidait à franchir les passages difficiles entre les amoncellements divers qui en peuplaient les bords ou recouvraient les marches. La vannière regardait à peine ses pieds, yeux tournoyant autour d'elle, pleins de curiosité. Elle descendait pas à pas, son panier accroché à l'épaule, trimbalant une grande forme en vannerie serrée sous son bras gauche. Je n'avais jamais vu un tressage de cette sorte. Il inspirait une autorité simple, signe d'une pratique ancienne. Les insectes du monticule escortaient leur passage d'un ouélélé de formes fugaces, déboulés en zigzag, contractions chiffonnées ou tourbillons hagards. Ils constituaient une aura de frissons autour des deux silhouettes. La brume et la pluie persistantes s'y ajoutaient, créant avec des persistances crémeuses qui s'effilaient dans leur sillage. Quand elles parvinrent sur le plateau, Man Delcas accéléra le pas vers nous, zieutant les alentours, en haut en bas et de travers. Étonnée de se retrouver là. Avant la moindre explication, elle déposa au sol son sac et l'insolite vannerie, s'agenouilla d'un bloc auprès de la patte folle de Bèbert, saisissant la cheville trop joufflue entre ses mains délicates. En moins de temps qu'il n'en faut pour le dire elle déploya autour de l'articulation malheureuse un composé de fibres d'arouman qu'elle se mit à tresser avec une rapidité tendre. La cheville se retrouva momifiée par un serrage de vannerie, parcouru de signes rouges et noirs où se constituaient des figures que je ne saurais aujourd'hui reproduire. Pendant qu'elle agissait ainsi, elle nous livra les éclaircissements que le regard insistant de Bèbert lui réclamait.

Quand nous l'avions quittée, elle avait achevé sa vannerie sous une obscure inspiration. Sur une impulsion, elle avait chargé sous son aisselle la forme qui avait surgi de ses mains et pénétré, sans trop savoir pourquoi, dans la première case, laquelle était devenue à notre départ un peu plus nette, à la croire brusquement réveillée. Man

Delcas prétendit que la silhouette immémoriale s'était stabilisée à mesure que sa vannerie approchait de sa fin. En y pénétrant, elle l'avait, comme nous-mêmes, trouvée vide, mais pleine (seulement pour elle) de fibres entassées dans les coins. Elle y avait tourné en rond, insistant, toujours sans trop savoir pourquoi, jusqu'à éprouver le besoin de se donner du vent, de se fraîchir une sueur. Elle avait donc sorti son petit éventail, et, dès la première fraîcheur du premier petit vent, elle avait entendu la voix de la jeune fille appelant : *Monsieur Boulianno ! Monsieur Boulianno !*, suivie de son apparition dans la pièce. Et voilà qu'en ressortant elle s'était retrouvée presque à mi-ciel, tout en haut de cette pyramide de roches où se tenait lovée la deuxième case. Je notai qu'elle ne s'étonna nullement de la nature du monticule, ni de ce qui, autour de nous, remplissait le plateau de ses phosphorescences. Cela ne me surprit que peu. Il m'était déjà clair que nous ne voyions ni ne vivions pas les mêmes choses depuis le début de ce convoi. Chacun avançait sur une ligne qui était la sienne propre, laquelle relevait d'une perception distincte des autres, toutes se côtoyaient et demeuraient possibles. Bèbert griffonnait à l'écoute des dires de Man Delcas. Sans plus d'émoi, il grommelait un tas de formules, d'inspiration psycho-mathématique, par lesquelles il tentait d'expliquer ceci : de la première case à la deuxième, il devait exister un tunnel spatio-temporel, un de ces « trous de vers » dont les astrophysiciens soupçonnent qu'ils relieraient quelques trous noirs entre eux, et avec eux des galaxies lointaines. Cette hypothèse de trous de crabes et de couloirs de diablesses, digne d'un conte de Boulianno, était, selon lui, parfaitement envisageable, et envisagée. Le seul problème, épineux à trancher, était le rôle exact de l'éventail-à-feu dans cette donne scientifique. Aucun cosmologue n'avait jusqu'alors considéré l'usage d'un tel outil dans l'ouverture d'un trou de soucougnan. *L'univers,* soupira-t-il, *mouline des fantaisies, tout y demeure possible !*

Man Delcas ne répondit hak à l'angoissante question concernant l'éventail. Elle nous avait retrouvés, c'était seule chose qui vaille ! Sitôt sa vannerie fixée autour de la cheville de Bèbert, elle redressa le dos, inspectant autour d'elle : *Comme c'est là, Boulianno n'est pas ici non plus !* Sans souci d'une réponse, elle se ramassa les reins avec l'idée de balancer la route en direction de la troisième case. *Boulianno sera là-bas pour tout de bon !* Sans discussion aucune, ni avec nous, ni avec la jeune fille qui la fixait pourtant, ni sans doute avec son corps lui-même, la vannière se dirigea d'un mouvement de hanche vers le monticule où trônait l'édifice. Bèbert imagina qu'elle voulait y remonter dare-dare, dénicher dans l'énigme séculaire un trou de crabe direct vers la troisième case. *C'est logique, bien pensé,* murmura-t-il, admirant la valse de ses rondeurs vers le maigre escalier.
Mais là encore le bizarre déboula devant nous.

Quand elle mit le pied sur la première marche en bambou, celle-ci s'effondra sans un soupir, tout comme la deuxième. En guise de signal, la troisième se disloqua toute seule, et demeura suspendue de travers. Lorsqu'elle voulut enjamber-sauter celles qui s'étaient décomposées, la rampe lui resta dans l'empoigne. Man Delcas se retrouva par terre, dans le grouillis de mousses, d'herbes, de roches et de petites bêtes qui constituait le sol. L'escalier m'apparaissait maintenant aussi évanescent qu'une toile d'araignée : ses lattes de bambou s'étaient effilochées, on voyait à travers, certaines s'étaient calcifiées d'un coup ; une chimie subtile hurlait son âge indécidable, et l'annonce que nul ne pourrait plus par elle remonter dans cette deuxième case. Man Delcas, sans se chocolater, tourna le dos au piédestal surréaliste ; ramassant son panier, l'étrange vannerie dessous le bras, elle se prit de mouvement vers les hauts, *fout !*, sans même solliciter Bèbert sur l'endroit où pouvait bien se trouver notre troisième destination.

Elle se mit donc en route vers les dernières hauteurs, portée, transportée, par une urgence difficile à comprendre. Bèbert et moi restâmes un peu bouche bée. La jeune fille la regarda un instant s'éloigner, puis son corps exprima une décision de la suivre. Étrangement, elle se tourna vers Bèbert et lui saisit un bras avec l'idée qu'il s'appuyât sur elle pour reprendre la montée. Elle dit être en mesure de le porter de temps en temps si cela se trouvait nécessaire. Bèbert, vexé qu'on le traite en impiok, se dégagea le bras, la remerciant de sa sollicitude dans son français des convenances. Sans insister, la jeune fille s'élança sur les talons de

Man Delcas. Bèbert et moi, nous les vîmes amorcer l'ultime montée avant le ciel.

L'homme des sciences me dit alors qu'il fallait que je les suive, qu'il n'était pas en mesure de le faire à cause de sa patte folle, qu'il fallait malgré tout que j'aille parler à Boulianno, qu'on ne pouvait laisser la voie libre à… Anaïs-Alicia Carmélite.

Je pris quelques secondes avant de réaliser qu'il parlait de la jeune fille.

Je lui fis alors remarquer qu'il était sans doute en mesure de grimper, vu la diablerie rouge et noir avec laquelle Man Delcas lui avait enveloppé la cheville ; mais il ne voulut rien essayer, accroché à sa pointe bic et son cahier, impatient de noter les conclusions auxquelles il était parvenu et qui menaçaient de lui faire exploser la mémoire et le crâne. Dépité, je le vis reprendre ses écritures avec une intensité laissant à supposer que ces événements avaient ouvert en lui des tas de féeries, de « suppositions », d'équations et de poèmes, de récits et de chants impossibles à écrire, mais qu'il lui fallait malgré tout « saisir ». Je le sentais en mesure de déchiffrer ces vibrations sons bruits signes lettres signaux et formes qui se déployaient sans fin autour de nous. Pour ne pas culpabiliser, je lui promis de revenir le chercher au plus vite, le temps de dénicher la dernière case, de parler à Boulianno et de lui proposer l'étonnant Populo comme juste et vrai disciple. Il me dit que celle-ci se situait au bout de la montée, juste avant le grand ciel, impossible de se tromper. Il prophétisa alors – écoutez-moi bien – que Populo s'y trouvait en personne depuis bien belle lurette, car là-haut, supposa-t-il encore, *Seigneur-Marie-Joseph, toutes les possibilités se retrouveraient en finale concentrées, sans défaillance ni exception !*. Cette lugubre prédiction aurait pu m'inquiéter mais, dans mon nouvel état d'esprit, sans trop savoir pourquoi, je pris cela comme une bonne nouvelle.

C'est ainsi que je me mis en route, dans le sillage ondoyant de Man Delcas, guidé, ironie du sort, par la mademoiselle Anaïs-Alicia Carmélite elle-même (son nom s'était enfin installé dans ma tête) qui caracolait bien en avant de Man Delcas, et encore plus bien en avant de moi ! – moi réduit à ventiler mes âges et mes cent vingt kilos dans la montée très raide. Sans rien décider, je m'installai dans le magnétisme de son sillage, la suivant comme si le bondieu et ses œuvres lui avaient accordé la tête du convoi, ce qu'elle assumait avec une aisance qui confirmait l'ordre des choses et, surtout, qui laissait supposer qu'elle savait où aller. C'est pourquoi je ne fus pas surpris quand, après un temps non donné aux horloges, à l'horizon, très loin au-dessus de nous, environnée d'une nuit soudaine, la troisième case se dessina.

Vers la troisième case – Je dispose maintenant d'assez de recul pour désembrouiller une fois encore ce que j'ai vécu au fil de ce convoi. Désembrouiller n'est pas comprendre. Depuis cette affaire, j'ai renoncé à tout comprendre, non en raison d'un goût pour les mystères mais par un manque d'envie… À quoi bon tout comprendre ? Pourquoi ne pas s'offrir en sourire à ce qui est qui va qui vient ? Nullement à la faiblesse, mais au contraire dans une intensité du vivre ?

Le temps a passé depuis, et je vieillis comme ça, dans soixante-dix kilos maintenant. Bèbert aussi. Même très différents, nous flottons ensemble, telles deux particules sœurs dans une seule et même onde. Lui vit désormais dans l'attente des images du dernier télescope-satellite, crié *James Webb*, qui a pris le relais de Hubble. Bèbert dit que ce monstre a vingt-deux mètres de long, douze mètres de large, des miroirs innombrables qui vont capter l'au-delà de notre galaxie, sur une orbite située, dos au Soleil, à une éternité de la Terre. Il dit que cet œil cosmique va nous photographier des choses bien plus délirantes que toutes celles qu'a pu inventer Boulianno durant sa vie entière – *ce qui annonce,* jubile-t-il, *une révolution dans les assises de notre esprit !*
Son impatience de vivre un tel bouleversement le remplit de jeunesse.
Pas moi.
De temps en temps, je lui demande son cahier, celui où il a tout noté, juste pour ruminer des choses, et respirer l'odeur de son papier. C'est lui qui m'intéresse. Cette odeur singulière de colle sèche, d'encre pointe bic, de photos découpées, de poussières stellaires, d'humidités songeuses qui proviennent des hauts mornes, m'ouvre

l'occasion de quitter cette planète, de fuir ma vieillesse, d'atteindre pour ainsi dire une zone, je ne sais où, qui surtout ne bouge pas. Bèbert a sans doute raison dans ce qu'il radote sur l'espace et le temps. J'ai parfois le sentiment d'être resté là-haut, dans l'épisode-convoi, ou de n'y être jamais monté.

En suivant l'Anaïs-Alicia vers la troisième case, je croyais déjà remonter le temps. Pas la temporalité que nous rabâchons d'ordinaire – ces histoires coloniales et ces contre-histoires que nous secouons pour nos petits combats contre des noms et des statues –, non, un autre déploiement, pas une continuité, non : un *déploiement !*, à nous croire en train de remonter comme des saumons vers un commencement, ou un recommencement peu importe ; en fait : d'*aller à une jouvence*. De mon point de vue, Boulianno avait toujours été dans cet état d'esprit. Il ne nous avait jamais parlé de l'« Histoire » avec laquelle nos historiens se gonflent l'estomac, et j'ignore s'il avait ouvert en dehors de l'école un quelconque livre de cette sorte. Il n'avait pas bouquiné plus que la plupart d'entre nous sur ce qui s'était passé dans le pays, depuis le massacre des Amérindiens, les bateaux négriers, cette mort des plantations où tout le monde, en haut, en bas, avec fers ou sans fers, s'est vu forcé de s'inventer une existence. Mais de fait, Boulianno était en plein dans ce recommencement du monde. Il s'était rendu tellement sensible à la moindre chose vivante, la moindre présence subtile, qu'il n'ignorait rien de tous les livres d'histoire tout en demeurant incapable d'en parler. Il n'en éprouvait pas le besoin. Il était juste dans ce lieu, sans chair et sans géographie, où un « commencement » avait surgi comme un bout de flambeau dans une obscurité, et c'est là-dedans que chaque fois, dans chacune des veillées, il s'était mis debout. Et c'était de là, avec ses contes, ses macaqueries, ses histoires, ses petits-chants, son vaste rire, cette légèreté très humble qui l'habitait à l'ordinaire et qui, sous les flambeaux, se transformait en majesté, qu'il vivait, qu'il parlait. C'était cela qu'il nous avait transmis, nuit après nuit, veillée après veillée, jusqu'à son silence, par où il avait continué, incontestablement, à parler.

La différence entre lui et les autres conteurs se trouvait là sans doute.

Il habitait un devenir qu'il ignorait lui-même mais dont il détenait l'impériale certitude. Il s'instruisait lui-même, nous instruisait aussi, sans savoir ni indiquer de chemin.

En regardant Anaïs-Alicia Carmélite avancer en silence loin au-devant de nous (une concentration inouïe que je percevais émanant de son dos), je pensai, une fois encore, que Boulianno, durant son temps parmi nous, avec nous, avait passé bien plus de longueur dans le silence que dans la prise-de-voix. Autre révélation (en percevant ces féeries faisant la bombe aux alentours, la brume peuplée et la pluie grimaçante), je me dis que Boulianno avait vécu dans ce rêve permanent, lequel

nous accompagnait depuis l'amorce de ce convoi, et nous suivait encore.
Il existait au rêve.
Ce qui n'est pas « rêver ».
Qui est « vivre à l'immense » !
Il ne faisait rien d'autre, à la Parole ou au silence, que nous acculer au *rêve immense*. J'en étais là de mes ressassements quand je réalisai que nous marchions dans... la nuit.

C'était une nuit étrange.
Venue de nulle part ; pas de la terre, comme cela se produit dans nos crépuscules habituels, quand le sol s'obscurcit sous le ciel resté clair, lequel s'assombrit à mesure pour laisser la noirceur nous envelopper de haut. Pas non plus cette nuit des mauvais temps où le ciel se charbonne par le bas et la tête à la fois, et dans laquelle ces deux obscurités se joignent dans un étau qui nous saisit d'un coup, nous éjectant du jour sans aucune précaution.
Ce fut autre chose.
Une nuit inconnue, sortie d'ailleurs, bienveillante et moelleuse. Elle suinta peut-être de la brume qui s'était mise à sécréter les ombres les plus anciennes et les plus lumineuses ; ou de la pluie qui, sans jamais s'épaissir, avait accumulé des gouttes de sorgue, mêlées aux blancheurs organiques de la brume. Nous nous retrouvâmes dans une obscurité superbe. Pas inquiétante. Frémissante de vie, mouillée, humide, pleine de ciel, savoureuse d'un sel de mer lointaine. Du genre

qu'aiment les planteurs de dachines pour annoncer de belles récoltes.

Quelque chose s'était apaisé autour de nous, et en nous-mêmes.

Je le sentais en contemplant l'énorme dos rond de Man Delcas, qui se tortillait à quelques mètres devant. Elle n'avait jusqu'alors pas cessé de regarder en haut à côté et en bas. La boule de son corps s'était maintenant ouverte à la nuit, qu'elle ne sondait plus, qu'elle vivait dans un abandon paisible et marmonnant. Seule Anaïs-Alicia n'avait pas changé. Cette quiétude était la sienne depuis son irruption dans le convoi, installée d'emblée dans cette nuit amicale qui à présent nous escortait vers Boulianno.

C'était mon sentiment : la nuit nous avait pris en main ! Elle nous avait placés sous sa grande aile.

C'est ainsi que nous effectuâmes ces dernières longueurs vers le maître de la Parole. Là encore, je me mis à penser à lui, je le revis impérial dans les cercles de flambeaux face aux nuits obituaires, si raides, si écrasantes, et malgré tout tellement inspirantes. Il aimait la nuit, elle ne lui faisait pas peur, elle était son alliée. Nous nous en inquiétions, mais lui l'accueillait cœur ouvert.
Supposition : *la nuit lui venait en aide !*
Et c'est cela qui me troubla.

Boulianno avait eu besoin d'aide comme nous tous. Il avait été dans la même misère, le même désarroi, la même insignifiance que nous en face de l'existence ; et si aucun de nous ne pouvait préciser de quel désarroi nous souffrions, ni d'où montaient nos étroitesses, d'où provenait en vérité notre tristesse irrémédiable (pas celle qu'il avait provoquée, *celle qui était déjà là*), lui avait éprouvé sans doute jusqu'à l'angoisse cette incapacité. Seulement, il avait su vivre d'une autre manière : pas visible mais intense ; pas chipotée, mais à pleines dents ! Cela lui avait permis d'avancer malgré tout sur des voies restées pour nous, jusqu'à cet instant, parfaitement inconnues.

Je pris alors conscience de ceci :
Boulianno n'était rien d'autre qu'un homme de la nuit. Quand il descendait dans une veillée, ce n'était pas pour un « petit moment », ni même une demi-nuit. C'était pour *un avalement de la nuit elle-même !*. Ce qu'il racontait n'était pas une enfilade de contes et compagnie, mais une manman-expression, où la mort et la vie, le passé, l'avenir, tous les lieux tous les temps se retrouvaient projetés dans quelque chose qu'il ne s'expliquait pas lui-même, mais qui nous emportait avec lui hors des mangroves éteintes où nous gisions. La Parole a besoin de *toute la nuit*, dans son haut, dans son bas, dans sa longueur comme dans sa profondeur. Ses profondeurs étaient en nous, dans notre peur de la mort, mère des peurs, dans nos craintes impalpables, nos renoncements subtils, nos fièvres rhumières, nos

béatitudes installées dans des châteaux de béton ; elle était dans ce que chaque bout d'ombre déverse dans nos esprits. La nuit, quand elle venait, rejoignait cette nuit dans laquelle nous vivions, qui régnait sur notre âme. Tout un peuple improbable, lié à des rêves sans adresse, à des espoirs sans nom, sortait alors du profond de chacun, et contemplait la nuit. *Sa nuit.* Cela ouvrait pour Boulianno un tableau noir de maître d'école, sur lequel il pouvait dessiner chanter rêver une folle géographie, nous driver sans bateau ni avion dans d'immobiles voyages !

Le Boulianno de la nuit n'était pas celui de la lumière du jour. La nuit était son monde. À son arrivée dans une veillée, toujours discret, presque effacé, rien n'était perceptible. Gentil bougre près du cercueil. Condoléances exquises à la famille.
La nuit tous les chats sont gris ! rigolait-il.
Ce qui signifie qu'il n'aimait pas trop se gonfler l'estomac. C'était la nuit qui pour lui détenait l'essentiel ; c'était elle la grande baille dans laquelle les ferveurs pouvaient s'abreuver aux aubaines. Il avait été convenu, dans nos « suppositions » premières, que sa voix retenait les gens auprès du mort pour que la famille en deuil ne se retrouve pas seule en compagnie de Bazil. Bèbert nous avait fait remarquer que, si l'assertion se voyait recevable, elle demeurait malgré tout un peu courte et simplette. En fait, dans la nuit d'une veillée, *Boulianno permettait aux gens de rester auprès d'un mort pour mieux réfléchir sur eux-mêmes !*.

Voilà !
Où mieux réfléchir sur soi, sur sa vie et sur sa propre mort, qu'en présence de la mortalité ?! Il fallait rester là *fout !*, côtoyer cet abîme, sentir le froid glacial filtrer de ces terribles portes que le cercueil ouvrait ! Sans Boulianno, chacun aurait présenté à la famille sa petite compassion attristée avant *flip-flap* de virer-prendre la route. *En de telles circonstances, s'en aller trop vite,* nous avait supposé Bèbert, *était en fait se fuir soi-même !* Boulianno nous apprenait à camper là, debout, sans pleurer ni gémir, à mener comme ça, là, le seul combat qui vaille, un face-à-face avec soi-même ! Mener cette bataille sans merci en compagnie de Boulianno était une bénédiction, offerte en appoint de l'huile sainte et de l'onction bénie accordée par l'Église.

Il venait à pied quelle que fût la distance. Même si la maison du mort se trouvait à plus de dix-sept mornes et descentes de chez lui. Il avançait au mitan des sentiers, parti tôt, au moment où l'ombre et la lumière entrent en bénit-commerce, et marchait-sénateur, on l'a dit, en se murmurant plein de choses à lui-même. On a dit aussi que son marmottage apprivoisait les soirées grimaçantes, les effacements qui creusaient des trouées dedans le paysage, le grouillement sale qui peuplait les coins sombres, et surtout ces âmes volantes que devenaient les lucioles. Elles circulaient en auréole au-dessus de sa tête, lui constituant disait-on *une aura scintillante sur un mètre d'épaisseur*. Personne n'avait vu vraiment ce phénomène, mais bien des gens s'en souvenaient.

De fait, sitôt qu'il prenait la route en direction d'une veillée, le maître se mettait à « emmieller » le monde, et même à « l'enchanter » comme l'aurait dit Bèbert. Dès lors, il ne s'arrêtait plus jusqu'à l'heure du soleil. Il avait confié à l'un d'entre nous que traverser une nuit avec la Parole, toute une nuit, et recevoir l'apparition de l'aube, la renaissance de la lumière, revenait à opérer une propreté de soi dans une propreté du monde ! Cette remarque énigmatique avait autorisé Bèbert à nous dire : *Arriver en veillée dans le noir et repartir en plein cœur de l'obscur auraient laissé en place la nuit sans âme de l'Univers, la ténèbre-glace sans mémoire, celle qui sévissait avant l'arrivée des étoiles !...* Exalté, il avait poursuivi : *Avec une seule nuit, une nuit bonne, bien frappée, soumise à l'obscurité de son verbe, à sa clarté indéchiffrable, Boulianno bouleversait des siècles de nuits échouées autour de nous, ou enkystées profond, gelées définitives depuis l'abîme des temps !*

Nous savions qu'à son entrée dans une lawonn il prenait plaisir à marcher en rond dans la lueur des flambeaux. On s'était mis d'accord sur la « supposition » qu'il s'agissait d'abord d'apprivoiser la nuit ; ensuite, de se trouver la bonne géométrie pour que sa voix dégage au mieux !
Mais il y avait autre chose.

Cette chose, nous l'avions vue durant des années, sans la voir, jusqu'à ce qu'elle se révèle dans nos ultimes « suppositions ».

Avant de commencer à parler, Boulianno se plaçait toujours face au soleil couchant. À l'autre bout de la nuit, quand il chantonnait son départ, il se trouvait toujours dans l'axe du soleil levant. *Vous suivez ?* Ce mouvement de l'obscur et de l'éblouissant encadrait tout ce qu'il avait dit de deux majestueuses parenthèses dressées dans ce monde de souffrances. *Vous suivez ?* Et il fallait voir durant la nuit, au moment où celle-ci allait s'user, où les ombres se défaisaient en petites bulles blafardes, où des germes de clarté offusquaient les lucioles, il fallait voir comment sa voix changeait de cadence, ouvrait à sept tonalités, allait à déparler au plus irrémédiable, jusqu'à ce qu'un bel-air de sa gorge devienne le commandeur des premières lueurs du jour et signale à l'assemblée que la mortalité avait été vaincue !

Fallait voir ça !

Quelquefois, si l'irruption du jour n'était pas assez nette, à cause de nuages trop chargés ou d'une paresse galactique du soleil, il guettait de toutes les oreilles de son corps le premier chant du premier coq qui, quelque part dans les mornes, n'allait pas se laisser tromper par la fainéantise du jour !

Il y a toujours un coq clairvoyant, il suffit d'attendre et d'écouter !

Tandis qu'il attendait, tout en donnant la voix, et tout en mignonnant l'instant de sa sortie, Boulianno prenait soin de se camper sous la couronne d'un très vieil arbre, manguier ou fromager, pied-fruit-à-pain aussi, et c'était là, avec la force du premier chant du premier coq, avec la force de la lumière naissante, avec l'âme offerte des flambeaux vacillants, que son chant final s'élevait au-dessus des mornes environnants ! Cette découverte avait fait noter à Bèbert que *le coq qui chante à la fin d'une veillée est le signal de la fin du possible ; il faut donc tout faire, tout dire, tout ramener à la vie, avant que le coq ait chanté !.*

Autour de notre convoi, la nuit s'était installée *blo !*.
D'un coup.
Je me dis que ce n'était pas normal, avant d'en refouler l'idée et de renoncer à la normalité ; il fallait que je conserve, comme Anaïs-Alicia Carmélite, ce « oui » disponible à ce qui m'arrivait, à ce que je vivais. J'avançai donc dans son sillage, investi de confiance, habité par ces révélations qui bouillonnaient dans mon esprit. Boulianno, consacré par cette nuit qu'il aimait, s'était incarné dans mes souvenirs, il cheminait auprès de moi tel un ange gardien. Je voyais Man Delcas de dos, et sentais en elle une quiétude similaire ; pas de même nature. La sienne versait dans une fatalité, celle d'une âme qui s'incline devant plus vigoureuse qu'elle ; son pas s'élançait, décidé, aucune crispation n'affectait le roulement de ses hanches gigantesques. Le plus étonnant était le silence. Il surplombait une trame de bruitages. Des signes hantaient encore la brume pluvieuse. Des bestioles menaient leur cirque sous les filets d'une lune que des nuages avaient décomposée. Mais, au-delà de ce bruit du vivant, régnait un silence primordial que j'étais en mesure d'écouter.

Il m'était familier.
Quand il y a un mort, que la nuit arrive, un silence singulier s'installe parmi nous.
Celui des nuits de la mortalité.
Il se pose sur les épaules, pèse sur les vies, fait force sur les âmes. C'est là que le danger guette. Si on reste sans sonnettes auprès du mort, se contentant des gros-cœurs, des prières et des larmes, sans un rire de gorge, un sursaut de poitrine, une expression qui s'invente autre chose, c'est que l'on est emporté par Bazil lui-même. Il était apparu dans nos « suppositions » que Boulianno sentait la mort de loin. Que ce silence (qui toujours accompagne cette dernière), il l'entendait de loin, à treize mornes de distance ; cela devait lui faire très peur, le soulever comme un éventail renouvelle la braise ! Cette peur était si tellement forte que le maître prenait sans attendre la route pour se porter à la rencontre de ce cousin de la mortalité ! Pièce besoin d'invitation de la famille du mort ! Il déboulait sur place pour se jeter sur ce silence, le briser ou se briser lui-même, avec l'aide de la nuit et des forces de sa voix. C'est pourquoi, avant ses salutations aux anges, il demandait toujours :
Est-ce que la cour dort ?!
Cette question vous semble folklorique, Chamoiseau, pourtant c'est une formule sacrée. Les bonnes gens la répètent sans trop savoir, mais c'est vraiment une formule de force ! Le seul endroit on l'on doit poser cette question, c'est dans la nuit des veillées, dans le cercle des flambeaux, auprès d'un mort qui fut un grand vivant, un homme juste, un homme bon, un homme de gentillesse,

de gratitude certaines ! C'est la seule circonstance où il ne faut pas « dormir », qui veut dire « garder bouche vide », sous peine d'abandonner son âme à la mortalité ! Quand l'assistance, brisant le silence sans contraire, lui répondait : *Non, la cour ne dort pas !*, la mortalité refluait en direction du cercueil, car elle entendait dans ses oreilles de merde : *Nous sommes vivants !*

Je dus le crier dans la nuit, car Man Delcas se retourna. Seulement, plutôt que de s'étonner de mon cri, elle l'approuva de la tête et reprit sa martiale avancée. Anaïs-Alicia Carmélite eut en revanche la réaction la plus étrange qui soit. J'avais juste crié *Nous sommes vivants !*, sans le préalable de la question sacrée, pourtant, à l'écoute de mon cri qui aurait dû lui être incomprenable, elle répondit, à même tonalité et même intensité : *Est-ce que la cour dort ?!*

J'en restai ababa. Pas de surprise, mais sous la frappe d'une évidence envahie d'émotion. Ce qui émanait d'Anaïs-Alicia Carmélite, je ne pouvais l'expliquer, ni le dire à moi-même. Je contemplais cet impossible à expliquer, elle, avançant dans la nuit, les traces convergeant vers ses pas pour lui ouvrir une piste impériale.

Boulianno affrontait chaque fois un impossible-à-dire. La Parole, quand elle est là, vous accueille au bord d'un impossible-à-dire. Bèbert nous avait rabâché, sans que nous y prêtions attention, que Boulianno, avec ses chants troubles, sa voix pas-claire, disait l'indicible du

monde, l'indicible de la nuit, l'indicible de la mort, l'indicible de nos étranges mémoires où tant de cris s'enchevêtraient. Il parlait pour ceux qui ne pouvaient dire, ni entendre, l'impossible-à-dire, ni l'éprouver d'une manière ou d'une autre... *Cela changeait tout !* Ce n'est pas s'adresser à ceux qui comprennent, qui entendent déjà – ceux-là sont peu nombreux, souvent inexistants. En son principe selon Bèbert, *la Parole ne pouvait pas être « entendue » !*. Sa force était dans ce qu'elle exprimait qui ne pouvait pas être dit, qui n'était pas audible aux oreilles ordinaires. On devait recevoir la Parole à la manière des œufs à emporter chez soi ; des œufs qui peut-être, en quelque instant pas obligé, se mettraient à éclore ou à ne pas éclore, c'était selon ta vie et selon ta nature ! Les histoires de Boulianno étaient des œufs, impossibles à entendre, impossibles à lire, un déparler de prime abord indéchiffrable !
L'écoute sans entendement !
Faut bien réfléchir à ça, Chamoiseau ! Sans paraître, ce principe frappe l'esprit au profond. Par là on apprend à entendre l'impossible-à-entendre, le pas-assuré-pièce, l'impossible-à-comprendre ! Dans la vie, les choses comprenables ne sont hélas pas les plus importantes ! Un abbé sans chapelle avait supposé, lors d'un de nos samedis, que le sieur Jésus parlait en paraboles – l'essence même de l'impossible-à-dire ! Ce messie était déjà dans une autre réalité, celle de son sacré royaume ; en conséquence la parabole n'était pas faite pour être comprise, mais pour acclimater l'esprit au voisinage du royaume incarné ; pour cela, il utilisait

de petits racontages venus de ce monde-ci. Seulement, ce monde-ci, le nôtre, celui on l'on bat la misère, ne donne jamais de solution ; c'est la parabole, par ce qu'elle ouvre sans être comprise, qui offre ce qu'elle offre : *une possibilité fout !* Donc, la voix-pas-claire, la voix-de-nuit, ce verbe dans la nuit, c'était cela ! Il nous disait sans le dire : Voici le chemin ; car le chemin où cheminer n'est pas dans ce monde, il n'est nulle part en dehors de ta force : il est en toi-même !

Je souris à cette idée.

Peut-être que je la comprenais mieux ; peut-être qu'elle installait une évidence dans cette nuit où nous avancions, sans but certain, sans piste, sans flambeaux, guidés par une Anaïs-Alicia Carmélite qui n'avait jamais mis les pieds dans les grands-bois. Je me sentis pourtant ragaillardi par un vieux souvenir. Boulianno, à la fin d'une prise-de-voix, au lever du soleil, après une nuit soumise à sa puissance, prenait de suite la route sans chercher de repos. Il se mettait sans attendre à la tâche de ses bêtes à soigner, ses poules, son bœuf, ce vieux mulet qui lui permettait de traîner des ignames, jusqu'à l'après-midi où, sans même avoir tiré une sieste, il revenait auprès du mort. Il ne manquait jamais de participer à l'enterrement du décédé pour lequel il avait donné de la voix ; jamais de le suivre dans le cortège, vers le cimetière, après la cérémonie de l'église, sans impatience et la tête bien présente, jusqu'au bruit définitif de la dalle qui scelle les caveaux. Bèbert avait ratifié la « supposition » que c'était sans doute ce bruit – que Boulianno était le seul à entendre d'une sorte particulière – qui clôturait une fois pour toutes l'immense balan de contes chants émerveilles et titim d'une veillée.

La nuit n'était pas venue seule. La case, l'ultime, la « si-dieu-veut », celle où se trouvait à tous les coups Boulianno, avait surgi avec elle, devant nous.

Il me fallut un certain temps avant de comprendre ce que je voyais. Mes yeux m'informaient de la présence d'un arbre gigantesque, plus de trente mètres de haut, qui tremblotait dans les cinémascopes de la brume et des pluies ; comme superposée à cet arbre se dessinait une case, *la case que nous cherchions*. Elle paraissait lovée dans les contreforts de racines. Il s'écoula un temps sans déroulement avant que nous puissions l'atteindre. C'était une vision qui se détachait en hésitant, une fluorescence dans un tissage assombri de feuilles, de brume encore et de pluie encore, d'un lot de formes subtiles qui n'arrêtaient pas de se composer, de se décomposer. Impossible de dire si elle était proche ou lointaine, ni même à quoi elle ressemblait, on la voyait mal dégagée d'un rêve ou d'un cauchemar. Parfois, elle s'estompait au profit de l'arbre qui se présentait avec un plus de précisions ; d'autres fois, c'était elle qui s'imposait, transformant l'arbre en palimpseste. Parfois, les deux disparaissaient, avalés par une nappe de brouillard, mais nous gardions dans notre esprit le sentiment de leur présence ; une vision interne et désirante les recomposait vaille que vaille.

Ce qui s'imposa soudain à nos perceptions fut un son de tambour.

Quand nous en prîmes conscience, nous découvrîmes qu'il avait toujours été là, sitôt l'apparition de la nuit, de l'arbre, de la case.
Il prit très vite toute la place.

Un son impérial.
Une force.
Une autorité.

Il cadençait la nuit avec ce qui aurait pu être une récapitulation des rythmes et des nuances du bèlè : *fouyé-tè, rédi-bwa, téraj-kay, coupé-kann, mazonn* et *granson, granbèlè, bélia, kalennda, danmyé* et *ladja*... C'étaient des rythmes qui d'habitude accompagnaient le travail aux champs ou aux moulins, ou encore ceux des danses ordinaires, ou ces chorégraphies avec lesquelles des nègres-guerriers se combattaient. Puis je crus percevoir les rythmes déployés dans les veillées mortuaires, ou des nuits de lune pleine : *bénézwel, kanigwé, karésé yo, mabèlo, woulé mango*... À mesure que nous avancions, la structure mélodique du bénézwel revenait souvent. Une cadence inscrite dans un do-la-sol de tristesse, exprimant l'hommage que l'on joue auprès des morts qui aimaient la musique. Celle-ci ne soulevait pas que de la tristesse, elle s'étendait aussi en spirales de célébration, en volutes de fierté, en louanges de gloire comme on en trouve dans les exaltations de la danse kalennda. Cela se déployait à la verticale et à l'horizontale, sur des fréquences entremêlées, vers le ciel, vers la terre, à l'oblique dans les brumes, en zébrures sonores dans les cisailles de la pluie, et dans le sol, à fond de terre, exprimant tous azimuts une force de vie, une gratitude.

Sans même y réfléchir, j'éprouvai une tranquille certitude.

C'était Populo, notre Populo lui-même, qui jouait ainsi. Cela ne pouvait être que lui.

Nous continuâmes d'avancer dans la nuit pluvieuse, montant, montant sans cesse, jusqu'à émerger sur ce plateau où se trouvait Populo. Éclairé par un cercle de flambeaux, il chevauchait son tambour en face de la petite case identique aux deux autres, porte grande ouverte, à moitié arrachée à la nuit par les lueurs incertaines. On croit tout voir au premier regard, ce n'est que rarement vrai ! Je vis la case mais je ne vis pas l'arbre. Puis je vis l'arbre sans la case. Enfin, je vis la case lovée dans les contreforts impressionnants d'un arbre de quatre cents siècles – je dis ce chiffre au hasard, simplement pour évoquer sa charge de mystère et de magie. Je crus alors entendre Man Delcas s'écrier en créole : *Akoma ! Akoma !*

Les akomas sont des géants de la forêt. Les Amérindiens donnaient ce nom, *akoomâ dans leur langue*, aux arbres de majesté ; au fil des âges, des usages, des mémoires, seuls quelques-uns d'entre eux ont gardé cette désignation. *Acomat-franc, acomat-bâtard, acomat-boucan, acomat-bois-fer, acomat-côtelette !*... Man Delcas égrenait les possibilités en se demandant quel celui-là pouvait bien être. Il semblait né de la case. Il n'aurait pas dû se trouver à cette hauteur, pourtant il était là. Par la suite, Bèbert m'expliquerait que les Amérindiens avaient fait des akomas un symbole ; ils les utilisaient pour baliser leurs tournées en forêt, dormaient et bivouaquaient entre leurs contreforts. On dit qu'ils aimaient ces hautes parois que déploient leurs racines pour loger des refuges ajoupas ; ils utilisaient le bois mort d'une de leurs variétés pour nourrir les feux de leurs boucans. Les nègres marrons durant des siècles s'en servirent eux aussi comme abris. Les colons quant à eux, bien qu'ils changeassent les noms trouvés sur place, avaient conservé l'appellation amérindienne. Ces conquérants (toujours dans les « utilités »), les criaient (mains sur la hache, épaules accorées à la scie) *rois des arbres !*. De fait, ils les vouaient à la fabrication de charpentes à bateaux ou de bâtiments d'exploitation. Certains abbés savants chroniquent que de vieux morceaux d'un akoma tombé avaient résisté aux pourritures, cœur vibrant, resté intact malgré les siècles, gardien d'une sève obstinée. Bèbert (intarissable sur le sujet durant ces années durant lesquelles nous ruminâmes cette aventure) dirait que les arbres, avec eux beaucoup des choses vivantes, avaient été embarqués dans la folie des hommes, dans leurs rêves, leur délire, leurs fureurs ; que d'être embarquée dans le rêve des hommes était la pire fatalité que pouvait endurer une existence vivante ! En vieillissant, dirait-il encore, les akomas deviennent des personnes, parfois vieil homme, parfois vieille dame, parfois vieillesse totale concernant l'ensemble des êtres vivants et ceux qui ne le sont pas, imposant un respect naturel, une crainte immédiate. Ils apparaissent dans certains contes de grands voyages et dans les émois qu'inspirent les profondeurs des bois. *Ce que l'éternité affectionne nous fascine toujours !...* Bèbert, sur ses amis les arbres, est intarissable !

Populo se tenait à cheval sur son magnifique tambour-bèlè, juste en face de la case, de l'akoma. Il frappait-frottait-talonnait de tout son cœur la terrible membrane que maintenait tendue une tresse de lianes. Il en sortait un vrac d'émotions que des modulations imprévisibles articulaient entre elles. Populo, yeux fermés, âme partie en marotte, était tellement en transe qu'il ne nous vit pas arriver. Il continua de jouer – ce qui pour lui consistait à se mélanger à l'instrument jusqu'à devenir une matière sonore projetée dans la brume et la pluie.

Nous étions tombés à l'arrêt en bordure du plateau, fascinés par la case avec la porte ouverte, nous la regardions en attendant, espérant suppliant, de voir Boulianno apparaître sur le seuil. Puis Anaïs-Alicia Carmélite se dirigea résolument vers le petit édifice sans s'arrêter à hauteur de Populo. Elle fut très vite devancée par Man Delcas, qui trancha (tel un vaisseau fantôme) les ondulations des herbes et des broussailles.

La vannière franchit la couronne plus sombre que projetait au sol l'imposante coiffure de l'akoma, atteignit la petite case prise entre les contreforts, s'y jeta en hurlant : *Boulianno ! Boulianno !...* C'était un cri, un appel, c'étaient une espérance, une crainte et sa conjuration. Elle prit-disparaître dans la nuit millénaire que soulignaient le seuil et l'embrasure de la porte béante.

De la voir y disparaître arrêta notre élan. Anaïs-Alicia et moi campâmes au mitan du plateau, à l'espère de ce qui se passerait, redoutant je ne sais quoi, souhaitant sans entrave mais à vide, l'espoir à la barre, l'espérance aux grandes voiles, plantés telles des graines.

Il n'y eut ni sursaut ni cri ni gémissement, juste un léger effacement de tout ce qui pouvait l'être. Quand Man Delcas ressortit à pas lents, nous sûmes, dans un effondrement général de tout ce qui nous tenait debout en cet instant total, que Boulianno était à l'intérieur et qu'il était mort.

III. GLORIYÉ BOULIANNO

Intensités – Chamoiseau, vous le savez, dans la vie les choses ne se passent jamais d'une sorte linéaire. Nous sommes victimes des limites de notre perception. Elles créent des continuités là où battent des ruptures ; des simplifications là où règnent le complexe, l'incertain ou l'incompréhensible. Elles cherchent ordre et logique dans les tournoiements hasardeux du vivant. Quand il faut aborder aux détails, aller aux précisions, la mémoire tend à « organiser » ce bankoulélé d'émotions qu'a entassé notre corps dans notre vision des choses. Vous me donnez l'occasion de raconter notre convoi d'un seul tenant. J'en suis heureux. La chose est impossible mais la tenter est toujours nécessaire.

Cela fait des années que je songe à ce que j'ai vécu là. Chaque fois, des *variations* surviennent, infinies ; des *possibilités* surgissent, infinies elles aussi. Des virtualités se sont accomplies ; je les ai ruminées au gré des arbitraires de mon esprit qui les avait privilégiées sur d'autres alternatives. J'avais fini par laisser

cela reposer dans un *chaos enchevêtré*, comme aime à redonder Bèbert, rapport aux alchimies de sa mécanique quantique. Que vous soyez venu me voir de si loin m'encourage à tenter une énième mise-en-bouche. À mesure de cette confabulation, je perçois ce qu'elle comporte de réducteur et, tout compte fait, d'artificiel. Tant pis, *fout !*. Fréquentons en lucidité simple ces incertains, accueillons ce désordre ! Envisageons cela comme une force. Dès lors, j'aimerais ralentir le carrosse de la reine sur les pavés glissants : revenir à notre arrivée sur ce plateau, non pour y mettre de l'ordre mais juste pour creuser.
Pour épuiser ! dirait Bèbert.
Considérons la scène précédente.

Il y avait dans nos champs de perception respectifs le plateau lui-même, la case et l'immense akoma, et ce cher Populo affairé à la membrane de son tambour-bèlè.

Trois intensités indémêlables.

Considérons le plateau.
Pour moi, il était baigné de nuit. Cela estompait ses contours, le laissant apparaître très étroit, en suspension sur une rive du ciel. À cette hauteur les terrasses ne sont jamais très amples, juste des corniches formées dans les hasards géologiques, qui offrent à la terre un rien de stabilité. Il avait dû se sédimenter dans la maille racinaire de l'akoma, l'un ouvrant des

extensions à l'autre, l'un fondant sur l'autre, le tout constituant un improbable entre le ciel et l'os de la roche. Il était tissé de cette substance bâtarde que produisent la nuit les brumes les bourrasques la pluie, en sorte qu'une vision panoramique parvenait à deviner des ensembles mouvants, voués à l'indéfinissable. Le ciel n'était pas au-dessus : sa clarté ténébreuse étincelait dans chaque maille de l'ensemble, on ne pouvait que le sentir partout. Je reconnus quelques-uns des arbrisseaux endémiques de ces hauteurs, ils flottaient eux aussi dans un lot de nuances et de subtilités ; je crus percevoir des bambous en fleur, des agoutis à poils blancs, des papillons de nuit aux ailes argentées, un mélange de choses qui n'auraient pas dû se trouver là, qui pourtant y étaient, distribuées en une aura mobile autour de l'arbre et de la case. Tout au fond – voilà où je veux en venir –, dans quelque effacement de ciel et de pluie, je crus voir la forme immense du monstre le plus redouté des contes de Boulianno : la Bête-à-sept-têtes !

Je ne sais pas trop ce que je vis, mais c'était elle je peux vous le jurer !

Nul ne sait de quoi il s'agit exactement ; alors on dit (sans rien en dire) : *la Bête-à-sept-têtes !* Certains ont supposé un de ces dragons à gorge de feu qui hantent les contes de l'Asie ou de l'Europe. Ce n'est pas aussi simple. Quand Boulianno la déclenchait dans le fil de son verbe, il ne la décrivait jamais, ni son anatomie ni ses têtes monstrueuses ; nul ne peut dire si elle a des écailles de nacre, des yeux rouges, de grandes dents ! Elle constituait juste *une démesure démesurée du terrifiant*, le malheur surgissant de la somme des malheurs, un au-delà du désespoir, une quintessence de la fatalité, qui, d'un coup, fracassait la perception dans sa totalité ! Une fois la Bête apparue, Boulianno, sans effort, avec un naturel imparable, glissait dans nos esprits les dévergondages qui, sans ce préalable, auraient été impossibles à admettre. C'était, de fait, *l'étincelle inaugurale d'une échappée vers l'inconnu !*. Et donc, je la vis comme je vous vois, avec le sentiment réconfortant qu'elle veillait Boulianno !

Ensuite, notre Populo.
Il était à cheval sur son tambour-bèlè. Il jouait. Quand un grand tanbouyé s'attelle à son tambour, il ne fait qu'un avec l'objet. Un frisson continuel mélange son corps devenu rythme et le tambour lui-même ; cet ensemble n'arrête pas de s'élargir dans les jaillissements que propulse la peau-de-cabri où naît-meurt continûment un océan de résonances. Dans ce que jouait Populo, on pouvait identifier des parcelles de bien des rythmes du bèlè, du danmyé, du ladja ; à la réflexion, il s'agissait d'une composition improvisée, errante dans plusieurs swings, portée par des saccades d'émotions. Cela ressemblait aux cantabiles des églises ou des temples : invocations, suppliques, louanges, célébrations, instances de prières qui au contact de l'air se décomposent en oxygène fervent…

Populo produisait cet hymne sonore *pour* Boulianno. Nous le sûmes d'emblée.
Sa concentration suggérait qu'il était là depuis longtemps, peut-être bien avant notre arrivée sur le deuxième plateau. Il se tenait juste devant la case, dans l'axe de la porte grande ouverte, à la limite de l'ombre broussailleuse que projetait au sol l'immense ramée de l'akoma. Impossible de savoir s'il était entré dans la petite bâtisse avant de jouer ou s'il jouait pour inviter Boulianno à en sortir pour le rejoindre ; sans doute ces deux virtualités existaient-elles dans un pli du possible. C'était un spectacle inouï (dans ces matières de nuit, auprès d'un reflet de la Bête-à-sept-têtes) de voir cet homme qui était devenu un tambour, ou ce tambour qui possédait un homme, ou ce rythme organique où se fondaient les deux avant de se répandre dans le plateau. Le plus impressionnant, c'est que, révélées par la brume, la pluie, la lueur des flambeaux, on voyait les ondes sonores s'élancer vers la case, l'envelopper, la pénétrer, en ressortir, l'imprégner avant de ruisseler sur les contreforts de racines ou de grimper vers la couronne de feuilles. Une frissonnante épaisseur y augmentait la nuit d'un assortiment de clartés fortuites tombées du ciel un peu moins sombre. Le plus étrange, c'est que la Bête – éventuelle dans ses brumes, aléatoire dans ma tête – écoutait ce phénomène avec la bienveillance d'une chienne apprivoisée. J'étais sans doute le seul à la voir et à en être ému, ce qui m'affectait d'une inquiétude quant aux assises de mon esprit.

Avant que Man Delcas se précipite vers la case, nous étions restés en arrêt devant cette alchimie de l'homme et du tambour. J'ignore combien de temps sans horloge a pu s'écouler ou se perdre par cette sidération.

Enfin, il y avait la case et l'akoma.
Pas grand-chose à rajouter à ce que j'en ai déjà dit.
La case était la réplique des deux autres, avec une infinité de variations qui confortaient une semblance très instable et, de ce fait, vivante. Sur la gauche, elle présentait une fenêtre obturée par un battant de planches. La porte était ouverte. Côté droit, un appentis allongeait son profil, sans doute dédié aux feux de la cuisine : on y devinait un établi, des casseroles, des roches-à-feu dessous un canari, des poteries ordinaires. Le toit était recouvert de feuilles séchées, nattées en touffes, de diverses origines, tissées comme une armure où glissaient les reflets de lune. Elle était campée entre les contreforts de racines ; ils l'embrassaient de deux falaises cordiales, plus hautes, plus solides qu'elle. Lovée ainsi, sous les ailes fondatrices de l'arbre, flanquée d'un jardin de survie, elle occupait une douceur impavide, cette durée sans sortie qui scelle les sanctuaires.
Par-dessus : l'akoma.
Comment le décrire ?
L'éternité.
L'éternité immuable. La vieillesse sans instance. La vie bien au-delà des âges. L'âme dépourvue de chairs.

Une intensité végétale qui n'avait rien d'un arbre, rayonnante pourtant de ce que l'arbre en son principe disposait d'accompli. Quand cette gloire végétale occupait mon esprit, la Bête-à-sept-têtes disparaissait des brumes du plateau. Pour la retrouver, je devais l'imaginer jusqu'au spasme de chair qui me la révélait. Je la devinais alors dans l'étonnante ramure, dans le creux des branches charpentières, ou frissonnante dans la masse frissonnante du feuillage. Chamoiseau, impossible pour moi de décrire cela sans sombrer dans la bêtise ou l'artifice. C'était surtout quelque chose à vivre ! Chacun de nous aborde l'impensable à sa manière, dans les nuances de la sidération, mais toujours dans la mise au galop de sa vision du monde...

Notre langueur fut brisée par la brusque course de Man Delcas vers la case. Elle avait réussi à s'extirper de l'hypnose, nous en arrachant du même coup, puis elle était entrée dans l'édifice de paille et de ti-baume, ouvrant du temps au temps, puis en était ressortie sans mot dire mais hurlant par chaque fibre de son corps ce que nous pouvions redouter de pire...

Excusez-moi...

Pardon pour ce silence[1]...

1. Envahi par un sanglot, il prit encore une gorgée de sa tisane d'atoumo, avec un petit cachet que sa femme lui apporta (P. C., Notes de transcription).

Ce retour électrisa la frappe de Populo. Son tambour se mit à proclamer une totale émotion dans toutes les vibrations imaginables. Je me souviens de cette énergie : c'était un jet de psaumes, c'était un souffle de verbes, c'étaient ces bouquets acoustiques que seules entendent les chauves-souris, un océan de plaintes ascendantes, de grondements descendants, de cassures pétillantes, de gémissements de poussières. C'était une source de lucioles. Une explosion de roches... Un langage ! – *comment dire autrement ?* – qui montait d'un au-delà de lui, se constituait en bien plus grand que lui, et par lequel il s'adressait à Boulianno.

Man Delcas revint s'asseoir d'un pas brisé auprès de nous. Elle se serait sans doute effondrée si le tambour ne l'avait pas soutenue.

Nous nous recueillîmes alors à l'écoute de ce que disait Populo.

Montée au son – Quand il se mit à chanter, sa voix fut un chorus. Le tambour y multipliait les timbres, y figurait des mots que je croyais identifier sans pour autant les reconnaître. Sa gorge s'en emparait, les associait, les étirait dans une fluidité de clarinette saxo travaillée au trombone. Le plateau se retrouva chargé d'un hosanna où la musique, les mélodies de bouche n'étaient pas seules. Si j'avais été musicien, je n'y aurais vu que des harmoniques, des sons, des rythmes ; seulement, avec ce que j'étais, conteur tombé, hanté par Boulianno, je ne sentais que du verbe, un tissu de texte déchiré, chimérique mais puissant, une éloquence explosée dans la nuit…

Impossible de vous dire ce qu'il raconta ainsi, dans cet étrange lexique oublié des grammaires. Sans doute rien d'intelligible. En osmose avec son tambour, il voyageait dans un passé de langues connues, dans un vivier de langues perdues, *une archive résiduelle échouée dans le cerveau reptilien de Sapiens !…* supposerait Bèbert bien plus tard, en ces années où il eut le souci de débrouiller ce que j'avais vécu en son absence. Moi, j'en ai gardé des émotions hautes, beaucoup d'amour, du respect, de la gratitude, de l'enthousiasme aussi, une candeur juvénile, parfois des déraillements identiques à des rires. Cela baignait, en voltes lentes, dans des enveloppements de comptines délicates ; elles éclosaient lentement, avant de s'élever en bouffées de pollen dans le feuillage de l'akoma…

Cette scène dut se poursuivre dans une durée indécelable ; le plateau devint bientôt visible, scintillant d'un éclat diffusé par les gouttes de pluie fine. Une lune était revenue dans le ciel d'eau brumeuse. Elle était claire. Inspirante. Célébrante. Elle nous nimbait d'une lumière que l'on sentait complice du reste de la nuit. Sous cet embrasement suave, l'akoma constituait une présence d'ombres douces, frissons longs, de vibrations feuillues semblables aux mélopées sans gorge, oraisons sans chapelets. Quand Populo-tambour replongea dans une nappe de tendresse, qu'il ramena dans son corps l'intensité des sons, il y eut une stase indéfinissable où le tambour murmurait en direct, comme ça, à l'oreille, pile-poil, de qui pouvait entendre et tenter de comprendre.

Montée à la voix – La lune nous restitua Bèbert en personne.
Il avait dû voyager avec elle.
Nous le vîmes arriver du bas à quatre pattes, se redresser sur le plateau où il se mit à marcher pesamment. Sa patte folle, devenue raisonnable sous le corset de vannerie, ne lui infligeait qu'une secousse céleste dans le mouvement de la hanche. Il vint s'asseoir auprès de nous, sans mot dire, sans regard de question, déjà informé de ce qu'il y avait à savoir. Il se mit lui aussi à attendre, espérer, face à la case, auprès du tambour-Populo, dans le silence du partage, l'autorité de la méditation.
Puis voici ce qui se passa…

Je me levai.
Comme cela.
Sous le coup d'une impulsion[1].

1. Ici, il prit le temps de réfléchir, comme pour régenter un flot d'images hallucinées (P. C., Notes de transcription).

Je me levai, tournai autour du Populo-tambour, savourant en silence la clôture de son dire, puis je me mis à parler.

Ho, je n'avais aucune envie de me confronter à la Parole, je la savais pour moi inaccessible à tout jamais !

Ce qui m'habitait était d'une autre nature.

Je voulais simplement, Chamoiseau écoutez bien, parler à Boulianno...

Lui dire la tristesse qui nous avait flétris, nous, les manguiers, les mornes, les jardins. Lui exposer la venue d'Anaïs-Alicia Carmélite, tombée en fleur d'apocalypse nous obligeant à nous zieuter nous-mêmes, à nous examiner très sérieusement à travers lui notre Boulianno, à examiner les mornes, ces veillées, nuits-la-mort, ces heures de flambeaux demeurées jusqu'alors illisibles ; et lui dire que cela nous avait fait du bien d'aborder par nos propres « suppositions » aux mystères inépuisables de la Parole...

... Mais, sans que je m'y attende, sans que je le veuille, je me mis dans la foulée à lui parler de moi, *à lui dire une la-honte que je trouvai dans un fond de mon cœur...*

... Lui dire que cheminer vers lui avait été un cheminement en moi, sortir de ma ravine pour monter, monter vers les hauteurs, m'avait forcé à monter dans ma vie, à y voir un peu clair ; lui dire surtout qu'Anaïs-Alicia Carmélite en venant parmi nous avait formulé ce que j'avais moi-même… moi-même… *désiré au plus profond de mon âme sans jamais me l'avouer !…*

… Lui dire que ma vie s'était installée dans l'idée de prendre sa relève, oui, sa relève à lui oui Boulianno – *oser dire cette la-honte !* – ; que je m'étais approché au seuil de la Parole, que je l'avais vue, qu'elle m'avait vu à peine, et que j'étais resté là, comme ça, accoré, impuissant à la voir s'éloigner de moi année après année, à chaque degré de cette intensité avec laquelle lui, Boulianno, barrait mes horizons en les éblouissant !…

… Je lui avouai que j'avais peut-être cru qu'il n'y avait que lui entre la Parole et moi, juste lui, immensément lui ; que si cette grâce m'avait été donnée d'aborder à la Parole et de l'entendre lui Boulianno, il devait m'être donné aussi, naturellement, de prolonger son chant, de le recevoir en fils et de grandir avec… *Pourquoi me refuser cette grâce ? Pourquoi ?* Je lui dis que j'avais attendu cet honneur – un geste de lui, une autorisation –, que je l'avais redouté aussi, sachant d'emblée sans me l'avouer qu'il serait écrasant, bien au-delà de mes forces, mais que je l'avais malgré tout attendu, désiré, espéré dans la ténèbre des vanités !…

… Combien d'années écoulées à attendre un mot de lui ? À guetter juste un signe ? Dans quel état avais-je écouté son silence, fermé les yeux sur sa disparition, attendant je ne sais quoi chaque jour qui passait, sans plus savoir ce qu'il m'était possible d'attendre ? À quel moment ai-je fini par intégrer cet impossible sans pour autant y renoncer ?

... Puis je lui avouai cette la-honte à laquelle je pouvais maintenant consentir : d'avoir été obscurément satisfait que personne n'accède en finale à cette place inouïe ; d'avoir nourri au plus secret l'idée que cette succession ne pouvait se faire qu'à travers « moi », à travers « nous » – ce « nous » qui en fait était « moi », ce « moi » qui s'était efforcé d'orienter la relève de son chant, de la contrôler ainsi pour me satisfaire moi, au prétexte d'éviter un débraillement imprévisible[1]...

Je dus patauger dans cette la-honte avec autant de durée qu'une flamme de flambeau. Je sentis la nuit dissiper ses voilages sur ma voix, désarmer mes secrets, les alléger aussi, finir par se dissoudre dans les clartés naissantes.

Je lui dis enfin tout ce que j'ai tenté depuis votre arrivée de vous dire là, Chamoiseau, tout, jusqu'à notre émerveillement, ici devant la case, en découvrant Populo devenu un tambour. Je lui indiquai notre désir, décidé cette fois-ci en honneur et respect, que celui-ci prenne le relais de ce que lui, Boulianno, avait été pour moi, avait été pour nous ; je lui exposai les féeries de

1. Ici, il aspira lentement une gorgée de tisane, yeux perdus dans des brumes (P. C., Notes de transcription).

notre convoi vers lui, en lui répétant dans plein de variations ce que je viens de vous confabuler... Il me fallut parler ainsi pour achever de comprendre comment, par l'ivresse des hauteurs, nous étions entrés au plus loin dans son verbe, dans son ventre pour bien dire ; que c'était là, dans son ventre, dans sa tête, que nous avions cheminé aussi longtemps en vérité, d'une manière impressionnante, tout comme nous avions, dans la même circonstance, cheminé sans chemin au profond de nous-mêmes, chacun à sa façon, moi dans cette la-honte, et chacun seul dans son soutien aux autres et son souci des autres !... Je dus reformuler enfin ce que Populo lui-même venait de dire avec tant de puissance, saluer l'exigence qui était la sienne, à lui Boulianno, l'exigence qui éveille, exprimer la gratitude, le respect et l'amour pour ce qui nous avait été donné et qui resterait dans ce que nous allions désormais devenir !...

Juste avant de me taire, je prononçai sans y penser la phrase rituelle, *Tiré mwen la, man pas byen la. Kontè, konté !...*, en me tournant vers Populo, le cœur ouvert sans aucune ombre cette fois-ci. Il n'avait pas arrêté de me soutenir d'un roulement de bèlè, de porter mon émotion sur des sillons de rythmes. Je voulais qu'il se lève, qu'il parle, qu'il empoigne ce flambeau que Boulianno ne lui avait pas remis, mais qu'il avait gagné lui-même, tout seul, *par la seule magnificence du gloriyé de son tambour*.

Mais Populo resta perché sur l'instrument.
Ses mains en suspens au-dessus de la membrane.

J'essayai d'accrocher ses yeux, il les détourna. J'eus, dans un quart de seconde, le temps de voir dans sa pupille un dérobé, une amorce de déroute.
Il refusait de parler après moi.
N'étant pas de cette trempe qui sous-estime les gens, et me méfiant plus que jamais de ma propre vanité, il me fallut un peu de temps pour admettre l'évidence.
Populo avait peur de parler.
Ou alors il n'avait pas besoin d'aller plus loin que son tambour.
Ou alors la Parole ne l'avait pas appelé.

Montée au vent du nord – Anéanti par cette découverte, je retrouvai ma place assise dans l'herbe brumeuse entre Bèbert et Man Delcas, reprenant l'écoute du murmure que tambour-Populo s'était mis à poursuivre. Bèbert était resté figé, la pointe bic en suspens. Man Delcas avait ramené contre sa poitrine la grande forme de vannerie, pour se mettre à y entrelacer de nouvelles petites fibres, vertes rouges noires.

Anaïs-Alicia à son tour se leva.

Elle tourna lentement, comme il fallait, autour du tambour. Elle l'écouta longtemps, délayant le silence, l'épousant, se faisant âme-silence, avant de commencer

à « parler » elle aussi. Le tambour de Populo se mit tout de suite à son service. Je le sentis dans un hoquet du cœur. Bèbert se redressa et cala son cahier sur une page blanche, bic à la main, yeux plissés, les oreilles à l'envol. Comment était-ce possible ? Ordonner à un tambour demande des années de sapience. Ce phénomène me troubla sans offrir de réponse…
Anaïs-Alicia chevaucha le tambour.

J'ignore jusqu'à maintenant ce qu'elle a bien pu dire, si elle a parlé vraiment, ou si elle a chanté, ou si elle a purement fait vibrer le silence. J'ai des chiquetailles de souvenirs, les traces mentales d'instants qui s'enchevêtrent en elle, autour d'elle, le tambour en elle et elle dans le tambour, mais sans continuité. Comment dire cette affaire sans diablerie et sans mathématique, au plus près de son réel possible ?
Chamoiseau, malheur à celui qui combat le réel !
Bèbert dit que les poètes le savent et que c'est en cela qu'ils sont précieux. Moi, je ne suis pas poète, et donc je ne sais rien, et c'est depuis cette ignorance que je m'assieds le plus souvent au bord de mon esprit pour zieuter le réel, en précaution et simple humilité. Et doncques, de mon point de vue, seulement de mon point de vue – ce qui se produisait là, je le savais, se créait en chacun de nous de manières différentes, ces variations dans leur ensemble ne constituaient qu'une substance très incertaine de l'événement –, son corps était devenu un syllabaire liquide de silences, de vocables, de mots, de proverbes, de formules, de

phrases, de sons, de phonèmes dans des murmures chantés… Elle a sans doute crié-bourdonné-vibré des choses au rythme du tambour, puis, malgré l'absence de connexion, elle a ouvert d'une main son téléphone portable, rectangle de lumière insolite, geyser de clignotements, d'images sons couleurs régentés d'un seul pouce, qu'elle faisait onduler autour d'elle en de lentes arabesques ; l'écran passait devant nos yeux telles une niche de lucioles, une migration d'abeilles, diffusant des fulgurances sonores, des cadences sans batteur, des musiques mélangées, peut-être des superpositions de paysages ramenés de trente mille coins du monde, et qui, au gré de sa gestuelle, habillaient son visage, divers bouts de son corps, de miroitements bleutés. Elle n'était pas en démonstration selon les règles d'une lawonn mais en tête à tête avec elle-même, ou plutôt : dans un concert improvisé avec diverses facettes d'elle-même !, ce qui paradoxalement me la laissait percevoir comme s'adressant dans l'urbi et l'orbi à l'ensemble du plateau, et donc à nous aussi.
Et encore plus à Boulianno.
Elle a peut-être commenté des images de l'écran autant qu'elle l'a laissé « s'exprimer », s'attachant à tourner autour de Populo-tambour, de manière très étroite jusqu'à le frôler, ou très large jusqu'à s'estomper dans les nappes de brume, selon les courbes d'une spirale imprévisible, dansant des mots à moitié prononcés, mâchonnant sa danse à moitié impulsée, le tout suggéré-souligné-contrarié par des bourdonnements émanant de son torse. Puis il me semble qu'elle a récité des poèmes,

psalmodié des rengaines barbares pour ce que j'en sais, mais qui étaient de son âge, de ces objets étranges qui dérivent dans l'univers des jeunes d'à présent, mécaniques verbales, réquisitoires sommaires, niaiseries sentimentales, rébellions composées… ; puis elle s'est installée dans un bruit continuel de gorge et de poitrine, dans lesquelles surgissaient par de brusques résonances les envolées de grands papillons de textes, récolte probable des livres qui peuplaient sa mémoire d'écolière, textes errants de toutes sortes, noués entre eux sans logique apparente jusqu'à produire plus de musique que de matière à déchiffrer. Ils s'échappaient de son esprit dans une générosité chaotique, denses à leur amorce puis diffractés à voix haute pour envelopper le tambour-Populo, la case, l'akoma, la Bête-à-sept-têtes, et nos sidérations elles-mêmes. Bèbert, qui prenait des notes au fil de ces instants, me parlerait bien longtemps par la suite de ce qu'il avait cru voir-entendre-sentir. Il supposerait en déchiffrant les gribouillis de son cahier qu'elle avait évoqué Ilmatar, celle qui dans le *Kalevala* des Finlandais planait sur les eaux primordiales, le ventre travaillé par les vagues et le vent et fécondé par Väinämöinen, dieu des chants et de la poésie, racontant en musique en sons et en images comment un oiseau-malfini avait pondu ses œufs à la pointe de son genou sensuel qui dépassait des ondes, et comment elle les avait fait éclore sans les briser pour inventer le monde. Il croirait avoir identifié des chants touaregs, des miettes de poésie arabe archaïque, des ritournelles de bardes serbo-croates, de griots, de scaldes, de troubadours haïtiens et de ménestrels des marchés populaires, avec parfois le surgissement spectral du timbre des castrats. Elle avait convoqué (supposerait-il sans que nul parmi nous fût en mesure d'y apporter contradiction) une charge de personnages divers, individus errants, bougres et bougresses sans manman, gaillards et autres créatures indistinctes, demi-dieux isolés, héros très singuliers dans leur communauté, Compère Lapin et Compère Tigre, Yé l'affamé, Ajax, Nestor, la belle Hélène, Circé la magicienne, Nausicaa aux bras blancs, Télémaque de l'*Iliade-Odyssée*, Shéhérazade la survivante, mais aussi Haroun al-Rachid, Shahriyâr, Sindbâd et l'Aladdin des *Mille et Une Nuits*, Donso Nciba du royaume bambara de Segou, le prince Samba Guéladio Diégui menant l'épopée peule du Fouta Toro... Puis elle avait sans doute cité les phases du *Livre des morts* des Tibétains et les mille douze transformations de l'ouvrage égyptien. Il croirait avoir reconnu le *Mahãbhãrata* et la fièvre autour d'une dynastie lunaire, jusqu'à la couronne de la *Bhagavad Gītā*, les *Géorgiques* de Virgile, la chronique des trois royaumes de Chine, l'épopée de Soundjata Keïta, Nanie-Rosette petite vorace qui pour un fumet de gâteau-coco se fit emporter par le diable, Ham-Boɗeejo ce personnage de conte qui régna sur le plus grand empire de la boucle du Niger, quelques géants des paraboles nordiques qui montaient au pillage sur le *Naglfar*, Ménélik fils de la reine Makeda de Saba qui emporta l'arche d'alliance dans le sanctuaire de l'Éthiopie, Ti Jean L'horizon qui survécut en vaillant débrouillard dans les vieilles plantations... Elle avait évoqué des bâtons-de-force, tel celui de ce dieu Dionysos qui tua Eurytos le Géant avec son merveilleux épieu décoré de lierre et surmonté d'une pomme de pin, ou ce tronçon de bois avec lequel Moïse fit suinter une eau fraîche de la roche brûlante pour étancher la soif de son peuple, ou le gourdin du dieu Odin taillé en forme de lance et qui s'appelait Gungnir...

Il y avait dans ses évocations tellement de ces objets magiques que notre Bèbert œuvre encore à les identifier ! Il supposerait aussi qu'à certains moments elle ne s'exprimait plus en son nom mais en celui d'un lot de présences, vivantes et pas-vivantes, dont personne n'avait jamais perçu la voix. Elle parla au nom de la case, de l'akoma bien sûr, des herbes folles émergeant de la mousse, de la pluie vaporeuse, de la nuit scintillante, de quelques broussailles aux reflets argentés, de lucioles et de papillons de nuit, de bambous sans fleurs et de framboises pulpeuses dans la rocaille, avec une conviction telle qu'il était clair qu'elle leur laissait la place, qu'elle devenait ces êtres insignifiants, et qu'ils faisaient partie de ce qu'elle accomplissait pour s'adresser à Boulianno. Et, bien entendu, elle parla aussi au nom de la Bête-à-sept-têtes, seul épisode dont j'aie gardé le souvenir, vieille créature pantelante qui avait traversé des millénaires de contes, éprouvé trois siècles de conteurs, et qui vivotait à présent dans des étroitesses de plus en plus désertes, et se mourait lentement en se réchauffant le corps avec les cendres rosâtres de sa propre gorge, une véritable tristesse...

Je demeure confondu qu'Anaïs-Alicia ait pu, à en croire Bèbert, concentrer autant de choses dans ce moment particulier. Une de mes certitudes est d'avoir été envoûté par ce qu'elle composait. Cela me parvenait comme un précipité jailli de l'inconnu, sans attache avec quoi que ce soit, ni avec le moindre de mes souvenirs, qui s'attardait en moi tels le limon d'un nectar délicieux, l'ivresse d'un alcool de mangot. Et, soudain, dans une envolée de mes perceptions, mon entendement explosa en de multiples instants jusqu'à me signifier *une évidence totale !*. Pas quelque chose de compréhensible ; une impériale justesse ouverte dans mon esprit, déclenchée dans mon corps. Je crus entendre souffler le vent – un vent qui émanait d'Anaïs-Alicia mais qui tombait aussi des ultimes hauteurs pour s'ouvrir dans le rugissement renouvelé du tambour-Populo, ce vent qui, dans les nuits très froides de nos mortalités, soulevant les contes de Boulianno, s'inscrivant dans la levée du jour, signifiait aux coqs des grands matins, aux pipiris chantants, à ce qui s'acharnait à sublimer la nuit, que les choses anciennes étaient passées et que « toutes choses sont devenues nouvelles » ! Chamoiseau, je crus sentir *le vent du nord dans les fougères glacées !*.

Elle se tut à l'aube. Il me sembla entendre un coq chimérique claironner quelque part, sans savoir s'il était de ce monde.

CODA

Quand le jour s'éleva, cette gloire des hauteurs, qu'Anaïs-Alicia vint se rasseoir auprès de nous, aussi minuscule et fragile qu'elle l'avait toujours été, je réalisai que *nous avions tenu une veillée* : celle de Boulianno Nérélé Isiklaire, maître de la Parole. Sous la lumière naissante, la case n'était qu'un débris oublié dans les racines d'un trop vieil arbre dont les ombres étaient peuplées de fourmis, de chauves-souris, de termites. Les pluies fines transformaient la moindre chose en un éclat de verre mouillé. Nous nous regardions, désolés nous aussi, mais apaisés, comme au passage d'une limite dont nul ne savait rien.

Man Delcas se dirigea alors vers la petite case en transportant sa longue vannerie. Je pus enfin la détailler. Une grande hotte de tresses spiralées, entrelaçant des signes inhabituels où se mêlaient, dans une fine intention, des nervures de pailles, de tiges d'atoumo et de basilic, des fibres-lianes séchées, des feuilles effilées en dentelle. Des racines, des écorces et des éclisses de bois en

formaient l'ossature très souple. La vannière était soulevée par un air résolu qui nous força à l'imiter. Anaïs-Alicia se précipita d'abord à sa suite, son ordiphone en main, prête à prendre une photo. Puis Bèbert et moi nous la suivîmes à l'intérieur, dépassant la lumière qui s'achevait sur la ligne du seuil, pénétrant une pénombre terminale – clarté-pénombre que Bèbert qualifierait plus tard de *crypto-mémorielle* –, laquelle avait tout bloqué autour d'elle, à l'intérieur d'elle, n'autorisant aucun événement, pièce lumière son mouvement, ni tik ni tak, ni avant ni après, suscitant chez celui qui y risquait les pieds un gigantesque instantané de souvenirs.
Tout n'était plus que souvenirs !

Imaginez ça, Chamoiseau, votre esprit qui ne serait plus que souvenirs.
Figé comme ça.
« Gâté », pour ainsi dire.
Pas bon.

Ils n'en finissaient pas de s'effeuiller, en moi, en chacun de nous, tel un ramage soudain coupé des montées de sa sève, du mouvement de la vie, et qui, disloqué feuille après feuille, s'immobilise à mort. Ce que nous avions été devenait une part de ce petit intérieur de case semblable à ceux que les nègres des mornes, mes parents, et avant eux mes arrière-grands-parents, leur voisinage, avaient connus durant leur vie ; un de ces intérieurs que nous avions habités, que certains d'entre nous habitaient encore. Cet endroit faisait substance de tous nos souvenirs. Je ne devrais pas vous dire cela – je vois bien, dans le soupçon interlope de vos yeux, que vous êtes un peu raide quand on vous sort du rationnel, à la manière de ces agelastes sans sourires et sans rêves que Bèbert à la suite de Rabelais garde assez loin de lui –, mais je m'en tiens aux faits. Ici, sauf votre respect, le fait était ceci : nous étions devenus *cet intérieur de case*, ce souvenir lui-même momifiant tout ce qui en nous faisait mémoire. Enfin, nous vîmes, dans un coin de la pièce, au-delà d'une petite table et de deux chaises bancales, la cabane de planches couvertes de sacs-guano qui figurait un lit.

Et, là-dessus, nous vîmes Boulianno.

Lorsque les cadavres sont dépourvus du feu de l'esprit, ils apparaissent comme des résidus de cendres, éteintes sous une grisaille de non-lumière, dans cette désolation irrémédiable que l'on appelle « dépouille ». Eh bien là, il n'y avait pas de dépouille, Chamoiseau, juste, allongé sur ces toiles de guano aussi vieilles que le diable, un tronçon de bois, sans doute tombé lors d'un cyclone, à croire une branche maîtresse de ce vieil akoma, qui n'était habité ni par l'esprit des hommes ni par l'esprit des arbres, mais imprégné, sculpté même, par une *présence* interne que nul ne saurait à ce jour définir. Un bois lisse, noirâtre d'un consommé de sève, avec une forme globale dans laquelle s'amorçait une esquisse de silhouette, peut-être hominienne, peut-être animale, en tout cas familière et distante. Nous aurions pu nous en réjouir, y voir la preuve que Boulianno n'était pas mort, qu'il devait être encore vivant quelque part dans le pays, mais ce qui émanait du morceau de la forme-akoma éliminait toutes échappées possibles. Boulianno n'était pas là mais il était couché là.

Quand une évidence de cette sorte s'installe dans un esprit, des choses se mettent en branle, le regret se disperse dans un migan de sentiments : le silence, le recueillement, la gratitude, l'amour, la tendresse, la déférence, la simplicité devenue immobile et pérenne. Anaïs-Alicia en resta bras ballants, incapable de cette photo qu'elle aurait voulu faire.
Nous tombâmes en arrêt autour de lui.
Combien de temps ?
Tous les temps possibles.
Au profit de quoi ?
Au profit de rien, nous étions là c'est tout.
Ensemble[1].

Man Delcas nous sortit de cette absence. Nous la découvrîmes en train de soulever le tronçon d'akoma, de le faire glisser dans la hotte en vannerie. Celle-ci s'ouvrait à mesure que la forme progressait. Anaïs-Alicia se mit à l'aider. Bèbert, Populo et moi nous y associâmes. Poussant par-ci, tirant par-là, lissant à mesure que la longue tresse s'ajustait doucement au bois-gisant telle une peau vivace, lui donnant en finale l'apparence d'une créature-totem que nul n'aurait pu dénommer.

La vannerie se révéla somptueuse.

1. C'est ici, je crois, qu'il acheva lentement sa tisane d'à-tous-maux (P. C., Notes de transcription).

On croyait y voir à certains moments les mailles d'une cotte guerrière, à d'autres l'ajustement indéfectible d'un ensemble d'écailles ; elle semblait du velours en certains endroits, plus rêche en plein d'autres. Elle était parsemée de petits panneaux où s'étalaient des signes que personne (pas même Bèbert à ce jour d'aujourd'hui) ne sut identifier. Une fois l'enveloppe sublime adaptée à l'akoma-gisant, Man Delcas entreprit de l'achever en tressant, mains habiles, doigts précis, un couvercle, une couronne... un opercule complexe de fibres rouges vertes noires inclinant à penser qu'elle scellait un cercueil ou cachetait un autel. Je percevais, étrange, sous la concentration des signes dans les fibres, la vibration d'une vie intense siégeant à l'intérieur, une bienveillance endormie, bienheureuse, assez vaste pour emplir la case que la lumière nimbait, assez légère pour que le frémissement du grand arbre l'aspirât au-dehors, vers ces nuages qui accueillent les belles âmes.

Populo prit du temps à comprendre ce que lui intimait Man Delcas du menton. Il trouva bientôt dans un coin de la pièce une houe millénaire, et creusa au beau milieu de la case, avec nous, moi, Bèbert, manieurs d'une bêche sans âge et d'un coutelas de trois cents ans, trouvés là eux aussi, un trou, une fosse, un caveau... un sanctuaire dans lequel Man Delcas et Anaïs-Alicia déposèrent, de précaution en précaution, la hotte-sarcophage, la relique-tabernacle, telle une âme de vannerie agenouillée à tout jamais au profond de la case.

La vannière prit le temps de tresser une nappe, hérissée des douze pointes d'une étoile, avec laquelle elle ferma un tombeau ou signala un sacre. Elle la parsema de trois feuilles de bois d'Inde et trois de basilic, extirpées de son sac. Anaïs-Alicia pianota sur son ordiphone et fit surgir, des limbes électroniques, quelques plaintes de voix corses mêlées à des chants grégoriens, puis une mélopée de funérailles africaines qu'elle laissa plus longtemps, et que Bèbert identifierait, bien des années plus tard, comme provenant du pays des Dogons :

Yet m bee noor zãng yee
M noor yõnog sınga pĩnd yee
M sınga pĩnd t'm gomd t'm paoode yee
Mam kõn zoe m noor yãnd ye
M ba n dog m ne gomd yoo, kato ![1]

La natte qui couvrait le sanctuaire semblait remonter de la forme enterrée. Elle épousait la poussière dramatique de la case, telle une germination impossible à défaire ; dissimulait la cavité comme l'aurait fait une gravure du sol.

1. *On dit que j'ai une grande bouche*
Ma bouche-là a commencé tôt
J'ai commencé à parler tôt, quand j'étais petite
Je ne vais pas avoir honte de ma bouche
C'est mon père qui m'a fait naître avec la parole !
(Traduits par Geneviève Calame-Griaule, « "Prends ta houe, mon frère". Chants funéraires dogon », *in Cahiers de littérature orale*, « Chanter la mort » [1990], et repris *in* « Almageste de la Parole », opus cité – P. C., Notes de transcription.)

Tandis que nous écoutions les chœurs que diffusait l'ordiphone, Man Delcas nous révéla ceci : elle avait exécuté une vision – nourrie depuis sa tendre enfance, précisée lors des nuits tourmentées où elle avait dormi-et-pas-dormi auprès de son éventail. Elle nous dit que cette forme-akoma, galvanisée par la vannerie, allait *tijé* – manière créole de dire qu'elle germinerait au bout de quelque temps – pour donner un nouvel akoma, lequel surgirait au cœur de l'akoma actuel, sève dans la sève, racine dans la racine, et que ces deux arbres, grandissant de concert, emporteraient la case, celle-ci mais aussi ses deux autres possibilités que nous avions trouvées, dans la gloire de leur double feuillage. L'akoma (comme toute chose qui peut naître en elle-même) récite l'éternité.
Elle nous expliqua cela dans une parfaite quiétude.
Que se passa-t-il ensuite ?

Je ne saurais vous le dire.
J'ai l'impression que nous demeurâmes à l'écouter, silencieux, jusqu'à notre sortie de la case, et notre lente séparation.

Je ne conserve aucun souvenir de la descente, du retour vers nos mornes, de la réintégration dans nos vies ordinaires.

Descendre est plus facile que monter. Il n'y a pas de traces à trouver, juste l'allant vers le bas qui vous porte où il faut, sur les pieds, sur les fesses, en lentes glissades ou petits sauts rapides.

Nous retrouvâmes très vite les paysages habituels de nos mornes, la tranquillité rassurante des jardins, nos sentiers et nos routes sillonnant entre les vieux manguiers. Ils ne semblaient plus tristes, mais luisaient des bourgeons d'une abondante saison. Chacun partit de son côté, vers sa case, vers lui-même. Anaïs-Alicia et Populo s'éloignèrent ensemble. Aucun d'entre nous n'avait parlé durant la brève descente, ni évoqué d'une manière ou d'une autre ce que nous avions vécu là ; nous le revivions sans doute au plus profond de l'âme, comme pour tenter d'apprivoiser l'incompréhensible, ou faire en sorte de l'oublier. Je ne sais pas ce que fit Man Delcas de son propre vécu. J'ignore en fait ce qu'elle avait vécu de son côté. Je sais qu'elle vit encore quelque part parmi nous, dans les mornes, experte en une vannerie qui se vend au Japon mais je ne saurais vous dire laquelle, tout ça n'a pas grande importance. Bèbert, lui, n'a pas vraiment changé. Il se serre chez lui depuis la date de son retour, il s'est aussi enfermé dans sa vie, il n'existe que dans l'axe du cosmos et des ondes quantiques, dans l'attente des images du nouveau télescope-satellite. C'est dans cet état qu'il a terminé ce gros cahier que je vous ai montré, cet *almageste* dit-il, qui récapitule l'entièreté de Boulianno, c'est-à-dire ces mornes, ces manguiers, ces paysages, chacun de nous, et Populo, et Anaïs-Alicia, et le convoi, tout cela ensemble juste pour esquisser un peu de Boulianno, un gros cahier pour ça. Il était là, était partout, il était fait de tout cela, comme nous-mêmes étions faits de tout cela aussi : *nous n'avions plus à le chercher*.

Il m'a fallu bien des nuits blanches pour réaliser qu'Anaïs-Alicia avait *donné le dernier mot*. Je ne sais toujours pas d'où elle provenait vraiment, ni ce qu'elle était venue chercher parmi nous.
Était-ce Boulianno qui nous l'avait envoyée ?
Était-elle, ainsi qu'on le prétend, une de ces filles naturelles qu'il avait eues, un peu partout dans le pays, avec quelques sacrées « matadors » ? Avait-elle vraiment désiré être conteuse, ou n'était-elle venue que pour un simple selfie avec le maître de la Parole ?
Qu'est-elle devenue ?
A-t-elle disparu de ce pays tel Boulianno lui-même ou comme ces jeunes que le monde emporte dans ses remous ?
Répondre à tout cela n'a plus grande importance.
Je sais, à l'essentiel, que Boulianno est venu vers nous en s'éloignant de nous, qu'au bout de ce convoi il nous a accueillis, recueillis, écoutés et surtout entendus, et nous a donné l'exact du nécessaire, pas ce que nous attendions – rien de cette sorte n'était à concéder, aucune loi ni décret – mais simplement ce qu'il avait appris dans le combat d'une existence entre nos petits mornes, *une simple expérience d'homme dans cette affaire insondable du vivre*, offrant cela pas seulement à moi, à Man Delcas, à Bèbert ou à ce cher Populo, mais en plus haut sens à... mon Anaïs-Alicia... notre fille, notre dame, notre croiseur interstellaire. Dans la clarté juvénile du jour autour de l'akoma lointain, tout comme sous l'auréole des belles songeries de ma vieillesse, elle

me revient, ah, aussi considérable que nos plus vieux manguiers où souffle parfois, créateur, terrible, le vent du nord qui réanime les fougères glacées – Oiseau de Cham, ho ! cher ami, j'étais content de vous revoir[1]...

1. Il se leva avec lenteur, me toucha amicalement l'épaule, puis se dirigea vers la porte de sa chambre où il se retira. Sa femme me raccompagna, m'expliquant que raconter cette histoire, comme il l'avait fait déjà des milliers de fois, sous des formes différentes, lors d'occasions variées, lui faisait le plus grand bien. Cette fois, c'était différent, pensait-elle, et très précieux pour lui, un rêve inespéré, car il s'adressait à quelqu'un qui touche au monde des écritures. « Vous devriez en faire un petit livre ! » me dit-elle en riant (P. C., Notes de transcription).

Notes de transcription – En ce temps confiné où j'écrivais *Le Conteur, la Nuit et le Panier*[1], j'éprouvai le désir, malgré la pandémie, de revoir celui qui à une époque lointaine m'avait ouvert les portes du monde des vieux conteurs.

Je le retrouvai sans peine, dans sa villa de béton, vieillissant avec sa femme chanteuse de bèlè. Il me reçut avec la même cordialité. Alors que je ne m'y attendais pas, il voulut me raconter non pas les précisions que je lui demandais sur des techniques de vieux conteurs, mais une *pauvre aventure*, à ses dires, vécue quelques années auparavant, et qu'il ruminait encore dans la tisane de sa vieillesse. Il voulait me la raconter non pas juste pour la raconter, mais pour tenter une fois encore de la comprendre.

J'écoutai d'abord par politesse cette *confabulation*, ainsi qu'il la nommait, cette extravagante équipée où se ruminaient tant de chimères, jusqu'à être interloqué par ce qui surgissait à mes oreilles : un organisme narratif insolite que je me mis à enregistrer trop tardivement sur mon portable, me retrouvant réduit à recomposer de mémoire ce que j'avais raté et à transcrire vaille que vaille ce qui était resté dans les misères de l'appareil. Il me montra aussi le gros cahier que

1. Éditions du Seuil, 2021.

lui avait remis Albert Cardinal Ptolémée, crié *Bèbert-la science*, « Almageste de la Parole », mais refusa de me le laisser, acceptant juste que je le feuillette à la dérobée, le photographie un peu, prenne des notes quelquefois, tandis qu'il m'offrait son histoire.

Cela me donna l'envie de rencontrer ce Bèbert que je ne connaissais pas, mais ce fut impossible : il ne recevait plus personne. Man Delcas, elle, quand je passai devant sa boutique, n'y était plus, l'avait vendue, vivait dans un EHPAD où ses enfants et ses petits-enfants allaient la visiter. D'après mes renseignements, elle n'avait de son côté jamais raconté à qui que ce fût une quelconque expédition à la recherche du conteur Boulianno ; notre informateur seul semblait en faire une aventure dont il était l'unique formulateur. Populo avait quitté les mornes, même le pays, vivait quelque part dans le monde, peut-être avec cette Anaïs-Alicia dont nul ne sut me dire grand-chose. Cette créature me fit penser à l'Anaïs-Alicia que j'avais évoquée dans ma *Biblique des derniers gestes*[1], femme de douceur, qui lisait le monde dans ses miroirs où elle avait fini par disparaître. Était-elle revenue par ici, traversant à rebours les reflets de vieilles glaces ? Quant au mystère du nommé Boulianno, il me rappela le Solibo Magnifique de mon roman du même nom[2], ce vieux conteur de l'En-ville égorgé par sa propre parole, dont une enquête policière inutile livrait la dépouille au saccage d'un scalpel d'autopsie. Était-ce

1. Gallimard, 2002, et coll. « Folio », 2003.
2. Gallimard, 1988, et coll. « Folio », 1991.

Boulianno lui-même qui avait quitté les mornes et s'était réfugié dans l'En-ville pour mourir ?

Mon informateur ne valida nullement cette hypothèse quand je lui en parlai plus tard au téléphone. Pour lui, Boulianno était mort dans les hauteurs ; ses os n'étaient plus bons à fournir quelque trompette, mais ce qui demeurait de lui nourrirait les floraisons immortelles d'un akoma-feuilles-doubles. Je partis bien entendu à la recherche du fameux arbre en compagnie de quelques guides du Parc naturel de la Martinique. Aucun d'eux ne put trouver ni l'arbre ni la topographie de cette étrange histoire. J'abandonnai à la troisième reprise, non par découragement, mais parce que j'avais compris qu'aller direct aux vérités abîme la question, sacrifie le vivant. Boulianno avait vécu d'une manière singulière, je dirais poétique, qui avait fait de lui un grand créateur. Ceux qui avaient suivi ses traces dans l'improbable avaient à leur façon éprouvé cette haute condition, jusqu'à emplir leur vieillesse d'une lumière inexpliquée, inexplicable, qui à ce jour et pour l'éternité demeure seule à dissoudre les tristesses qui frappent encore les vieux manguiers.

Favorite, mars 2022

DU MÊME AUTEUR

Manman Dlo contre la fée Carabosse
Éditions caribéennes, 1982

Chronique des sept misères
prix Kléber-Haedens 1986
prix de l'Île Maurice 1986
prix international francophone Loys-Masson 1987
Gallimard, 1986
et « Folio », n° 1965

Au temps de l'antan
Grand Prix de la littérature de jeunesse 1988
Hatier, 1988

Solibo Magnifique
Gallimard, 1988
et « Folio », n° 2277

Antan d'enfance
prix Carbet de la Caraïbe 1990
Hatier, 1990 ; puis Gallimard, 1994
Repris sous le titre Une enfance créole
vol. 1, Antan d'enfance
Gallimard, 1996 (« Folio » n° 2844)
et « Haute Enfance », 1999

Lettres créoles.
Tracées antillaises et continentales
de la littérature (1635-1975)
Hatier, 1991 ; puis Gallimard, 1999

Martinique
X. Richer, 1991

Texaco
prix Goncourt 1992
Gallimard, 1992
et « Folio », n° 2634

Chemin-d'école
Gallimard, 1994
Repris sous le titre Une enfance créole
vol. 2, Chemin-d'école
Gallimard, 1996 (« Folio », n° 2843) et 2012

Guyane, traces-mémoires du bagne
photographies de Rodolphe Hammadi
Éditions du Patrimoine, 1994

L'Esclave vieil homme et le Molosse
Gallimard, 1997
et « Folio », n° 3184

Écrire en pays dominé
Gallimard, 1997
et « Folio », n° 3677

Elmire des sept bonheurs.
Confidences d'un vieux travailleur de la distillerie Saint-Étienne
photographies de Jean-Luc de Laguarigue
Gallimard, 1998

Émerveilles.
Peintures de Maure
Gallimard Jeunesse, 1998

Tracées de mélancolies
photographies de Jean-Luc de Laguarigue
Traces, 1999
Repris sous le titre Métiers créoles : tracées de mélancolie
Hazan, 2001

Cases en pays mêlés
photographies de Jean-Luc de Laguarigue
Traces, 2000
Repris sous le titre Cases des îles. Pays-mêlés
Hazan, 2001

Biblique des derniers gestes
Prix spécial du jury RFO 2002
Gallimard, 2002
et « Folio », n° 3942

Livret des villes du deuxième monde
Éditions du Patrimoine, 2002

Les Bois sacrés d'Hélénon
avec Dominique Berthet
Dapper, 2002

Le Commandeur d'une pluie
illustrations de William Wilson
Gallimard Jeunesse, 2002

À bout d'enfance
*(*Une enfance créole, *vol. 3)*
Gallimard, 2005 (« Folio », n° 4430)

Une enfance créole
coffret regroupant les trois volumes
Gallimard, « Folio », 2006

Un dimanche au cachot
Prix du livre RFO 2008
Gallimard, 2007
et « Folio », n° 4899

Trésors cachés et Patrimoine naturel
de la Martinique vue du ciel
avec Anne Chopin
HC, 2007

Les Neuf Consciences du Malfini
Gallimard, 2009
et « Folio », n° 5160 ;
puis Éditions de la Loupe, 2010

Encyclomerveille d'un tueur
vol. 1, L'Orphelin de Cocoyer Grand-Bois
scénario de Patrick Chamoiseau
illustrations et couleur par Thierry Ségur
Delcourt, 2009

Le Déshumain grandiose
coffret
Gallimard, « Folio », 2010

Le Papillon et la Lumière
Philippe Rey, 2011

L'Empreinte à Crusoé
Gallimard, 2012
et « Folio », n° 5644

Hypérion victimaire : Martiniquais épouvantable
La Branche, 2013

Césaire, Perse, Glissant.
Les Liaisons magnétiques
Philippe Rey, 2013

Veilles et Merveilles créoles.
Contes du pays martiniquais
illustrations de Giorgia Grippo Belfi
Square, 2013

La Matière de l'absence
Seuil, 2016
et « Points Signatures », n° P4725

Frères migrants
Seuil, 2017
et « Points », n° P4809

J'ai toujours aimé la nuit
Sonatine, 2017
et « Points », n° P4888
Contes des sages créoles
Seuil, 2018

Le Conteur, la Nuit et le Panier
Seuil, 2021
et « Points », n° P5660

Baudelaire Jazz
avec Raphaël Imbert
Seuil, 2022

RÉALISATION : NORD COMPO À VILLENEUVE-D'ASCQ
ACHEVÉ D'IMPRIMER SUR ROTO-PAGE
PAR L'IMPRIMERIE FLOCH À MAYENNE
DÉPÔT LÉGAL : OCTOBRE 2022 — N° 147041 (100945)
Imprimé en France